MISTHAUFENSPORTLER-MORD

Bernhard Winkler

Misthaufensportler-Mord

Kein Linz-Krimi!

1. Auflage 2023

Medieninhaber, Verleger und Herausgeber:
Red Bull Media House GmbH
Oberst-Lepperdinger-Straße 11–15
5071 Wals bei Salzburg, Österreich

Satz: MEDIA DESIGN: RIZNER.AT
Gesetzt aus der Palatino, Helvetica Neue LT Pro
Umschlagmotive (Vorderseite): Sanit Fuangnakhon / shutterstock.com, khathar ranglak / shutterstock.com, SedovaY / shutterstock.com, Mieszko9 / shutterstock.com, pcdazero / pixabay
FXQuadro / shutterstock.com
Printed by CPI books GmbH, Germany
ISBN: 978-3-7104-0319-4

KAPITEL ANS

Revierinspektor Noah Hofer war ein von Geselligkeit und Fleiß geprägter Mühlviertler, wie er im Buche stand. Also, na ja, nicht wirklich. Aber zumindest nahm er diese beiden Eigenschaften so selbstbewusst in Anspruch wie ein gestandener Mühlviertler. Das war im Prinzip ja dasselbe. Gesellig, ja, das kam hin. Zu einem Bier in lustiger Runde hatte er noch nie Nein gesagt.

Oder Moment! Doch! An zweimal konnte er sich erinnern. Da hatte er ganz anti-mühlviertlerisch verweigert. Das eine Mal hatte er aber sogleich wieder revidiert. Es war spätabends nach dem Dienst gewesen, als er noch in Sankt Georgen an der Gusen drunten gewohnt hatte. Sein Heimweg vom Wirtshaus in Gallneukirchen betrug damals noch unpraktische dreizehn Kilometer, bevor er wenig später direkt nach Galli zog, wie Insider die Mühlviertler Metropole nannten. An besagtem Abend stellte ihm der Wirt ungefragt die fünfte Halbe hin, obwohl er mit dem Streifenwagen unterwegs war. Selbstverständlich hatte er da pflichtbewusst verweigert. Als ihm dann aber sein Sitznachbar, der Hamedinger Roland, der im Nebengewerbe Taxi fuhr, glaubhaft versicherte, dass er ihn später heimbringen würde, da nahm er die fünfte Halbe doch noch an. Konnte man ja nicht stehen lassen, die gute Freistädter Hopfenkaltschale. Das tat man einfach nicht. Dass er in dieser Nacht dann trotzdem noch mit dem Streifenwagen über ein Schleichwegerl nach Hause gezuckelt war, war wirklich nicht auf seinem Mist gewachsen. Er hatte ja nicht wissen können, dass der Hamedinger Roland selber noch fünf Halbe konsumieren würde. Und ob der ihn dann mit zweieinhalb Litern intus heimgebracht hätte oder er selbst ident betankt hinterm Lenkrad saß – das war dann auch schon g'hupft wie g'hatscht. Aufgrund des aktivierten Blaulichts waren die anderen Verkehrsteilnehmer ohnehin verpflichtet, auf ihn achtzugeben.

Im Endeffekt blieb also nur das andere Mal übrig, als er tatsächlich ein eiskaltes Bier ebenso eiskalt zurückgewiesen hatte und dann auch wirklich bei dieser Entscheidung geblieben war. Das war damals, als man am Stammtisch zum ungefähr siebenhundertdreiundzwanzigstenmal anfing, ihm zu erklären, welche Mordsarschkarte er mit seinem Namen Noah Hofer gezogen habe. Er hatte zu diesem Zeitpunkt halbwegs damit leben gelernt, dass ihn schon ewig niemand mehr mit seinem richtigen Namen ansprach. Aber dass sie ihm mindestens alle zwei Wochen beim Wirt, wenn das Bier besonders gut schmeckte, auch noch die Begründung dafür aufdrängten, das war ihm dann das eine Mal zu viel geworden. An dem Abend verließ er die Gaststube grußlos, ohne zuvor sein Glas mit dem frisch gezapften Bier ordnungsgemäß geleert zu haben. Ja, nicht einmal bezahlt hatte er es. Den Umsatz konnte sich der Lehner Sepp an den Hut stecken.

Die Begründung der lustigen Runde, warum bei seiner Taufe damals gepfuscht worden sei, lautete, dass »Noah« schlicht und einfach kein Vorname sei. Franz sei einer, Karl sei einer und, wenn's sein musste, auch noch Johann, solange er sich Hans nennen ließ. Aber Noah stelle nichts anderes dar als den oberösterreichischen Dialektausdruck für »Narr«, höhnten sie. Und dass er auch noch Hofer hieß, habe ihnen gar keine andere Wahl gelassen, als ihn zum Hofnarren von Gallneukirchen zu küren. Zum Hofnoah eben. Der Scherz des Jahrtausends sei das gewesen, jubelten sie noch zwanzig Jahre später und hielten sich ihre stolzgeschwellten Gössermuskeln vor Lachen.

Über die Zeit verselbstständigte sich der Wirtshausschmäh, und die meisten Leute, die mit dem Hofer Noah bekannt waren, blieben bei seinem Rufnamen. Ob Hofer Noah oder Hofnoah – im lässig dahergemumpfelten Mühlviertler Dialekt klang das ja wirklich gleich. Für ihn persönlich brachte die Umbenennung über die Zeit aber einige Probleme mit sich. Sein Vorgesetzter, der Bezirksinspektor Leidinger Schorsch, zögerte die – zumindest nach Meinung des Hofnoah längst überfällige – Beförderung ständig hinaus. Ein Hofnarr könne die Karriereleiter im Exekutivdienst nicht aufsteigen, meinte er immer wieder. Vielmehr solle er dankbar dafür sein, dass er mit so einem dümmlichen Namen einfacher Revierinspektor bleiben dürfe und sich nicht überhaupt einen anderen Job suchen müsse. Im Mittelalter habe man einem Hofnarren so eine Position schließlich auch nicht gelten lassen. Für den dann üblicherweise folgenden selbstgefälligen Lachanfall könnte der Hofnoah dem Chef jedes Mal aufs Neue eine anständige Watschn in sein blades Gesicht zimmern. Aber dann wäre er wirklich gezwungen, sich beruflich umzuorientieren.

Auch privat kämpfte der Hofnoah mit seinem Namen. Dass er Junggeselle war, verstand sich von selbst. Welche Dame von Welt wollte schon einen 38-jährigen Hofnarren daten? Wobei man es sich zu einfach gemacht hätte, den ausbleibenden Erfolg bei den Frauen nur auf seinen Namen zurückzuführen. Er tat sich halt generell schwer mit dem anderen Geschlecht. Oder hatte er nur deshalb Hemmungen, weil er seit dem 2000er-Jahr eben hieß, wie er hieß?

Über diese Henne-Ei-Frage diskutierte er mit seiner Mutter, die für das Namensdesaster maßgeblich verantwortlich war, recht häufig. Sie war sich ganz sicher, dass es sein stetig wachsender Speck um Bauch und Hüften war, der ihn für die Damenwelt immer unattraktiver werden ließ. Er sei zwar nicht dick im eigentlichen Sinne, betonte sie, aber heutzutage würden Frauen an ihre Partner halt höhere Ansprüche stellen als noch zu ihrer Zeit. Zu ihrer Zeit sei es schon ein Luxus gewesen, wenn ein Mann schöner war als ein Aff. Diese Messlatte würde der Hofnoah, ordentlich zurechtgemacht, schon überspringen, gestand ihm die Mutter immerhin zu. Er habe halt das Pech, dass das nicht mehr reiche. Ein Mann müsse mittlerweile mehr gleichschauen als nur einem Primaten, und deswegen solle ihr Noah tunlichst ein paar Kilos an der Wampe loswerden.

Mit seinem Namen, der etwas ganz Besonderes sei, habe die missliche Beziehungslage jedenfalls nichts zu tun, war die Mutter überzeugt. Im Gegenteil: Damals, als sie ihn im Allgemeinen Krankenhaus der Stadt Linz zur Welt brachte, seien von der Oberärztin abwärts alle hellauf begeistert gewesen. Er sei im 1982er-Jahr der einzige Noah auf der Geburtenstation gewesen. Der Hofnoah sah sich außerstande, das als Pro-Argument für seinen Namen durchgehen zu lassen. Mit derselben Begründung hätte sie aus ihm schließlich einen Adolf machen können, da hätte es auch keinen zweiten gegeben. Er war sich nicht hundertprozentig sicher, aber wahrscheinlich wäre ihm Adolf sogar lieber gewesen. Dann hätten die Leute ihn gefürchtet, statt ihn zu hänseln.

Auch die ausbleibende Beförderung habe nichts mit seinem Namen zu tun, behauptete die Mutter. Er sei körperlich einfach zu wenig fit, um bei der Polizei Karriere zu machen. So wie er beinand sei, habe er ja niemals eine Chance, einen fliehenden Verbrecher zu fangen.

Der Hofnoah ließ das Bodyshaming der Mutter immer recht beherrscht über sich ergehen, wie er auch sonst nach außen hin die Ruhe in Person war. Wenn ihm etwas gegen den Strich ging, wurde er nicht laut, sondern zog sich zurück. Damit war er eigentlich immer ganz gut durchgekommen. Dann aber nahm eine folgenschwere Entwicklung ihren Lauf, die seine Gelassenheit privat wie beruflich auf eine harte Probe stellen sollte.

Die Misere begann damit, dass ihn die Mutter eines Tages zu einem veganen Mittagessen verdonnern wollte, als er sie, wie üblich zweimal pro Woche, in Erwartung des besten Schweinsbratens Oberösterreichs besuchte. Bei jedem anderen Fleischtiger hätte so ein Affront das »Fassl«, wie die Mutter ihn figurbedingt neuerdings nannte, zum Überlaufen gebracht. So auch beim Hofnoah.

Doch vor seiner Mutter versuchte er selbst angesichts dieser Bedrohungslage die Contenance zu bewahren. »Beiß nicht die Hand, die dich füttert!« – dieses alte Sprichwort nahm der Hofnoah wörtlich. Vielleicht aus Liebe zu der Frau, die ihn in die Welt gesetzt hatte. Vielleicht aber auch einfach wegen des Küchenmessers mit Tofuresten, das sie in diesem Moment drohend in der Hand hielt.

Jedenfalls ließ er sich zu einem bemerkenswerten, spontanen Befund hinreißen: »Na ja, ein paar Kilos könnten wohl runter«, gab er mit zusammengebissenen Zähnen klein bei. Den Gemüsereis mit Tofu verschmähte er trotzdem und vereinbarte mit ihr einvernehmlich, sie erst wieder zu besuchen, wenn er für den Schweinsbraten schlank genug sei. Eine Visite bei der Köchin seines Lieblingsgerichts während der Schweinsbraten-Auszeit hätte ihn psychisch zu sehr aufgewühlt. Außerdem fiel ihm ein weiteres altes Sprichwort ein: »Begib dich niemals in Teufels Küche!«, das der Hofnah angesichts des seltsamen Menüvorschlags der Mutter ebenso wörtlich nahm.

Noch am selben Tag begann er, sich intensiv mit der Frage zu beschäftigen, wie er am besten und schnellsten abnehmen könnte. Radeln am Heimtrainer? Laufen im Gusental? Alles zu ineffektiv. Ein Fitnesscenter musste her. Allerdings gab es da ein Problem: Die umliegenden Fitnesstempel hatten wegen der Corona-Pandemie alle noch geschlossen. Bis die wieder öffneten und er sich eine schweinsbratentaugliche Figur antrainiert hätte, könnte gut und gern noch eine Ewigkeit vergehen. Einen so langen Entzug würde er nicht ohne Folgeschäden überleben.

Verzweifelt recherchierte er weiter und schreckte selbst vor der Idee nicht zurück, seiner Mutter den gewünschten Gewichtsverlust einfach mit Bauch-weg-Unterwäsche vorzutäuschen. Er hatte im Fernsehen vielversprechende Werbespots gesehen, und als er sich ein Probe-Set bestellte, lieferte es auch bei ihm recht gute Ergebnisse. Die überschüssige Fettmasse wurde auf ein geringeres Volumen zusammengequetscht und seinem Körper insgesamt eine schlankere Silhouette verliehen.

Es gab dabei aber ein großes Problem: Nach etwa einer Viertelstunde in der Zwangsmontur wurde ihm furchtbar schlecht. Das verunmöglichte den Verzehr eines Schweinsbratens. Er ließ nichts unversucht, um das Speckweg-Korsett doch noch praxistauglich zu bekommen. In mehreren Tests führte er Buch über den genauen Start-Zeitpunkt der Übelkeit und glich die Daten mit den zeitlichen Voraussetzungen eines Besuchs bei der Mutter ab. Aber selbst wenn er die Folterunterflack erst unmittelbar vor der Fahrt zur Mutter am WC auf der Polizeiinspektion angezogen hätte, wäre es sich nicht ausgegangen, die acht Minuten Fahrzeit und den fünfzehnminütigen Schweinsbratenverzehr zeitlich vor dem Einsetzen der Übelkeit unterzubringen. Es wäre selbst dann nicht möglich gewesen, wenn er den Weg mit Blaulicht samt Folgetonhorn schneller zurückgelegt und beim Essen das Stöcklkraut weggelassen hätte.

Die Verzweiflung des Hofnoah wuchs stetig, bis er eines Tages durch einen glücklichen Zufall eine Lösung für sein Problem fand. Diese musste allerdings unter allen Umständen strengstens geheim bleiben. Wochenlang funktionierte es perfekt. Er verlor Kilo um Kilo, und schlussendlich hatte er die von der Mutter erwartete Gewichtsabnahme endlich erreicht. Die Finalisierung des Deals »Wunschgewicht gegen Wunschgericht« stand unmittelbar bevor.

Doch ausgerechnet an jenem Tag, an dem er erstmals wieder auf seinen geliebten Schweinsbraten zur Mutter fahren wollte, drohte sein heikles Geheimnis aufzufliegen, als auf der Polizeiinspektion in Gallneukirchen ein verhängnisvoller Anruf einging.

KAPITEL ZWA

»Kommts schnell, mein Bub liegt am Misthaufen!«, blazte eine hysterische Frauenstimme ins Telefon.

»Da, wo ich herkomm, hab ich g'lernt zu grüßen, wenn ich wo anruf«, belehrte der Hofnoah die aufgeregte Bürgerin.

»Geh, Hofnoah, bitte! Heroben am Pöttl-Hof. Mein Bub, der Erwin! Sie haben ihn um'bracht!«, sprach die Anruferin ihn mit seinem inoffiziellen Dienstgrad an und lieferte einen kühnen Mordverdacht mit. Das klang nach Arbeit. Der Hofnoah seufzte.

»Ich komm vorbei«, antwortete er und hängte auf. Noch unsicher, was er von dem Anruf halten sollte, war er zunächst einmal froh darüber, dass seine Kollegin, die Mairinger Bettina, gerade nicht da war. So musste er sie nicht zum Einsatz mitnehmen, was ihn schon fast wieder in einen freudigen Zustand versetzte, wenn es nicht immer noch ein Einsatz wäre. Er verstand sich mit der ehrgeizigen jungen Beamtin nicht besonders. Manchmal hatte er das Gefühl, dass sie ihm als Aufpasserin vor die Nase gesetzt worden war. Mit ihrem mittlerweile pensionierten Vorgänger war er immer auf einer Wellenlänge gewesen. Der hatte nie ein Problem damit gehabt, fünfe auch einmal gerade sein zu lassen. Aber *sie* – der Hofnoah nannte die Mairinger Bettina selten beim Namen – rückte ihm ja sogar ungefragt das Kapperl zurecht, wenn es schief am Kopf saß. Gut, dass sie jetzt auf Pause war.

In stillem Protest ließ er seine Kopfbedeckung regelwidrig liegen und ging zum Auto. Beim Ausparken erwischte er genau das richtige Timing, denn gerade als er den Vorwärtsgang einlegte, marschierte *sie* mit ihrem Eurospar-Jausensackerl daher. Schon allein dafür hätte ihr die Fristlose gehört. Jeder mit einem Funken Anstand kaufte sein Leberkas-Semmerl beim Traditionsfleischer droben und nicht im Großkaufhaus drunten.

Genüsslich rollte er an ihr vorbei und winkte ihr mit dem Handrücken nach vorn zu wie der Papst. Um seine heilige Ruhe länger auskosten zu können, fuhr er über die Alte Straße zum Pöttl-Hof nach Altenberg hinauf, anstatt die schnellere Bezirksstraße zu nehmen. Der Tote würde ihm schon nicht davonlaufen.

Den Pöttl-Hof kannte der Hofnoah gut. Und genau diese Tatsache war es, die ihn ganz untypisch von Höhenmeter zu Höhenmeter nervöser werden ließ. Das heikle Geheimnis seines Abspeckvorhabens, das er mit sich herumtrug, betraf nämlich ausgerechnet den Pöttl-Hof.

Einige Wochen zuvor, während der Corona-Lockdown noch im Gange war, war am Revier ein anonymer Hinweis eingegangen, wonach dort ein florierendes illegales Fitnesscenter betrieben werde.

»Legts diesen Misthaufensportlern endlich das Handwerk!«, hatte der erboste Anrufer gekeift und einfach aufgelegt.

Noch am selben Abend fuhr der Hofnoah nach Altenberg hinauf, um Nachschau zu halten, und traf prompt den Pöttl Erwin in seiner umgebauten Traktorgarage an, inmitten von feinsten Krafttrainingsgeräten. Der 35-jährige Jungbauer, der von seiner Mutter immer noch Bub genannt wurde, war dabei nicht allein. Mit ihm gemeinsam schupften noch ein paar andere Herrschaften fleißig Gewichte. Zwei davon, bei denen der Schock über den uniformierten Besucher besonders groß war, erkannte der Hofnoah auf den ersten Blick. Zum einen war da der Reisinger Doktor, langjähriger Gemeindearzt in Altenberg, bei dem sich die Frage stellte, ob ihm vor Anstrengung oder Nervosität die Soße von der Stirn rann. Zum anderen, noch pikanter, stemmte der aufstrebende Jungpolitiker und amtierende Gesundheitslandesrat, Watzinger Stefan, keuchend zwei Kurzhanteln in die Höhe.

Der Hofnoah war zwar nicht sonderlich an Politik interessiert, aber selbst ihm kam es komisch vor, dass der Watzinger tagsüber im Radio die Corona-Regeln predigte und den Abend beim angestrengten Aerosol-Austausch beim Pöttl Erwin in der Garage verbrachte. Dies erschien ihm ebenso suboptimal wie die Tatsache, dass der Reisinger Doktor seine Arbeitstage nach Corona-Massenimpfungen beim Pumpen am Pöttl-Hof ausklingen ließ.

»Was ist da los?«, waren dann auch die einzigen halbwegs professionell-autoritären Worte, die der Hofnoah herausbrachte, während sein Blick im Raum kreiste. Er ertappte sich selbst auf frischer Tat dabei, wie er das Angebot an Bauchtrainingsgeräten einer besonders genauen optischen Prüfung unterzog. Vielleicht sah ihm in diesem Moment dann auch der Pöttl Erwin sein intensives Interesse an. Denn irgendwie bekam er es gedeichselt, die Frage, was los sei, recht schlüssig zu beantworten. Zudem bot er dem Hofnoah eine VIP-Mitgliedschaft in seinem Fitnesscenter an, ohne es wie eine plumpe Beamtenbestechung wirken zu lassen.

Der Hofnoah sah keinen Grund, das Angebot des Beamtenflüsterers auszuschlagen, was wahrscheinlich der Tatsache geschuldet war, dass ihn nicht nur der Pöttl Erwin, sondern auch die anderen honorigen Herrschaften voller Respekt als »Herr Inspektor« und nicht als Hofnoah ansprachen. Jedenfalls war der Pöttl Erwin auf einen Trainingsstart des Hofnoah noch am selben Abend regelrecht erpicht. Vom Andrang her hätte es zeitlich auch nicht besser passen können, weil mit dem Eintreffen des Herrn Inspektors zufällig alle restlichen anwesenden Sportler mit ihrem Training fertig waren und das Center zügig verließen.

Der Pöttl Erwin lieh ihm sogar ein Sportgewand. Das war zwar ein bisschen eng, und besonders das ärmellose Leiberl mit den schmalen Trägern und dem tief sitzenden Ausschnitt sah nur an durchtrainierten Feschaks wie dem Pöttl Erwin wirklich gut aus. Aber das war dem Hofnoah so was von egal, denn auch der Landesrat und der Doktor, die noch geblieben waren, um den Hofnoah zu hofieren, trugen mit großer Begeisterung zu seiner Motivation bei. Während der ersten Bauchübungen, die er schnaufend absolvierte, überschütteten sie ihn förmlich mit warmen Worten des Lobes für seine hervorragende körperliche Fitness. Außerdem sprachen sie dem Hofnoah ihr ehrliches Mitleid für die Schweinsbraten-Auszeit aus. Der Reisinger Doktor diagnostizierte, dass beim Hofnoah aus medizinischer Sicht nichts gegen den fallweisen Konsum eines g'schmackigen Bratls spreche, sofern er das vitaminreiche Stöcklkraut nicht stehen lasse. Landesrat Watzinger versicherte, er trete schon lange dafür ein, das allgemeine, freie und gleiche Recht jedes Oberösterreichers auf einen Schweinsbraten in der Landesverfassung zu verankern.

Der Hofnoah fühlte sich in der Runde auf Anhieb wohl, und der Abend endete in einer Win-win-Situation

für alle: Der Pöttl Erwin konnte sein Fitnessstudio weiter-
betreiben, der Landesrat und der Gemeindearzt behielten
ihre gut dotierten Jobs, und für den Hofnoah tat sich *die*
Chance auf, den geliebten Schweinsbraten bald wieder
genießen zu können.

An all das musste er denken, als er an diesem zuvor so
ruhigen Oktober-Vormittag in die Zufahrtsstraße zum
Pöttl-Hof einbog. Drunten in Gallneukirchen hing der
Nebel, heroben in Altenberg war blauer Himmel und
Sonnenschein, und nur noch wenige Meter vom Hofnoah
entfernt lag angeblich der Pöttl Erwin tot auf seinem
eigenen Misthaufen. Das klang zu grauslich, um wahr
zu sein. Vielleicht hatte sich die Mutter vom Erwin, die
Pöttl Uschi, ja einen schlechten Scherz erlaubt, dachte
der Hofnoah. Er kannte sie nur flüchtig, aber die Leute
redeten nichts Gutes über sie.

Das Anwesen war ein prächtig restaurierter Vier-
kanter, der auf einer Anhöhe hoch über Linz thronte und
einen atemberaubenden Blick auf die Voralpen bot. Die
Kulisse wirkte, als ob der Bauer des herrschaftlichen
Gutes auf »sein« Oberösterreich hinunterschauen konnte.
Das passte recht gut zu der polarisierenden Persönlich-
keit des Hausherrn. Einige meinten nämlich, der Pöttl
Erwin würde tatsächlich auf die Leute herabblicken.
Andere hingegen sahen in ihm einfach nur den bewun-
dernswerten, feschen Jungbauer Erwin.

Der Junggeselle war ein Einzelkind und lebte mit
seiner Mutter allein auf dem riesigen Gehöft. Sein Vater
hatte knapp zwanzig Jahre zuvor bei einem Autounfall
sein Leben gelassen. Die Leute spekulierten immer noch
recht intensiv über das frühe Ableben des Erwin senior.

Besonders hartnäckig hielt sich das Gerücht, es sei kein Unfall, sondern ein Anschlag seiner eifersüchtigen Frau gewesen. Die Pöttl Uschi war vielen im Dorf nicht ganz geheuer. Man sagte ihr nach, sie habe ihrem Gemahl die Bremsen seines geliebten feuerroten Dreier-BMW-Coupés manipuliert, als er sich auf den Weg nach Linz runter zu seiner mindestens ebenso geliebten Affäre gemacht habe. Nichts davon wurde je bewiesen, weder die Schuld seiner Frau noch die Existenz einer Geliebten. Aber der Dorftratsch irrte selten.

Als offiziellen Grund, warum der Pöttl Erwin senior in einer Serpentine aus der Kurve hinausgeteufelt und geradewegs in einen Baum geschossen war, hatte die Regionalzeitung damals seine Alkoholisierung genannt. Das kam den Leuten von Anfang an komisch vor. Zum einen war man üblicherweise erst dann alkoholisiert, wenn man sich spätabends von Linz drunten auf den Heimweg nach Altenberg hinauf machte, und nicht bereits, wenn man runterfuhr. Zum anderen war der Alkoholgehalt, der in seinem Blut offiziell gemessen wurde, nicht plausibel: Er lautete 0,7 Promille. Mit einem solch geringen Wert fuhr man nicht gegen einen Baum, waren sich die Altenberger Verschwörungstheoretiker einig. Mit einem solch geringen Wert stand man morgens nach einem erholsamen Acht-Stunden-Schlaf auf. Alles unter einem Promille (die Experten im Wirtshaus meinten zwei) lag innerhalb der Messtoleranz des durchschnittlich ungenauen Alkomaten.

Als der Hofnoah jetzt mit dem Streifenwagen über den Vorplatz des Pöttl-Hofs tuckerte, lief die Uschi ganz aufgeregt auf ihn zu. Der Vorplatz war so riesig, dass er ohne Probleme für pompöse Staatsbesuche herhalten hätte können.

»Hofnoah! Hofnoah! Komm her! Drent beim Mist-haufen! Mich trifft der Schlag!«, rief sie und wachelte mit den Armen. Das Auto war noch gar nicht zum Stehen gekommen, da öffnete sie schon die Fahrertür, packte den Revierinspektor wie einen Lausbuben am Unterarm und zerrte ihn heraus. Es war das erste Mal, dass er bereute, sich nicht angeschnallt zu haben.

»He! Gehen lässt mich aber schon noch selber, goi!«, wies der Hofnoah die resolute Altbäuerin, so streng er konnte, zurecht. Doch es half nichts, und er fügte sich seiner Entführerin, die ihn unter Aufsicht des knurren-den Hofrüden Rambo wie einen widerspenstigen Hund an der Leine hinter sich herschleifte.

Angekommen beim Misthaufen, ließ sie endlich von ihm ab. Und als der Hofnoah sich wieder sicher auf die eigenen zwei Beine gestellt hatte, offenbarte sich tatsäch-lich das telefonisch angekündigte Bild: Auf der höchsten Stelle des riesigen Viehkotbergs lag ein Mensch in Sport-gewand im Dreck. Zwei Hühner waren gerade dabei, den Fremdkörper aufgeregt gackernd zu inspizieren.

Da das Gesicht der Leiche von ihnen abgewandt war, hätte es jeder sein können. Die Pöttl Uschi war sich aller-dings aufgrund des Outfits sicher, dass es ihr Junior sein musste. Auch der Hofnoah konnte ihn mit relativ großer Wahrscheinlichkeit identifizieren. Wenn er sich nicht täuschte, trug die Person genau jenes ärmellose Leiberl, das ihm der Pöttl Erwin beim ersten Training damals so freigiebig geborgt hatte. Nicht einmal zum Waschen hatte der Hofnoah die verschwitzten Sachen danach mitneh-men müssen. Das war recht großzügig der Pöttl Uschi delegiert worden, die nicht ahnte, dass der aufgesogene Schweiß nicht von ihrem Erwin stammte. Und jetzt lag ihr Sohnemann da im Mist. Was für eine Sauerei. Die teuren Designerfetzen würde man wegschmeißen müssen.

Dem Hofnoah war die Situation unangenehm. Er konnte nicht einschätzen, ob die Pöttl Uschi wusste, dass er bei ihrem Sohn regelmäßig illegal trainiert hatte. Seit ein paar Tagen waren zwar alle Fitnessstudios wieder geöffnet, aber die Schandtaten von damals sollten bei ihm als Polizeibeamten besser nicht die Runde machen. Solange er keine Hinweise dazu hatte, ob die Pöttl Uschi über sein Geheimnis im Bilde war, beschloss er, in ihrer Gegenwart seinen Bauch so weit wie möglich herauszustrecken. So würde der zuletzt sichtbar geschrumpfte Umfang zumindest ihrerseits keinen Hinweis liefern.

»Wer macht denn so was?«, waren die ersten Worte, die er fand, seit ihn die Pöttl Uschi zum Misthaufen gezerrt hatte.

»Was weiß denn ich?«, antwortete sie mit einer rhetorischen Gegenfrage. »Ich wollt nachschauen gehen, warum die Viecher am späten Vormittag immer noch so unruhig herumblazen. Der Erwin hat manchmal auf die Stallarbeit vergessen, wenn er in der Nacht davor unterwegs gewesen ist. Ich hab ihm hunderttausendmal gepredigt …« Sie hielt kurz inne, wirkte dabei aber alles andere als traurig, nur ein bisschen gestresst. »Jedenfalls hab ich dann von der Weiten schon diesen Wahnsinn da g'sehn. So mach doch was, Hofnoah!«, rief sie aufgebracht, und auch die am Misthaufen tobenden Hühner schienen ihn mit ihrem nervösen Gegacker zum Handeln aufzufordern.

Die grenzenlose Überforderung des Angesprochenen war unübersehbar. Ein Toter am Misthaufen gehörte nun mal nicht zum Tagesgeschäft der Polizeiinspektion Gallneukirchen, an Mord gar nicht zu denken. Und Selbstverschulden konnte in diesem Fall wohl auch ohne Hilfe der Exekutive ausgeschlossen werden.

In normalen Zeiten hätte sich der Hofnoah bei einem Tötungsdelikt trotzdem gemütlich zurücklehnen können. Die Regel besagte: Sobald in einem Fall der Verdacht auf Mord besteht, wandert die Zuständigkeit nach einer ersten Nachschau am Tatort nämlich zum Landeskriminalamt nach Linz hinunter – und der Hofnoah auf ein Bier ins Wirtshaus hinüber.

Die Zeiten waren aber alles andere als normal. In der Landeshauptstadt fehlte es an Personal, und so war ein halbes Jahr zuvor die Order an die umliegenden Polizeiinspektionen ergangen, die Drecksarbeit bis auf Weiteres bittschön selbst zu erledigen. Dass Drecksarbeit anscheinend wörtlich zu nehmen war, hatten sie nicht dazugesagt. Seinem Chef, dem Leidinger Schorsch, war damals gleich die Kinnlade heruntergefallen, als die Hiobsbotschaft aus Linz drunten am Posten eintrudelte. Sie sollten zum Herrgott beten, dass in ihrem Rayon in nächster Zeit nichts Gröberes passiert, trug er dem Hofnoah und der Mairinger Bettina auf. Die Performance der Polizeiinspektion Gallneukirchen ließe auch ohne Zuständigkeit für Mord und Totschlag schon zu wünschen übrig. Man munkelte, dass der Leidinger Schorsch deswegen nicht mehr besonders fest im Sattel saß. Manche meinten gar, dass ihm eine Strafversetzung nach Linz hinunter drohte. Aber derlei grausame Gerüchte wurden nur hinter vorgehaltener Hand geäußert. So etwas wünschte man niemandem. Jedenfalls war eine Misthaufen-Leiche nun das Letzte, was er und sein mit Schwerverbrechen unerfahrenes Team gebrauchen konnten.

Am Tatort versuchte der Hofnoah jetzt, so gut es ging, Haltung anzunehmen. Er zupfte die Uniform über seinem künstlich aufgeblähten Bauch zurecht und marschierte ohne Uschis Hilfe selbstbewusst zum Auto.

»Ich hol Verstärkung!«, rief er in Richtung Misthaufen zurück. Dann griff er durch die immer noch geöffnete Fahrertür nach dem Funkgerät: »Galli eins an Zentrale«, meldete er, »ich hab einen mutmaßlichen 75er am Pöttl-Hof in Altenberg heroben. Erbitte Verstärkung.«

Paragraph 75, Strafgesetzbuch: Mord. Der Hofnoah ging die Sache betont offensiv an und versuchte gleichzeitig, seine innere Unsicherheit zu überspielen. Im Alltag ging er der Mairinger Bettina recht gern aus dem Weg, aber in diesem Moment wäre er doch ganz froh gewesen, wenn er am Tatort eines mutmaßlichen Morddeliktes nicht allein gewesen wäre. Daran hätte er zuvor schon denken können, als er der Mairinger Bettina samt Jausensackerl davongefahren war, ärgerte er sich über sich selbst.

Am anderen Ende der Leitung interessierte sein Funkspruch offenbar niemanden. Die Sekunden verstrichen, aber Antwort kam keine.

Wer hingegen schon kam, war die Pöttl Uschi. »Lass mich doch nicht einfach so stehen!«, herrschte sie ihn an, als sie ihren Weg vom Misthaufen zum Streifenwagen gefunden hatte.

Dann antwortete im Funk doch noch jemand. »Du hast keinen mutmaßlichen 75er, sondern einen mutmaßlichen Klopfer«, schimpfte die Mairinger Bettina durch die Leitung. Der Hofnoah hatte offenbar das Ärgernis einer weiteren Dame erregt. »Allein zu einem 75er fahren – sag, bist du deppert?«

Mit ihrer harschen Reaktion verhagelte die Mairinger Bettina dem Hofnoah die Gelegenheit zu beichten, dass er sich in diesem Moment mit ihr zu zweit am Tatort um einiges wohler gefühlt hätte. Es blieb ihm also nichts anderes übrig, als in der Rolle des coolen Kieberers zu bleiben.

»Funkdisziplin, Frau Kollegin«, mahnte er betont gelassen. »Außerdem warst du auf Pause, goi! Was hätt ich da sonst machen sollen?«

Die Pöttl Uschi konnte es nicht fassen, dass die Beamtenbagage über ihre Pause diskutierte, während ihr Bub am Misthaufen verweilte. Sie riss dem Hofnoah das Funkgerät aus der Hand.

»Du, also bei aller Freundschaft, meinen Buben haben s' um'bracht. Schau bitte zu, dass du und dein minderbemittelter Kollege den Mörder findets!«, instruierte sie und entsorgte das Funkgerät wie eine alte Getränkedose, nur auf umgekehrtem Weg, beim Autofenster hinein.

Für den Hofnoah hatte sie noch eine Zurechtweisung parat: »Und du, streck deinen Bierbauch nicht so raus! Das schaut ja furchtbar aus. Hättest auch sporteln sollen wie mein Erwin. Ihr warts im selben Alter, aber mein Erwin hat schon mehr gleichg'schaut.« Sie stapfte Richtung Stall davon. Der Hofrüde Rambo, ein Bild von einem Schäferhund, knurrte drohend und warf ihm einen verächtlichen Blick zu.

Der Hofnoah fühlte sich einerseits besser. Er war erleichtert, dass die Pöttl Uschi offenbar keine Ahnung von seinen Besuchen in dem illegalen Fitnessstudio ihres Sohnes hatte. Andererseits traf der gemeine Vergleich mit ihrem 35-jährigen Buben einen wunden Punkt, denn sie hatte damit völlig recht: Der Pöttl Erwin war in jeder Hinsicht eine bessere Partie als er. Er war ein fescher

Kerl, wohlhabend und über die Grenzen des Dorfes hinaus eine Berühmtheit. Das lag vor allem an seiner Teilnahme an der Datingshow *Desperate Farmers*. Die Folgen wurden gerade ausgestrahlt, doch schon seit der Aufzeichnung schwappten wahre Wogen der Begeisterung durch das Mühlviertel. Obwohl niemand dem Pöttl Erwin abgenommen hatte, dass er dort tatsächlich eine Partnerin fürs Leben gesucht hatte. Ihm waren auch vor dem Fernsehauftritt schon genug Frauen nachgelaufen.

Bereits im zarten Alter von achtzehn Jahren hatte er als »Mister Juli« mit einem strahlenden Lächeln im oberösterreichischen Jungbauernkalender posiert. Zudem war er, erst wenige Monate bevor er am Misthaufen landen sollte, bei einem Wettbewerb in Linz drunten zum »schönsten Mann Oberösterreichs« gewählt worden – der perfekte Werbeslogan, den der Fernsehsender bei keiner Gelegenheit unerwähnt ließ.

Die Sendung *Desperate Farmers* war dann auch zu einer einzigen Pöttl-Erwin-Show verkommen, in der er auf seinem Hof ein wunderschönes Model nach dem anderen antanzen ließ und am Ende eine nach der anderen wieder heimschickte. Der Funke sei einfach nicht übergesprungen, hatte er jede Woche von Neuem geknickt in die Kamera gesülzt, während die Damen über wahre Funkenflüge zu berichten wussten. Das Unfaire war, dass trotzdem irgendwie alle zufrieden waren: Der Fernsehsender verzeichnete wöchentliche Rekordquoten, das Publikum fühlte sich großartig unterhalten, und die Kandidatinnen waren nach einem einwöchigen Urlaub am Bauernhof zwar abserviert, aber erholt wieder nach Hause gefahren. Der eindeutige Gewinner des ganzen Theaters war wieder einmal der Pöttl Erwin gewesen.

Die Fernsehleute hatten ihm sogar eine eigene Sendung über seinen Alltag als »Glamour-Bauer« angeboten, wie er dem Hofnoah während seines Trainings noch wenige Wochen zuvor erzählt hatte. Dem Hofnoah wäre beinahe das Leberkas-Semmerl vom Mittagessen wieder hochgekommen, als der junge Landwirt das Wort »Glamour-Bauer« komplett unironisch aussprach. Aber jetzt lag der vom Leben so reich Beschenkte ja da drüben im Misthaufen, tröstete sich der Hofnoah.

Das schlechte Gewissen über diese in Gedanken vollzogene Pietätlosigkeit folgte auf dem Fuße. Gratis in diesem Fitnesscenter trainieren zu dürfen, war wirklich ein feiner Zug gewesen, den er dem Pöttl Erwin nie vergessen würde. Andächtig hielt er vor dem Eingang der zum Fitnessstudio gewordenen ehemaligen Traktorgarage eine Schweigeminute ab, als es plötzlich richtig laut wurde.

Auf dem Vorplatz fuhr eine Parade bestehend aus einem Streifenwagen, einem Notarztauto, einem Rettungswagen, einem Drehleiter-Fahrzeug und einem Kommandobus der Freiwilligen Feuerwehr sowie einem Zivilfahrzeug auf. Die Sirenen fusionierten zu einem ohrenbetäubenden Fanfaren-Orchester.

Die Ersten, die ihr Fahrzeug verließen und auf den Tatort zumarschierten, waren drei Gestalten in weißen Ganzkörperanzügen von der Spurensicherung. Einzeln und im Stakkato begrüßten sie den Revierinspektor, alle mit den gleichen Worten: »Servus Hofnoah, wohin?«

Der Angesprochene deutete zum Misthaufen: »Die ehrenwerten Herrschaften des Ku-Klux-Klans bitte in diese Richtung!« Er kostete den Moment, so gut es ging, aus, weil die Männer in ihren Overalls die einzigen waren, bei denen ihm zu dem elendigen Hofnoah-Schmäh ein

Konter einfiel. Bei den anderen musste er die Spezialanrede stoisch über sich ergehen lassen. Das galt auch für den Grant der Mairinger Bettina, die sich vor ihm aufgebaut hatte.

»Du bist mir noch eine Antwort schuldig«, herrschte sie ihn zur Begrüßung an.

»Aha. Wofür?«, fragte er übertrieben fadisiert an ihr vorbeiblickend.

»Na, ob du deppert bist! Da wird einer um'bracht, und du fährst allein hin. Das werd ich melden müssen«, lieferte sie ihm einen weiteren Grund, sie ganz und gar nicht zu mögen.

»Tu, was du nicht lassen kannst«, sagte er betont gelassen und marschierte davon. Er konnte es nicht fassen, dass er sich nur wenige Augenblicke zuvor die aufbrausende Kollegin noch herbeigewünscht hatte.

Das Tamtam der Einsatzkräfte hatte mittlerweile mindestens ein Dutzend Schaulustige angelockt, die wie die Fliegen zum Misthaufen drängten. Während sich die einen geschockt die Hand vor den Mund schlugen, konnten ihn die anderen nicht halten und diskutierten angeregt miteinander. Bei den Wortfetzen, die der Hofnoah aufschnappte, ging es aber nicht um das Elend, das sich ihnen darbot. Zwei Altbauern aus der Nachbarschaft besprachen stattdessen die Finalfolge *Desperate Farmers*, die einer von ihnen verpasst hatte. Beide freuten sich, dass sie bei der letzten Episode im Leben des Pöttl Erwin jetzt sogar live dabei sein durften.

Der Hofnoah entschied, dem Durcheinander ein Ende zu setzen. »Es gibt hier nichts zu sehen. Kommts, gehts heim!«, appellierte er an die Vernunft der Leute. »Und falls jemand sein Gewissen erleichtern möcht, rufts mich am Nachmittag an oder schauts am Revier in Galli drunten vorbei«, rief er in die Runde und schob ein paar Männer vom Misthaufen weg.

»He! Wir sind von der Feuerwehr!«, wehrte sich einer der Abgeschobenen und deutete auf etwa fünf weitere Herumstehende. Die Florianijünger waren wieder einmal auf Nummer sicher gegangen und mit voller Mannschaft angerückt. Erst jetzt registrierte der Hofnoah die eingestickten Familiennamen auf ihren Hemden. Das Dunkelgrün der Uniformen war von den im selben Farbton gehaltenen Arbeitsoutfits der gaffenden Landwirte kaum zu unterscheiden.

Kopfschüttelnd wandte sich der Hofnoah den anderen Zuschauern zu, bei denen er immerhin vereinzelt welche fand, die nicht der engagierten Einsatzorganisation angehörten. Er wies sie an, sich vom Tatort zu entfernen, allerdings mit bescheidenem Erfolg.

»Erwin?!?«, entfuhr es ihm auf einmal erschrocken. »Du lebst?« Er traute seinen Augen nicht. Unter den Schaulustigen befand sich ein junger Mann, der dem Pöttl Erwin wie aus dem Gesicht geschnitten war. Interessiert beobachtete er auf seinem Rennrad sitzend das geschäftige Treiben. Von der Ansprache des Hofnoah schien er etwas überrumpelt.

»Was? Nein! Nicht der Erwin«, gab er reflexartig zur Antwort. »Hubinger Kevin«, mumpfelte er kaum hörbar, und noch bevor der Hofnoah ihn verscheuchen konnte, war er schon davongeradelt.

Unterdessen hatte die Feuerwehr ihre Drehleiter so positioniert, dass ein Kollege von der Spurensicherung im Rettungskorb zur Leiche des Pöttl Erwin transportiert werden konnte.

»Schleichts euch!«, versuchte dieser zunächst, die Hühner verbal zum Rückzug zu bewegen. Doch erst als er handgreiflich wurde, räumten sie unter lautem Protest das Feld. Er fotografierte den Tatort aus der Nähe und markierte die Position der Leiche. Danach wurde er wieder an Land befördert, und zwei Feuerwehrler stiegen in den Korb, um den Pöttl Erwin zu bergen. Als er schließlich auf einer Trage am Vorplatz abgelegt worden war, begann der Gerichtsmediziner seine Untersuchungen.

Dem Hofnoah fiel bei diesem etwas Ungewohntes auf: »He Franz, du wirst doch nicht noch zu einem vorbildlichen FFP2-Maskenträger werden«, zog er den über die Leiche gebeugten Arzt mit Mund-Nasen-Schutz auf. Dieser war dafür bekannt, niemals eine Maske zu verwenden. Er begründete das damit, dass er aufgrund der jahrzehntelangen Konfrontation mit allen Herrgottsviren und -bakterien gegen alles immun sei, was es auf der Welt gab. Aber nun hatte er auf einmal eine Maske auf, die so groß war, dass sie ihm das halbe Sichtfeld verhüllte.

»Red nicht so blöd«, pfauchte er den Hofnoah an, »ich trag die, weil's da stinkt wie Sau!« Entsprechend schnell wollte er wohl fertig sein und stellte binnen Sekunden einen ersten Befund: »Bluterguss am Kopf, verursacht vermutlich durch einen stumpfen Gegenstand. Und so, wie die Leich beinand ist, wird sie sicher schon seit Mitternacht am Misthaufen g'legen sein. Mehr kann ich sagen, wenn ich sie mir in der Gerichtsmedizin näher ang'schaut hab.« Noch im Sprechen stand er auf und machte sich davon.

Der Hofnoah notierte in seinem kleinen schwarzen Notizbuch alle Informationen, die er während der Ermittlungen am Tatort erhielt. Auch wenn er in dem Fall sicher war, sich merken zu können, dass der Pöttl Erwin eine auf die Birne bekommen hatte. Lieber aufschreiben, dachte er, denn Mordermittlungen waren in seiner Karriere mangels Zuständigkeit noch nie vorgekommen. Ein aufgebrachtes Opfer eines Parkschadens da, ein aufmüpfiger Bürger mit einem Dachschaden dort – das waren normalerweise seine Baustellen. Und natürlich alle möglichen Folgen übermäßigen Alkoholkonsums. Ein Mord war da im Vergleich schon eine andere Hausnummer.

Als er mit seinen Notizen zum Zustand der Leiche fertig war, blickte er sich suchend nach der Altbäuerin um. Von ihr wollte er ein paar Fragen zum Vorabend beantwortet haben. Als er sah, dass die Mairinger Bettina schon neben ihr stand, entschloss er sich allerdings dazu, seine wohlverdiente Mittagspause anzutreten. Die vorlaute Kollegin konnte die restliche Tatortarbeit ruhig ohne ihn erledigen.

Es war ein großer Tag für den Hofnoah. Nach wochenlangem Bauchtraining wollte er bei der Mutter auf volles Risiko gehen, ihr die geschmolzenen Pfunde präsentieren und den ihm ohnehin bald verfassungsrechtlich zustehenden Schweinsbraten einfordern.

Als er zum Auto ging, hörte er die Mairinger Bettina noch nachrufen: »Hofnoah, pass auf …«, aber er ignorierte diese Worte wie gewohnt und wollte nichts mehr zwischen sich und den Schweinsbraten kommen lassen. *Hofnoah, pass auf …* war meistens die Einleitung für eine ihrer furchtbar gescheiten Weisheiten, und davon wollte er sich diesen Freudentag nun wirklich nicht verderben lassen.

Zielgerichtet schritt er, jeden Blickkontakt meidend, zum Auto. Kurz bevor er den Türgriff berührte, überkam ihn ein undefinierbares Brennen im Gesäß. Als er sich umsah, blickte er dem Hofrüden Rambo, der ihn zuvor die ganze Zeit schon argwöhnisch observiert hatte, direkt ins Gesicht. Der Wachhund des Pöttl-Hofs war gerade dabei, den Hofnoah zum Abschied in den Allerwertesten zu zwicken. Seine zwar gefletschten, aber altersbedingt bereits recht abgestumpften Zähne deuteten dabei keine Spur von Aggression, sondern vielmehr ein fröhliches Grinsen an.

Mit einem gezielten Rückwärtstritt bereitete der Hofnoah dem Vergnügen des Hofrüden ein Ende, worauf sich dieser beleidigt zurückzog. Damit war zwar ein erneuter Angriff vereitelt, und auch das Brennen hatte sich inzwischen einigermaßen gelegt. Im Zuge eines ungelenken Kontrollblicks stellte der Hofnoah aber ein Loch in seiner dunkelblauen Uniformhose fest, aus dem seine Unterwäsche hervorlugte. Ungünstigerweise war diese in einem knalligen Rot gehalten. Doch auch das konnte den Revierinspektor nicht aus der Ruhe bringen. Er war gedanklich längst beim Schweinsbraten der Mutter.

Er stieg ins Auto und fuhr davon. Zunächst organisierte er sich am Weg aber sicherheitshalber noch ein Leberkas-Semmerl. Die Gefahr, dass die Mutter für den spontanen Besuch nicht vorgesorgt hatte, schätzte er zwar als gering ein. Aber ein Restrisiko bestand immer.

KAPITEL DREI

Der Mutter stand die Überraschung ins Gesicht geschrieben, als der Hofnoah pünktlich um zwölf Uhr hungrig und für seine Verhältnisse abgemagert in ihrer Küche aufkreuzte.

»Ja, wie schaust du denn aus?«, fragte sie erstaunt. Nicht nur sein Besuch kam unerwartet, sondern auch seine neue Figur. Sie hatte nicht damit gerechnet, dass er tatsächlich genügend Disziplin zum Abnehmen aufbringen würde, schon gar nicht in so kurzer Zeit. Sie hatte eher mit Monaten als mit Wochen gerechnet. Und obwohl sie sich prinzipiell über jeden Besuch ihres Sohnes freute, war ihr seine Überraschungsvisite in ihrer Küche gar nicht recht, denn sie war kulinarisch überhaupt nicht vorbereitet.

»Da schaust, goi!«, antwortete er stolz und drehte sich in der engen Küche wie eine Ballerina um die eigene Achse.

»Du bist ja kaum wiederzuerkennen«, stellte die Mutter nach der Pirouette verblüfft fest. »Aber wieso hast du denn ein Loch im Hintern?« Sie ging hinter ihrem Sohn in die Hocke und untersuchte Rambos Werk interessiert.

»Geh, lass das! Ist nicht so wichtig«, reagierte der Hofnoah schroff und nahm mit einem Drehwurm im Kopf am Küchentisch Platz.

»Lange nicht g'sehn, Mama. Wie geht's dir?«, wollte er seltsam desolat wissen. Die Mutter registrierte den befremdlichen Zustand ihres Sohnes sofort. Gerade noch so vital, wirkte er auf einmal etwas bleich um die Nase. »Ist dir nicht gut?«, fragte sie besorgt.

»Nur schwindlig. Die Pirouette hätt ich bleiben lassen sollen. Es hat halt doch nicht nur Vorteile, wenn man so schnell so viel G'wicht verliert«, antwortete er selbstkritisch.

Doch wirklich schlecht konnte es ihm ohnehin nicht gehen, denn er kam gleich zum Wesentlichen: »Wie schaut's aus? Hast einen Schweinsbraten für mich?«

Die Mutter verneinte verschämt. Für ihren Buben kein Bratl auf Lager zu haben, war ihr mehr als peinlich.

Auch der Hofnoah war mit der Situation überfordert, denn das zuvor gekaufte Leberkas-Semmerl war wirklich nur als Back-up für den absoluten Notfall gedacht gewesen. Wochenlang hatte er auf diesen einen Moment hingefiebert. Wenn es beim Training besonders zwickte, stellte er sich bildlich vor, wie er den ersten Bissen von dem Bratl genießen würde, den nur die Mutter so zart hinbekam. Und jetzt das!

Der Hofnoah war tief enttäuscht. Das letzte Mal hatte er sich so mies gefühlt, als die Mairinger Bettina einen Tag früher aus dem Urlaub zurückgekommen war, weil der Chef dringend wegmusste.

Er begann unbeholfen herumzujammern: »Ich reiß mir wochenlang den Arsch auf, damit ich was Anständiges zum Essen krieg, und ausgerechnet an dem Tag, wo es wieder bergauf gehen soll, muss ich verhungern.«

Einerseits konnte die Mutter die missliche Lage ihres Sohnes gut verstehen. So ein kalter Entzug war schließlich nicht ohne. Andererseits hätte sie es als Verletzung ihrer erzieherischen Pflichten empfunden, den raunzenden Hofnoah in seinem Verhalten auch noch zu bestätigen. Erst kürzlich hatte sie gelesen, dass man emotionalen Überreaktionen nicht mit Mitleid begegnen durfte. Das war zwar in einer Zeitschrift für Hundehalter gewesen, aber so falsch würde das beim Hofnoah schon nicht sein.

»Dass du dir den Arsch samt Hose aufg'rissen hast, hab ich g'sehn«, antwortete sie streng, hielt kurz inne und fuhr in sanfterem Ton fort: »Hätt'st halt vorher ang'rufen, Bub! Wenn du nicht da bist, hat es bei mir doch noch nie einen Schweinsbraten gegeben! Wer sollt das denn alles essen?«

In gesättigtem Zustand hätte der Hofnoah es verstanden. Was soll eine alleinstehende Frau auch mit einem Kilo geschmorten Fleisch anfangen? Er dachte an die guten alten Zeiten zurück. Damals, als sie noch zu dritt daheim gewohnt hatten. Bevor sich der Vater mit einer neuen Frau davongemacht hatte. Da waren in ihrem Drei-Personen-Haushalt noch ganz andere Mengen über die Anrichte gegangen.

Der Hofnoah bekam fast schon feuchte Augen. Doch nicht die Abwesenheit des Vaters stimmte ihn traurig. Diese hatte er als klassischer Mama-Bub relativ gut weggesteckt. Nein, es war der Niedergang des Mühlviertler Fleischereigewerbes, der ihn bewegte. Die einstige Stammfleischbank hatte inzwischen sogar zusperren müssen. Als Ex-Großkundschaft empfand er seine Familie als mitschuld an der Misere.

Die Mutter riss den Hofnoah aus seiner Wehmut: »Heut hätt ich außerdem am allerwenigsten mit dir g'rechnet«, erklärte sie. »Ich hab gedacht, du musst sicher wegen dem Pöttl Erwin ermitteln. Wo ihr doch jetzt auch die Schwerverbrechen machts.«

»Woher weißt denn du jetzt schon wieder vom Pöttl-Mord?«, fragte der Sohn überrascht.

»Ist grad im Radio kommen. ›Der Jungbauer Erwin P. aus Altenberg‹ haben s' g'sagt. Da weiß ja jeder, wer g'meint ist«, erklärte die Mutter und lieferte ungefragt ihre Version des Tathergangs. »Eins sag ich dir: Das war die Uschi. Ihren Mann hat sie ja auch schon auf dem G'wissen. Lassts ihr sie dieses Mal auch wieder davonkommen?«

Der Hofnoah entlarvte die Frage als plumpes Ablenkungsmanöver vom eigentlichen Thema.

»Was gibt's denn bei dir heut sonst zu essen?«, fragte er skeptisch.

»Einen faschierten Braten mit Erdäpfelpüree kannst haben.«

Plötzlich war der Hofnoah wieder versöhnt: »Warum sagst denn das nicht gleich? Das ist ja eh annehmbar.«

Die Mutter erhob sich und holte ihm wie üblich eine Portion für zwei Personen, die er sofort in Angriff nahm. Warum sie dieses Gericht in der passenden Menge spontan parat hatte, blieb unklar.

»Kennst du die Pöttl Uschi eigentlich näher?«, war der Sohn nun bereit, mit vollem Mund über den Fall zu sprechen.

»Na ja, vom Sehen halt«, lautete die unergiebige Antwort.

Das war mal wieder typisch. Jemanden nur vom Sehen kennen und ihm gleich einen Mord anhängen, ärgerte sich der Hofnoah.

Doch die Mutter hatte überzeugende Argumente: »Wie sie immer daherstolziert und glaubt, sie ist was Besseres. Das hat sie bei vielen unbeliebt g'macht.«

»Aha, unbeliebt wegen ihrem Gang.« Der Hofnoah schüttelte den Kopf und schaufelte den Braten noch energischer in sich hinein. Es wäre ihm freilich nicht unrecht gewesen, wenn sich die Pöttl Uschi zügig als Täterin herausgestellt hätte. Erstens wäre der Fall dann schnell gelöst, und zweitens war sie ja wirklich eine Unsympathlerin, fand er.

Er verschlang den letzten Bissen, leckte die Reste des Pürees wie eine Katze vom Teller und klopfte zweimal auf den Tisch, als ob er der Köchin akademischen Beifall spenden wollte.

»Hat's dir g'schmeckt?«, fragte die Mutter erfreut.

»Ja, voi!«, lautete seine begeisterte Antwort. »Die paar Wochen Gymnastik vorm Fernseher haben sich ausgezahlt!«, bewahrte er auch in diesem euphorischen Moment das Geheimnis seines Gewichtsverlustes für sich.

Als er sich anschickte zu gehen, schien der Mutter noch etwas Erheiterndes auf dem Herzen zu liegen. Sie grinste wie ein frisch lackiertes Hutschpferd.

»Was ist los?«, fragte der Hofnoah, dem der belämmerte Gesichtsausdruck komisch vorkam.

»Ich muss dir noch was sagen«, eröffnete sie, ging aber zunächst in ein wieherndes Lachen über.

»Ja, dann sag halt!«, tönte der jetzt deutlich genervte Sohn.

»In dem Braten war kein Fleisch, sondern veganes Faschiertes drin!«, rief sie prustend und klatschte in die Hände.

Als sie die Reaktion des Hofnoah sah, verstummte ihr Lachen jedoch sofort. »Was hast denn?«, schlug ihre ausgelassene Stimmung in Besorgnis um.

Ihrem Sohn war von einer Sekunde auf die andere die Farbe aus dem Gesicht gewichen. Er lehnte sich zurück und atmete tief durch. Die Mutter war zu geschockt, um dem Rat aus der Fachzeitschrift für Hundehalter weiter Folge zu leisten. Anstatt also der offensichtlichen Überreaktion des Hofnoah mit Ruhe zu begegnen, überschüttete sie ihn mit Mitleid.

»Oje, das war jetzt wahrscheinlich ein bisserl viel für dich, goi!«, versuchte sie ihn zu beruhigen. »Komm, ich bring dich ins Wohnzimmer. Dann kannst dich ein bisserl hinlegen.« Während sie ihn mit einer Hand stützte, öffnete sie mit der anderen im Vorbeigehen die Kühlschranktür. »Da schau her, dein Lieblingsbier, ein Freistädter Märzen!«, versuchte sie ihrem Sohn wieder Leben einzuhauchen.

Der Hofnoah nahm die Flasche zögerlich entgegen und trank sie auf einen Sitz aus. Den letzten Schluck beließ er einige Sekunden im Mund und gurgelte mehrmals. Er wollte sichergehen, dass auch wirklich alle Reste der Fleischfälschung beseitigt waren.

Inzwischen machte sich die Mutter daran, für ihn auch gleich das Berufliche zu regeln: »Ich ruf die Mairinger Bettina an und bitt sie, den Nachmittagsdienst allein zu übernehmen.«

So schnell dem Hofnoah zuvor die lebenserhaltenden Körperfunktionen abhandengekommen waren, so schnell kehrten sie nun zurück. »Nein, das geht nicht!«, rief er und löste sich spontan aus dem Stützgriff. Der zu erwartende Spott der Kollegin über die Mutter, die ihn wie einen Schulbuben entschuldigte, war für ihn tausendmal schlimmer als eine Fake-Faschiertes-Vergiftung. »Ich hab einen Mord aufzuklären, Mama!«, bekannte er mit fester Stimme. »Da kann ich nicht einfach daheimbleiben.« Und auch über die Schandtat der Mutter wollte er nicht ohne Weiteres hinwegsehen: »Außerdem werd ich prüfen, ob ich den Betrug, den du mir angetan hast, nicht auch strafrechtlich verfolg.«

Das Einfühlungsvermögen der Mutter fand ein jähes Ende.

»Das würd ich mir an deiner Stelle noch mal überlegen«, entgegnete sie eiskalt. »Wenn ich im Häfn sitz, bist du doch komplett aufg'schmissen!«

Der Hofnoah erkannte natürlich sofort, dass sie recht hatte. Geistesgegenwärtig bot er ihr eine einvernehmliche Lösung des Konflikts an: »Na gut, unter folgenden Bedingungen bin ich bereit, Gnade vor Recht ergehen zu lassen.« Er räusperte sich, während die Mutter mit den Augen rollte. »Dienstags und freitags komm ich wieder wie früher zu Mittag bei dir vorbei, wo mich ein ofenfrischer Schweinsbraten mit Knödel und Soße, aber ohne Stöcklkraut erwarten wird«, diktierte er. »Für den Braten verwendest du frisches Fleisch vom Metzger in Galli und für den Knödel krachende Kaisersemmerln vom Altenberger Bäck.« Dann ergänzte er noch eine weitere wichtige Klausel: »Für den Fall, dass ich dich an einem anderen Wochentag unangemeldet besuch, hältst du im Tiefkühler eine Reserveportion bereit.« Er zupfte sich die Uniform zurecht und deutete in die Küche: »Wenn wir uns auf diese Bedingungen einigen können, vergeb ich dir, was vorhin passiert ist.«

Seiner Mutter passte der angebotene Kuhhandel mit dem Schweinsbraten ausgezeichnet. »Ich freu mich doch immer, wenn du kommst, Bub!«, bekannte sie übertrieben euphorisch und kniff dem Hofnoah in die rechte Wange.

»Schönen Nachmittag, Mama. Wenn dir zur Pöttl Uschi mehr als ihr arroganter Gang einfällt, gib mir Bescheid«, sagte er, salutierte beim Rausgehen mit zwei Fingern und hoffte, das eben Erlebte so schnell wie möglich aus seiner Erinnerung löschen zu können.

Lange hatte der Hofnoah nicht Zeit zum Erholen, denn angekommen am Posten, rieb ihm die Mairinger Bettina gleich ihre ersten Ermittlungsergebnisse unter die Nase.

»Die Pöttl Uschi sagt, sie war gestern bis ungefähr 23 Uhr bei ihrem Lebensgefährten in Linz drunten. Nach ihrer Rückkehr ist sie sofort schlafen gegangen. Sie und der Erwin haben auf dem Hof zwei getrennte Wohneinheiten. Sie hat ihn gestern zu Mittag das letzte Mal g'sehn. Am Abend hat sie keine verdächtigen Geräusche g'hört. Entdeckt hat sie ihn dann heut Vormittag«, ratterte sie herunter. »Was hast du bisher rausg'funden?«, fragte sie den Hofnoah, obwohl sie genau wusste, dass er von der Pause kam.

»Dass meine Mutter mich vergiften wollt. Das hab ich rausg'funden!«, antwortete er und schaute gedankenverloren zum Fenster hinaus. Den Vorfall mit dem untergejubelten veganen Braten hatte er seiner Mutter in der Zwischenzeit zwar vergeben, aber nicht vergessen.

»Das überrascht mich nicht«, antwortete die Mairinger Bettina trocken. Nicht einmal in diesem emotionalen Moment, in dem der Hofnoah aufmunternden Zuspruch bitter nötig gehabt hätte, konnte sie ihre mieselsüchtigen Gemeinheiten lassen.

Zum Glück war der Hofnoah mit seinen Gedanken schon weiter. Ihm schwante Böses für den Mordfall. Vorsätzliche Tötungsdelikte waren meistens Beziehungstaten oder fanden im engsten Familienkreis statt. So waren sie eigentlich auch relativ einfach aufzuklären. Entweder die Täter stellten sich selbst, oder sie gingen so dilettantisch vor, dass sie leicht zu überführen waren. Das wusste er noch aus Polizeischulzeiten.

Doch der Pöttl Erwin war ein bunter Hund gewesen und im ganzen Land bekannt. Ging man von einer Beziehungstat aus, fingen die Probleme schon an. Mit wem stand er alles in einer Beziehung? Er pflegte zum anderen Geschlecht so viel Kontakt, dass er rein rechtlich ein Gewerbe anmelden hätte müssen. Die paar Kandidatinnen von *Desperate Farmers* waren mutmaßlich nur die Spitze des Eisbergs.

Während die Sorgenfalten auf der Stirn des Hofnoah immer tiefer wurden, klopfte es an der Tür. Dann humpelte gemächlich eine ältere Dame herein.

Sie kam allerdings blitzschnell zur Sache. »Ich bin die Nachbarin vom Pöttl Erwin und kann euch sagen, wer den Buben um'bracht hat!«, erklärte sie.

Voller Stolz ob ihres wertvollen Wissens sah sie zuerst den Hofnoah und dann die Mairinger Bettina erwartungsvoll an, doch niemand erwiderte ihren Blick. Der Hofnoah stand immer noch mit dem Rücken zur Tür beim Fenster, und die Mairinger Bettina war demonstrativ in Unterlagen vertieft. Es war ihr üblicher Wettkampf, wer es länger durchhielt, Revierbesuch zu ignorieren. Am Ende verlor immer der Hofnoah, weil sein Platz näher am Eingang war.

In mürrischem Ton bot er der Frau schließlich einen Sessel an seinem Schreibtisch an, dessen Unaufgeräumtheit am ehesten mit dem Wort Saustall zu klassifizieren war. Seine Erwartungen in die Zeugin waren gering.

Die Erfahrung sagte ihm, dass solche, die mit ihrer Aussage den Fall zu lösen behaupteten, meistens Blödsinn redeten.

So war es dann auch bei der Nachbarin. Ihre aufgeregten Ausführungen stellten sich als ähnlich fundiert wie das Urteil der Hofnoah-Mutter über die Pöttl Uschi heraus. Sie erzählte, dass die Mörderin eine Dame namens Wegner Sarah sein müsse. Sie sei eine der letzten Freundinnen des Pöttl Erwin gewesen und habe von Anfang an nichts als Niedertracht ausgestrahlt. Kein einziges Mal habe sie gegrüßt, wenn sie mit ihm spazieren gegangen war. Angesprochen auf die Tatnacht, teilte die vermeintliche Zeugin mit, dass sie geschlafen und somit nichts gehört oder gesehen habe.

In früheren Zeiten hätte der Hofnoah so einer Wichtigtuerin mit Verweis auf die Schwachsinnigkeit ihrer Aussage forsch das Wort abgeschnitten und sie aus dem Wachzimmer geworfen. Das letzte Mal, als er das getan hatte, stellte sich die Besucherin allerdings als ehrenwerte Ehefrau des Postenkommandanten heraus. Das hatte im Anschluss einen ordentlichen Krach gegeben, und der Hofnoah hatte als Entschuldigung einen Strauß Blumen springen lassen müssen.

Da er nicht wusste, in welchem Verhältnis die vor ihm sitzende Alte zu diversen Polizeibonzen stand, hörte er dieses Mal also aufmerksam zu. Er tat so, als ob er sich die wichtigsten Punkte mitnotierte. Nachdem er in seinem Notizbuch eine Doppelseite mit Würfeln, Kreisen und Strichen vollgezeichnet hatte, bedankte er sich und verabschiedete die Dame.

Die Mairinger Bettina war während der Ausführungen der Pöttl-Nachbarin nicht aus dem Kopfschütteln herausgekommen. »Mei, Hofnoah, du bist vielleicht ein Hosenscheißer«, höhnte sie, als sie wieder allein waren. »Aber wenigstens hast dein Mandala fertig malen können«, spottete sie mit Blick auf sein Notizbuch.

Der Hofnoah beschloss, sein Gegenüber zu ignorieren, und kehrte gedanklich zum Fall zurück, genauer gesagt zum illegalen Fitnessstudio des Pöttl Erwin, in dem auch er Trainingsgast gewesen war. Der Studiobetreiber hatte sich unter den Mitgliedern nicht nur Freunde gemacht. Immer wieder war der Hofnoah Zeuge gewesen, wenn sich Sportler lautstark über die Preisgestaltung beschwert hatten. Der Pöttl Erwin wusste in Corona-Zeiten nämlich seinen Status als einziger Fitnesscenter-Betreiber weit und breit finanziell gnadenlos auszuschlachten. Während er die »VIPs« – so nannte er den Hofnoah, den Landesrat und den Arzt – gratis trainieren ließ, fuhr er bei den Normalos nahezu wöchentlich die Tarife nach oben. Außerdem erfand er immer wieder Schikanen, die die Leute zusätzlich Geld kosteten. So sprach er eines Tages das Verbot aus, selbst mitgebrachte Getränke beim Training zu konsumieren. Wer Durst hatte, musste sich bei ihm etwas kaufen. Schließlich käme im Wirtshaus auch niemand auf die Idee, das Bier von daheim zu saufen, erklärte er im Falle von Beschwerden.

Die Preisgestaltung der angebotenen Getränke war freilich nicht mit den Wirtshäusern in Altenberg oder Gallneukirchen vergleichbar, sondern eher mit Rotlichtlokalen in der Umgebung. Der Hofnoah hatte nicht nur einmal ungläubig beobachtet, wie ein Bodybuilder mit einer heftig pulsierenden Ader auf der Stirn fünfzehn Euro für ein Mineralwasser hingeblättert hatte. Da trug es dann auch nicht gerade zur Beruhigung der Situation bei, dass der Hofnoah in dem Moment beim Vorbeigehen einen ordentlichen Zug aus seiner mitgebrachten Trinkflasche nahm.

Was ihm aber am meisten Sorge bereitete, war eine andere Szene: Als der Pöttl Erwin wieder einmal eine seiner legendären Preiserhöhungen verkündete, bäumte sich ein Teil der zahlenden Kundschaft vor ihm auf und sprach diverse Drohungen aus. Es war in dem Moment gespenstisch finster im Raum geworden, weil die drei Kästen das zum Fenster hereinscheinende Tageslicht komplett abschirmten. Mit seinem gut trainierten Körper und den ein Meter achtzig Körpergröße war der Pöttl Erwin weder von unterdurchschnittlicher Größe noch Breite. Aber im Verhältnis zu der fast drei Meter breiten, mindestens ein Meter neunzig hohen und fast vierhundert Kilogramm schweren Muskelmasse, die sich vor ihm aufbaute, wirkte er wie ein vierjähriger Lausbub vor seinen erwachsenen Onkeln.

Deshalb verlangte seine Antwort dem Hofnoah auch nichts als Bewunderung ab: »Dann trainierts halt woanders, wenn's euch bei mir zu teuer ist«, warf er ihnen an die solariumverbrannten Köpfe.

Dann folgte der entscheidende Satz, der dem Hofnoah nicht aus dem Kopf ging: »Jetzt horch einmal zu, du Bauer«, leitete der linke Teil der Wohnwand ein, »du solltest gut aufpassen, dass du nicht einmal auf deinem eigenen Misthaufen landest!«

Die Situation löste sich schnell wieder auf, weil die Schränke dem Pöttl Erwin gemäß der alten Pumperweisheit »Große Klappe, nichts dahinter« ein paar Scheine in die Hand drückten und das Training fortsetzten.

Jetzt holten den Hofnoah die Ereignisse von damals wieder ein. Wie sollte er es anstellen, im Umfeld der geschröpften Trainingskollegen zu ermitteln, ohne sich selbst als illegaler Corona-Sportler zu outen? Es klopfte ein weiteres Mal an der Tür im Wachzimmer.

»Ich bin die Nachbarin vom Pöttl Erwin und …« Der Hofnoah hatte sich eigentlich felsenfest vorgenommen, beim Wegschauen dieses Mal nicht gegen die Mairinger Bettina zu verlieren. Aber er konnte nicht anders, als sich umzudrehen, um der geistig verwirrten Alten die Meinung zu geigen, wo sie doch schon beim ersten Mal nur seine Zeit vergeudet hatte. Doch jetzt war es ein anderes Frauengesicht, in das er blickte und das er mit einem unfreundlichen »Horch zu …« bereits eingeschüchtert hatte.

Also wechselte er schleunigst wieder in den Hosenscheißer-Modus – »Bitte setzen Sie sich!« – und schlug das Mandala in seinem Notizbuch auf.

»Mir ist gestern gegen Mitternacht am Pöttl-Hof etwas Komisches aufgefallen«, begann die Zeugin zu erzählen. Sie war um die fünfzig und wirkte, als habe sie tatsächlich etwas Interessantes zu berichten. »Ich war noch draußen meine Katzerl einsammeln. Wissen S' eh, wegen der Straße und den Rowdys, die vor der Abfahrt nach Linz runter auf der Geraden noch einmal Anlauf nehmen. Da lass ich die Katzerl in der Nacht nur ungern draußen. Es wär mir übrigens ein Anliegen, dass Sie da einmal eine Schwerpunktaktion durchführen«, machte sie beim Hofnoah dann doch jeden Funken Hoffnung auf eine brauchbare Zeugenaussage zunichte. Er kritzelte einen traurigen Smiley in sein Buch. Für die zufriedene Besucherin wirkte es, als würde er ihren

Wunsch verschriftlichen. »Jedenfalls bin ich dann wirklich froh g'wesen, dass ich die Katzerl schon in Sicherheit gebracht hab, weil vom Vorplatz am Pöttl-Hof auf einmal ein Auto herüberg'schossen ist. Unser Haus ist direkt bei der Zufahrt«, erklärte sie.
»Können Sie etwas zu Farbe, Modell oder Kennzeichen sagen?«, fragte der Hofnoah.
»Entlang der Zufahrt sind ja einige Laternen aufg'stellt, das heißt, ich hab da schon was erkennen können«, antwortete die Zeugin. »Es war ein schwarzer Mercedes. Das Kennzeichen weiß ich auch noch.« Die Pöttl-Nachbarin grinste auf einmal so seltsam aus der Wäsche, dass der Hofnoah sich zunächst über den Zustand ihrer Zurechnungsfähigkeit erkundigen musste.
»Was grinsen S' denn so damisch?«, vergaß er für einen Moment die vom Chef verlangten Umgangsformen.
»Na ja«, sagte sie, kicherte verlegen und kam endlich zum Punkt: »Das Kennzeichen von dem Cederer war leicht zu merken. Es war ›Penis eins‹, also ›PE‹ für Bezirk Perg und danach ›NIS‹ und die Ziffer Eins.«
»Ach so«, sagte der Hofnoah und hatte nun den gleichen damischen Ausdruck wie die Zeugin im Gesicht. »Das Zumpferl hinterm Steuer haben S' aber wahrscheinlich nicht erkennen können, oder?«, fragte er, mit großer Not einen Lachanfall zurückhaltend, worauf die über den Humor des Beamten entzückte Dame den Kopf schüttelte. Der Hofnoah räusperte sich und nahm wieder Haltung an.
»Danke, wir werden Ihre Angaben überprüfen«, sagte er pflichtbewusst. »Schönen Gruß an die Katzerl!«, rief er ihr beim Rausgehen noch nach und war zufrieden damit, wie höflich er die Zeugin behandelt hatte.

Die Mairinger Bettina hatte wieder nur ein Kopfschütteln und eine hämische Bemerkung für ihrer Kollegen übrig: »Das ist typisch Mann. Die größte Freude
habts ihr, wenn's um euer Spatzi geht.«

Der positiven Stimmung des Hofnoah tat das keinen
Abbruch. Er fasste die Zeugenaussage noch einmal zusammen, damit auch seine Kollegin den Witz daran verstand: »Entschuldige, der ›Penis eins‹ in der Tatnacht auf
Spritztour am Pöttl-Hof – wenn du darüber nicht lachen
kannst, ist dir nicht zu helfen.« Tatsächlich blieb ihr
Gesicht regungslos.

Der Hofnoah beschloss, seiner Neugier sofort nach-
zugeben und den Fahrzeughalter im Computer zu suchen.
Wenige Sekunden später hatte er ihn auch schon gefunden: Exenberger Denis, wohnhaft in Katsdorf. Er schrieb
die Adresse ins Notizbuch neben den traurigen Smiley
und erhob sich, um auf der Stelle hinzufahren.

»Wo geht's denn hin?«, fragte ihn die Mairinger Bettina
misstrauisch, als er mit dem Autoschlüssel in der Hand
zur Tür ging.

»Bist du meine Anstandsdame?«, entgegnete er genervt.

»Seit genau zwei Jahren und zwei Monaten«, rechnete
sie die Zeit zu ihrem ersten Arbeitstag in der Polizeiinspektion Gallneukirchen blitzschnell zurück und erhob
sich ebenfalls. »Also, auf geht's und setz gefälligst dein
Kapperl auf!«, kommandierte sie, nahm seine Kopfbedeckung von der Garderobe und drückte sie ihm unsanft
aufs Haupt.

Der Hofnoah wusste nicht, wie ihm geschah. »Au!
Nicht so grob!«, entfuhr es ihm nur. Das tief herunter-
gezogene Kapperl klappte seine Ohren optisch etwas
unglücklich auseinander. Dennoch versuchte er wieder

die Oberhand über die Situation zu gewinnen: »Erstens einmal weißt du gar nicht, wo ich eigentlich hinfahr. Und zweitens ...«

»Den ›Penis eins‹ besuchst«, ließ ihn die Mairinger Bettina gar nicht erst ausreden. »Ich kenn dich doch, Dumbo!« Sie nahm ihm den Autoschlüssel ab und ließ ihn beinhart stehen.

Dem Hofnoah blieb nichts anderes übrig, als ihr wie ein begossener Pudel zum Streifenwagen nachzudackeln. Die Situation war ihm gleich zweifach unangenehm. Nicht nur, dass er bei dem Einsatz nun die Mairinger Bettina an der Backe hatte. Er hatte sich von ihr auch noch den Schlüssel wegnehmen lassen. Dabei war er gar nicht gern Beifahrer.

Völlig untypisch für einen männlichen gebürtigen Mühlviertler scheute er nämlich Geschwindigkeit wie der Teufel das Weihwasser. Um stets Herr über das Gaspedal zu sein, fuhr er am liebsten selbst. Das gemütliche Tempo, das er dabei wählte, zog allerdings regelmäßig den Unmut der Mairinger Bettina auf sich. Umgekehrt ging es ihm bei den Fahrten mit ihr am Steuer viel zu rasant zu.

Die schweigsame Fahrt nach Katsdorf verbrachte er deshalb schmollend und mit schweißnassen Händen am Beifahrersitz. Nicht, dass die Mairinger Bettina besonders schnell unterwegs gewesen wäre. Doch die 50 km/h im Ortsgebiet und die 100 km/h auf der Landstraße fühlten sich für den Hofnoah am Beifahrersitz mindestens doppelt so schnell an.

An der angegebenen Adresse befand sich ein neu gebautes Mehrfamilienhaus mit zwölf Wohnungen. Gleich auf dem ersten Parkplatz vor dem Eingang stand das gesuchte

Fahrzeug mit dem besonderen Kennzeichen, was die Stimmung des Hofnoah augenblicklich aufhellte. Neugierig warf er einen Blick zum Fahrerfenster hinein, bekam aber außer einem Wunderbaum am Rückspiegel und einem Sechsertragerl Bier am Beifahrersitz nichts weiter zu sehen. Dann marschierte er zur Front des rückwärts eingeparkten Mercedes und nahm grinsend das Kennzeichen samt dem auf der Motorhaube montierten Stern ins Visier.

Als er sich mit dem Rücken dazu hinhockte und in seiner Jackentasche kramte, meldete sich seine Anstandsdame mit zischender Stimme zu Wort: »Ich warn dich, Hofnoah! Wenn du jetzt dein Handy rausholst und ein Selfie machst, sorg ich dafür, dass du heut noch deinen Job verlierst.«

Nachdem sich der Hofnoah seiner Chancen am freien Arbeitsmarkt nicht recht sicher war, ließ er von dem Vorhaben beleidigt ab.

»Zweiter Stock, Tür drei!«, rief ein älterer Herr, der die Szene aufmerksam beobachtet hatte, grinsend vom nächstgelegenen Balkon herunter. Für den Hofnoah hatte er mitfühlende Worte parat: »Ich muss mich auch immer so abhau'n, wenn ich das Kennzeichen seh!«

KAPITEL VIER

Der Hofnoah betätigte die Klingel neben dem Türschild, auf dem »Exenberger / Gruber« stand.

»Ja?«, meldete sich die Stimme eines Buben über die Sprechanlage.

»Grüß dich, hier ist die Polizei!« Der Hofnoah bemühte sich um einen besonders freundlichen Ton, um das Kind nicht zu verängstigen. »Ist dein Papa oder deine Mama zu Hause?«, säuselte er.

Am anderen Ende der Leitung blieb es still.

»Hallo?« Der Hofnoah läutete noch einmal.

»Ja, ich bin eh da!«, bekam er zur Antwort.

»Was ist jetzt? Holst schnell deine Eltern? Ich hab nicht ewig Zeit!«, drohte dem Hofnoah dann doch der Geduldsfaden zu reißen. Dass die Kollegin ihm das Selfie mit dem besonderen Nummernschild verwehrt hatte, war nicht ganz spurlos an ihm vorübergegangen. Er war gereizt.

»Reiß dich gefälligst zusammen!«, herrschte ihn die Mairinger Bettina da an.

Im selben Moment entsperrte sich mit einem Summen plötzlich die Tür, und die beiden Beamten betraten das Stiegenhaus.

»Zweiter Stock!«, hörten sie den Buben von oben rufen.

»Na, das können wir ja zu Fuß gehen!«, stellte der Hofnoah nicht ohne Stolz auf seine frisch antrainierte Fitness fest, doch die Mairinger Bettina schritt zielgerichtet zum Aufzug.

»Dann eben nicht!«, rief ihr der Hofnoah nach, bereits zwei Stufen auf einmal nehmend. Noch während der Lift von oben nach unten fuhr, um die faule Kollegin abzuholen, war er im zweiten Stock angekommen.

Vor der Wohnung auf der rechten Seite stand ein fast zwei Meter großer braun gebrannter Hüne mit Glatze, dessen gestählter Körper nahezu den gesamten Türstock ausfüllte. Die Träger seines ärmellosen Leiberls mit der Aufschrift »Gold's Gym« waren kaum einen Zentimeter breit. Der tiefe Ausschnitt gab den Blick auf zwei blank rasierte, massive Brustmuskeln frei.

Sofort fiel dem Hofnoah ein, von wo ihm der junge Mann bekannt vorkam. Er konnte ihn als einen Seitenteil der Schrankwand identifizieren, die sich damals im Fitnessstudio vor dem Pöttl Erwin aufgebäumt und ihn bedroht hatte.

Der Hofnoah hoffte, dass er selbst bei seinem Gegenüber keinen bleibenden Eindruck hinterlassen hatte. Er zog sich sein Kapperl etwas tiefer ins Gesicht und versuchte, das Eis zwischen ihm und dem grimmig dreinblickenden Katsdorfer Terminator mit einer jovialen Bemerkung zu brechen: »Einen ganz schönen Bengel habts ihr da! Der Bub hätt uns fast nicht reinlassen.« Der Mimik seines Gegenübers konnte er damit aber keine Reaktion entlocken. Stattdessen meldete sich der Lift, woraufhin die Tür aufging und die Mairinger Bettina die Szenerie betrat.

»Ah, grüß Sie«, sagte sie zu dem Muskelberg auf der Türschwelle. Selbst die jederzeit beherrschte und abgeklärte Kollegin konnte ihr Staunen über das Volumen des gestählten Körpers nicht verbergen, versuchte es aber mit einem betont lässigen Spruch zu überspielen: »Ist also doch ein Erwachsener daheim. Ihr Bub hätt uns ja fast nicht reinlassen.«

Zwar veränderte sich auch jetzt im Gesicht des beamtshandelten Bürgers nichts, aber der Hofnoah glaubte, am linken Brustmuskel ein Zucken vernommen zu haben. Langsam wurde es wirklich unheimlich.

»Also, worum geht's eigentlich?«, brach der Exenberger Denis endlich sein Schweigen, worauf sowohl der Hofnoah als auch die Mairinger Bettina ihn mit offenem Mund anstarrten.

Der Bub an der Sprechanlage, den der Hofnoah angewiesen hatte, einen Erwachsenen zu holen, entpuppte sich als Exenberger Denis höchstpersönlich. Wie konnten bei einem Menschen Optik und Akustik nur so voneinander abweichen? Und warum musste das ausgerechnet bei ihm so sein?

Die beiden Beamten fürchteten sich zu Tode und waren gleichzeitig im Begriff, in schallendes Gelächter auszubrechen. Man konnte von Glück reden, dass es die Mairinger Bettina fertigbrachte, als Erste wieder die Fassung zu erlangen. Ihr Überlebensdrang war so ausgeprägt, dass sie instinktiv das Richtige tat: Sie verhielt sich so, als ob die vergangenen zehn Minuten nie passiert wären.

»Denis Exenberger? Wir haben ein paar Fragen an Sie«, sagte sie und klang dabei, als befände sie sich in der langweiligsten Situation ihres Lebens.

Der Exenberger Denis bedeutete den Beamten reinzukommen. Der Hofnoah war kurz davor, sich mit der Ausrede eines wichtigen Telefonats aus dem Staub zu machen. Er war unsicher, ob er seine Lachmuskeln in der Wohnung im Griff haben würde, wenn er dem Befragten länger zuhören musste.

»Jetzt komm endlich!«, bekam er im selben Moment aber von seiner Anstandsdame zu hören, die bereits durch den winzigen Spalt zwischen Exenberger und Türrahmen geschlüpft war. Der Hofnoah folgte den beiden ins Wohnzimmer, wo sie auf einer schwarzen Ledersitzgruppe Platz nahmen.

»Ich hab nicht viel Zeit, ich muss ins Training«, mahnte der Exenberger Denis zur Eile.

Die Mairinger Bettina ergriff prompt das Wort: »Wo waren Sie gestern Nacht zwischen 22 und 2 Uhr?«

»Daheim, wieso?«

»Kann das jemand bezeugen?«

»Nein, wieso?«

Das piepsende »wieso?« am Ende jeder Antwort wäre dem Hofnoah in normalen Zeiten egal gewesen. Doch nun, bei der ersten externen Zeugenbefragung in seinem ersten Mordfall, war er von normal weit entfernt. Sein stählernes Nervenkostüm war angespannt. Plötzlich sorgte er sich nicht mehr davor, einen Lachanfall wegen der glockenhellen Stimme zu erleiden, vielmehr hatte er alle Hände voll damit zu tun, einen Wutausbruch zu unterdrücken.

Die Mairinger Bettina ließ sich davon nicht aus der Ruhe bringen: »Laut Zeugen ist ein Fahrzeug mit dem Kennzeichen ›PE-NIS 1‹ gestern gegen Mitternacht mit erhöhter Geschwindigkeit vom Pöttl-Hof in Altenberg droben davongerast. Das ist doch Ihr Auto, oder?«

Der Exenberger Denis überlegte kurz. »Ja, wieso?«, antwortete er.

»Weil Sie grad ausg'sagt haben, dass Sie daheim g'wesen sind«, übte sich die Beamtin in bewundernswerter Beherrschung. »Also, ist dann heut Nacht jemand anderer mit Ihrem Cederer g'fahren?«, fragte sie.

»Nein, wieso?«, piepste der Exenberger Denis.

»Jetzt hören S' doch einmal mit dem unnötigen ›wieso?‹ auf!«, entfuhr es jetzt dem Hofnoah. »Der Pöttl Erwin ist heut früh tot auf seinem Misthaufen g'legen. Deshalb gehen wir jetzt jeder Spur nach, die uns zum Täter führen könnte. Der Rest geht Sie nichts an!«

Die Miene des Exenberger Denis verfinsterte sich. Dem Hofnoah wurde schlagartig klar, dass nicht einmal alle Polizisten des Bezirks zusammen seinem Gegenüber körperlich gewachsen waren. Er grinste verlegen und senkte den Blick.

Kurz bevor die Mairinger Bettina dann auch noch die Geduld verlor, schien dem Befragten der Widerspruch in seinen einsilbigen Antworten klar zu werden. Sein grimmiger Blick war einem Anflug von Hilflosigkeit gewichen. Der linke Brustmuskel verkrampfte sich. Nach einigen Sekunden Stille rückte er mit der Sprache heraus: »Ja, ich war gestern Nacht am Pöttl-Hof. Der Erwin schuldet mir noch Geld. Das wollt ich mir holen.«

Der Hofnoah sah sich genötigt, wieder an der Befragung teilzunehmen: »Seit wann hat denn bitte Altenbergs reichster Bauer Schulden?«

Mit einer Frage wie dieser konnte der Exenberger Denis nicht umgehen. Weder »Ja, wieso?« noch »Nein, wieso?« passten als Antwort.

Die Mairinger Bettina erkannte sein Dilemma und stellte ihm eine andere Frage: »Haben Sie Ihr Geld denn von ihm zurückbekommen?«

»Nein«, sagte er nur. Das »wieso?« ersparte er sich diesmal.

Der Exenberger Denis wirkte überfordert, ihm schien etwas aufs Gemüt zu drücken. Er begann unruhig vor-

und zurückzuwippen. Jede Bewegung pflanzte sich leicht verzögert zur neben ihm sitzenden Beamtin fort, die unweigerlich in ein ähnliches Schaukeln versetzt wurde.

»Der Pöttl Erwin ist vergangene Nacht ermordet worden, in etwa zu der Zeit, als man Ihr Auto in der Nähe des Tatorts gesehen hat«, ging die Mairinger Bettina auf Konfrontation.

Zum Wippen, dem zuckenden Brustmuskel und dem hilflosen Blick kam beim Exenberger Denis ein rhythmisches Malmen der Backenknochen hinzu.

Der Hofnoah hatte die Hosen voll. Was, wenn der 120-Kilo-Koloss jetzt durchdrehte? Er konnte sich einen angenehmeren Tod vorstellen. Irgendwas musste er unternehmen. »Also, ähm …«, begann er zu stammeln, »wir glauben selbstverständlich nicht, dass Sie das g'wesen sind, aber Sie könnten ein wichtiger Zeuge für uns sein, wenn Sie uns sagen, ob Sie etwas Verdächtiges beobachtet haben.« Und zur Beruhigung des Befragten lenkte er vom Thema ab: »Wie sind Sie eigentlich auf Ihr Wunschkennzeichen gekommen? Das ist ja voi lustig!«

Die Körperfunktionen des Exenberger normalisierten sich allmählich, und seine Miene hellte sich merklich auf. »Damals in der Schule haben s' mich immer wegen meinem Vornamen g'hänselt«, erzählte er für seine Verhältnisse redselig. »Penis habens immer g'sagt statt Denis«, fügte er zwischen kindlichem Kummer und unterdrückter Wut hinzu. Er schluckte gequält und hatte auf einmal alle Sympathien des Hofnoah auf seiner Seite. Hänseleien aufgrund des Vornamens gehörten seiner Meinung nach als eigener Tatbestand ins Strafgesetzbuch. »Jedenfalls hat's dann zum zehnjährigen Klassentreffen eine Wette 'geben. Zehn Kisten Bier, wenn ich mir das Wunschkennzeichen ›PE-NIS 1‹ machen lass.« Der Exenberger Denis warf den beiden Beamten einen selbstgefälligen Blick zu, bevor er mit stolzgeschwellter Brust bekannte: »Ich hab die Wette g'wonnen.«

Die Mairinger Bettina seufzte, der Hofnoah war beeindruckt. So cool wollte er auch mit seinem unfreiwilligen Spitznamen umgehen können.

Die Mairinger Bettina kam wieder aufs Wesentliche zurück: »Also, was sagen Sie dazu, dass Ihr Auto mit dem tollen Wunschkennzeichen zur Tatzeit in der Nähe des Tatorts gesehen worden ist?«, fragte sie ungeduldig.

»Als ich hinkommen bin, ist der Erwin schon auf dem Misthaufen g'legen, ehrlich!«, platzte es aus dem Exenberger Denis jetzt heraus. Die Mairinger Bettina und der Hofnoah rissen gleichzeitig die Augen auf, der Befragte schien über seine Wortmeldung nicht besonders glücklich zu sein.

»Wieso haben S' denn da nicht sofort die Polizei g'holt?«, wollte die überraschte Beamtin das Naheliegende wissen.

»Hätt ich die Kieberei g'rufen, hätten alle 'glaubt, dass ich den Erwin heimdreht hab.«

Diese exenbergersche Erklärung für die Flucht hatte etwas für sich. Allerdings war er dadurch, dass er dabei beobachtet worden war, nun erst recht verdächtig.

»Ist außer Ihnen beiden noch jemand anderer dag'wesen?«, fragte ihn die Mairinger Bettina.

»Nein, wieso?«, fiel der Exenberger Denis dann doch wieder ins alte Muster zurück.

Allerdings war die Mairinger Bettina mit der Ausbeute an Informationen bereits zufrieden. »Danke, das reicht uns vorerst. Wir melden uns, wenn wir weitere

Fragen haben. Zum Protokollieren Ihrer Aussage müssten S' mal am Posten vorbeikommen«, sagte sie und erhob sich.

Der Exenberger Denis warf zuerst ihr und dann ihrem Kollegen einen fragenden Blick zu. Glaubten sie ihm etwa nicht? Und wozu sollte er auch noch zur Polizei hinfahren, wenn er mit dem Mord nichts zu tun hatte? Er stand zögerlich auf.

Einmal mehr bewies der Hofnoah, dass er einen siebten Sinn dafür hatte, zum richtigen Zeitpunkt in den Hosenscheißer-Modus zu wechseln. »Das ist alles reine Routine!«, ergänzte er hastig, hievte sich aus der Couch hoch und streckte seinen Arm den halben Meter zur rechten Schulter des Exenberger hinauf, um sie freundschaftlich zu tätscheln. Im letzten Moment zog er die Hand wie vor einer heißen Herdplatte doch noch zurück. »Voi lässiges Auto, übrigens! So einen wollt ich auch schon immer haben«, schloss er mit einem Kompliment.

Der Exenberger Denis stand verwirrt wie ein angefahrener Rehbock in der Mitte seines Wohnzimmers. Da die Sorge, eines Mordes verdächtigt zu werden, dort das Kompliment für den Mercedes: Diese Reizüberflutung war ihm sichtlich zu viel.

»Wiederschaun!«, rief die Mairinger Bettina und gab dem Hofnoah mit einem Zupfen an der Uniform zu verstehen, dass er mitkommen sollte. Der Exenberger Denis blieb verstört zurück.

Als sie die Wohnungstür hinter sich geschlossen hatten, atmete der Hofnoah erleichtert auf.

Auch die Mairinger Bettina war glücklich darüber, heil aus der Situation herausgekommen zu sein. Sie zeigte ihre Euphorie, indem sie ihre Meinung dem Kollegen kundtat, ohne sie mit Sticheleien über dessen unterwürfiges Verhalten zu würzen: »Also, wenn du mich fragst, war es der Exenberger Denis nicht. Der ist zu blöd zum Morden.«

Der Hofnoah nickte zustimmend und stieg zu ihr in den Lift. An einen Fußmarsch über die Stiege war aufgrund der erlittenen emotionalen Strapazen nicht zu denken.

Er wollte es nicht offen zugeben, aber er empfand in diesem Moment fast so etwas wie Dankbarkeit gegenüber der Mairinger Bettina. Schließlich hatte sie die anfängliche Verwirrung um die Piepsstimme des Exenberger Denis professionell gelöst. Nicht auszudenken, was der Koloss von Katsdorf mit ihm allein vor der Wohnungstür aufgeführt hätte.

Der kurze Anflug an Sympathie für seine Kollegin trat aber gleich wieder in den Hintergrund, denn der Hofnoah musste über den Fall nachdenken. Ein Detail in der Aussage des Exenberger Denis bereitete ihm Kopfzerbrechen, nämlich die angeblichen Schulden des Mordopfers. Zum einen schien es ihm völlig abwegig, dass der Pöttl Erwin Geldprobleme hatte. Zum anderen war es unwahrscheinlich, dass er sie mittels Kredit vom Exenberger zu lösen versucht hatte. Der Hofnoah wollte keine vorschnellen Schlüsse ziehen, aber mit dem zwanzig Jahre alten »PE-NIS 1«-Mercedes und der Wohnung im Genossenschaftsbau wirkte der Exenberger Denis nicht wie der klassische begüterte Großkapitalist, der Darlehen an Großbauern zu verteilen hatte.

Für viel wahrscheinlicher hielt er eine andere Theorie: Betrachtete der Exenberger Denis die Wuchertarife, die ihm der Pöttl Erwin zu Corona-Lockdown-Zeiten im Fitnessstudio abgeknöpft hatte, inzwischen vielleicht als Schulden, die er sich von ihm zurückholen musste? Dem Hofnoah fiel die beobachtete Szene mit einem Bodybuilder wieder ein, der für eine kleine Flasche Mineralwasser fünfzehn Euro hingeblättert hatte. Jemand, der die Notlage verzweifelter Kraftsportler so dreist ausnutzte, machte sich keine Freunde. So etwas blieb in Erinnerung.

Je mehr der Hofnoah darüber nachdachte, desto schlüssiger ergab sich für ihn beim Exenberger Denis ein Motiv für den Mord. Schließlich war dieser auch Teil der Truppe gewesen, die den Pöttl genau mit jenem Schicksal bedroht hatte, das ihm schlussendlich geblüht hatte: ein unrühmliches Ende auf dem Misthaufen.

Doch damit wurde der Fall endgültig zu einem Problem für den Hofnoah selbst: Er war der einzige Zeuge der gefährlichen Drohung im pöttlschen Fitnessstudio, konnte aber nicht darüber sprechen, ohne sich als illegaler Misthaufensportler zu outen. Er sah sich gezwungen, eigene Ermittlungen zu starten. Er musste herausfinden, ob der Exenberger Denis oder seine zwei Komplizen, mit denen er den Pöttl Erwin damals bedroht hatte, an dem Mord beteiligt gewesen waren. Und er hatte auch schon eine Idee, wie er an die gewünschten Informationen kommen würde.

»Oder fällt dir was Besseres ein?«, riss die Mairinger Bettina den Hofnoah aus seinen Gedanken. Er hatte keine Ahnung, was die Kollegin, die den Streifenwagen Richtung Gallneukirchen steuerte, gerade von sich gegeben hatte.

»Nein, passt schon«, erwiderte er knapp und schwieg sich danach wieder auf dem Beifahrersitz aus.

Kurz vor der Ankunft bei der Polizeiinspektion schnallte sich der Hofnoah auf Höhe der Fleischmanufaktur ab. Das machte er manchmal so, sobald das Fahrtempo ein Niveau erreicht hatte, das sogar er als sicher empfand. Selbst der Wechsel auf den neuen Streifenwagen, bei dem das Lösen des Gurts während der Fahrt ein nervtötendes Piepsen auslöste, hatte an dieser Tradition nichts geändert.

Der Mairinger Bettina ging das gehörig gegen den Strich, zumal der Hofnoah es nicht lassen konnte, dabei auch noch das Beifahrerfenster zu öffnen. Die irritierten Blicke der Passanten waren ihr einigermaßen peinlich, wenn sie die letzten paar Hundert Meter zum Posten mit aktiviertem Gurtalarm zurücklegten. Sie hatte es aber irgendwann aufgegeben, den unverbesserlichen Hofnoah zurechtzuweisen. Der Depp tat ja sowieso, was er wollte, und je mehr sie sich darüber aufregte, desto größer war seine Freude daran. Diesen Triumph wollte sie ihm nicht gönnen.

An diesem Tag versuchte die Mairinger Bettina allerdings wieder einmal, ihn zum Anschnallen zu bewegen. Sie übertönte den Gurtalarm kreischend mit der Frage, ob er komplett deppert sei. Wie immer blieb ihr der Hofnoah eine Antwort schuldig.

Auf Höhe des Autohauses, wo sie längst hätte bremsen müssen, um auf den Parkplatz der Polizei einzubiegen, fuhr sie mit unveränderter Geschwindigkeit einfach weiter. Abgesehen von der Änderung der Fahrtroute verhielt sich die Mairinger Bettina wie immer. Doch der überraschte Hofnoah glaubte zu beobachten, wie sich ihre Finger wie winzige Würgeschlangen um das Lenkrad verkrampften. »Ich glaub, du bist diejenige von uns zwei, die deppert worden ist«, meldete er sich nun doch zu Wort und versuchte betont gelassen, seine innerliche Unsicherheit zu überspielen.

Die Mairinger Bettina ignorierte seine Replik, aktivierte das Blaulicht und bog schwungvoll in die Lederergasse ein. Wenige Hundert Meter später legte sie beim Zebrastreifen vor der Kreuzung zur Färbergasse eine wohldosierte Zielbremsung hin. Diese kam einigermaßen abrupt, und der Hofnoah konnte sich mangels Sicherheitsgurt nur mit viel Mühe in seinem Sitz halten. Die Mairinger Bettina reagierte mit einem vergnügten Grinsen, das dem Hofnoah das Blut in den Adern gefrieren ließ. Direkt vor dem Streifenwagen setzte sich am rechten Straßenrand eine ältere Dame in Bewegung, um die Fahrbahn zu überqueren. Eine gefühlte Ewigkeit später versäumte sie es nicht, auf halber Strecke kurz zu stoppen und dem Polizeiauto, das sich offenbar im Einsatz befand, anerkennend zuzunicken. Sie freute sich, dass die Beamten der älteren Generation noch den gehörigen Respekt entgegenbrachten.

Die Mairinger Bettina ließ das Fenster hinunter. »Grüß Sie, Frau Weber! Wie geht's Ihnen denn?«, rief sie überschwänglich.

Einen so freundlichen Ton kannte der Hofnoah von seiner Kollegin nicht. Er wertete ihn in Kombination mit der Amokfahrt, deren Opfer er zu sein glaubte, als weiteres Indiz dafür, dass seiner Sitznachbarin die Sicherungen durchgebrannt waren. Er sank etwas tiefer in sich zusammen. Auf keinen Fall wollte er klein beigeben und sich wieder angurten, auch wenn er es langsam mit der Angst zu tun bekam. Dass die Mairinger Bettina einen Klopfer hatte, war ihm immer schon klar gewesen, aber jetzt wurde ihr Verhalten strafrechtlich relevant: Freiheitsentziehung, potenzielle Körperverletzung, Amtsmissbrauch …

Er hatte sich noch gar nicht alle einschlägigen Delikte vor Augen geführt, da ging die Entführung auch schon weiter. »Schönen Tag noch, Frau Weber!«, rief die Mairinger Bettina zum Fahrerfenster hinaus und setzte den Streifenwagen wieder in Bewegung.

In kürzester Zeit hatte sich der Zeiger der Geschwindigkeitsanzeige in einen Bereich hochgeschraubt, den der Hofnoah naturgemäß nur im äußersten Notfall erreichte. Noch dazu hatte die Mairinger Bettina eine Strecke gewählt, die für solche Geschwindigkeiten mehr als unpassend war. Als sie beim Hotel Waldheimat vorbeikamen und den Berg hinauf auf die erste Serpentine zusteuerten, tippte die Beamtin zu allem Übel auf den Einschaltknopf des Radios.

Prompt meldete sich Andreas Gabalier zu Wort, der sich in einem Lied darüber beklagte, Kopf, Verstand und Herzschlag zu verlieren. Dasselbe fürchtete der Hofnoah, der sich nun mit beiden Händen am Angstgriff über der Tür festklammerte. Nicht nur, dass die Mairinger Bettina mitzusingen begann und die Melodie dabei zielsicher um eine ganze Tonart verfehlte, auch auf der Fahrbahn entfernte sie sich in einem Moment der Unachtsamkeit vom vorgegebenen Verlauf. Sie riss zwar das Lenkrad sofort wieder herum. Der Kontakt mit der Leitplanke in der nächsten Linkskurve ließ sich dadurch aber nicht mehr vermeiden. So schliff die rechte Front des VW Touran an den Stahllatten am Straßenrand entlang. Nicht allzu intensiv, aber doch spürbar.

Der Hofnoah hatte längst damit begonnen, sich Schritt für Schritt aus dem Diesseits zu verabschieden. Als er die Leitplanke auf sich zukommen sah, kniff er die Augen zu, führte instinktiv seine Hände vor seiner Brust zusammen und sprach in Gedanken sein letztes Gebet. Er war schon lange nicht mehr in der Kirche gewesen, aber im Angesicht des Todes fand er doch noch zu Gott. Immerhin war er älter als der Pöttl Erwin geworden, versuchte er sein Leben positiv gestimmt abzuschließen. In Erwartung des ewigen Lichts erlebte er in dem Paralleluniversum, in dem er sich befand, das leichte Touchieren der Leitplanke dann auch als massives Schleudertrauma, bei dem er fern aller physikalischen Gesetze mit der rechten Schulter volle Wucht gegen die Beifahrertür knallte. Als nach wenigen Augenblicken das Fahrzeug zum Stillstand kam, blieb der Hofnoah in der Annahme, im Gallneukirchner Forst seine letzte Ruhestätte gefunden zu haben, regungslos sitzen.

»Scheiße!«, rief die Mairinger Bettina und riss die Tür auf. Sie hatte nach dem Kontakt mit der Leitplanke das Auto bei der nächsten Einfahrt in den Wald angehalten, um den Schaden zu begutachten. Als sie um das Fahrzeug herumging, erblickte sie eine Reihe von Kratzern und eine Beule, die den Scheinwerfer zur Seite drückte. Finanziell war es wohl kein riesiger Schaden, aber am Posten würde das beim Chef einige Fragen aufwerfen.

Während sich die Mairinger Bettina grün und blau ärgerte, erwachte der Hofnoah aus seinem gekünstelten Koma. Das verärgerte »Scheiße!« der Kollegin hatte ihn ins Leben zurückgeholt. Trotz schmerzhafter Prellung an der Schulter grinste er übers ganze Gesicht, als die Unglückspilotin einstieg und den Motor wieder startete.

»Na, bumm«, begrüßte er sie, »du fährst ja fast so gut, wie du singst.« Für den Rest der Fahrt strahlte er sie einfach nur an. Es bedurfte keiner weiterer Worte. Ihre eingefrorene Miene und ihr betont defensiver Fahrstil waren ihm Lohn genug.

Der Hofnoah hatte allerdings immer noch keine Ahnung, wohin ihn die Mairinger Bettina verschleppte. Erst als sie in Altenberg droben in die Zufahrt zum Pöttl-Anwesen einbogen, war ihm der Anlass für diese Sonderfahrt klar.

Die Mairinger Bettina stoppte das Auto mitten auf dem Vorplatz, stieg aus und verschwand hinter der Traktorgarage. Der Hofnoah war neugierig, was sie vorhatte, wollte ihr aber auch nicht wie ein Hunderl hinterherlaufen. Zu allem Überfluss erblickte er im Rückspiegel den Hofrüden Rambo, der am Hauseck saß und den Streifenwagen nicht aus den Augen ließ. Unschlüssig wartete er ab.

Als keine fünf Minuten später dann auch noch die Pöttl Uschi aus dem Haus kam, war beim Hofnoah die Motivation auszusteigen endgültig weg. Er musste seiner Mutter recht geben: Wie die daherstolzierte und glaubte, sie sei etwas Besseres, war wirklich nicht auszuhalten. Als sie direkt auf das Polizeiauto zusteuerte, fiel dem Hofnoah in seiner Not nichts Besseres ein, als in Deckung zu gehen. Er hatte absolut keine Lust, ihr zum noch sehr dürftigen Ermittlungsstand Rede und Antwort zu stehen. Er kauerte sich im Fußraum zusammen und hoffte, dass sie ihn noch nicht gesehen hatte.

KAPITEL FÜNF

Am Beifahrerfenster klopfte es. Der Hofnoah erschrak. Für einen Rückzieher war es zu spät. Er entschied, regungslos in Position zu bleiben. Das Klopfen würde schon verschwinden, wenn er sich nicht rührte.

»Hallo!?«, blazte die Pöttl Uschi mit ihrem ganz eigenen, markdurchdringenden Organ. Es dauerte keine zehn Sekunden, da wurde auch schon die Tür von außen aufgerissen. Damit hatte der Hofnoah nicht gerechnet. Träge wie ein Sack Mühlviertler Hochland-Erdäpfel fiel er ihr vor die Füße.

»Au!«, schrien beide schmerzerfüllt im Chor. Der Hofnoah war mit der ohnehin lädierten rechten Schulter auf dem harten Asphalt gelandet und hatte dabei die Zehen der Pöttl Uschi gestreift.

»Sag einmal, bist du ang'soffen, Hofnoah?«, wollte die Mutter des Mordopfers wissen. Sie bekam keine Antwort. »Was ist nur los mit dir?«, versuchte sie es anders.

Doch dem Hofnoah erschien es zu kompliziert, eine Erklärung für das Zustandekommen der Situation zu liefern. Während er versuchte, möglichst elegant aufzustehen, stellte er eine Gegenfrage: »Wo ist die Wahnsinnige hin?«

Er spürte, dass mit seiner Schulter etwas nicht ganz in Ordnung war, und irrte ein paar Meter, den Arm sorgsam haltend, in der Dämmerung umher. Außer der Hausherrin und ihrem Wachhund konnte er aber niemanden sehen. So hilflos am Pöttl-Hof-Vorplatz stehend, mit den Blicken der Uschi und des Rambo im Genick, kam beim Hofnoah auf einmal Unsicherheit darüber auf, ob seine Sturheit wegen dem Sicherheitsgurt das alles wert gewesen war. Wenn er sich einfach angeschnallt hätte, wäre die Mairinger Bettina vielleicht nicht so durchgedreht, überlegte er.

Länger als eine halbe Minute hatte diese Erkenntnis in ihm aber nicht Zeit zu reifen, denn die Pöttl Uschi begann wieder zu keifen. »Wenn du mir nicht augenblicklich sagst, was hier los ist, ruf ich die Polizei«, drohte sie wenig überzeugend.

»Stets zu Diensten«, murmelte der Hofnoah nur, begutachtete den Frontschaden am Streifenwagen und stieg auf der Fahrerseite ins Auto. Am Rückweg zum Posten wollte er aus Sicherheitsgründen unbedingt selbst am Steuer sitzen. Die Pöttl Uschi folgte ihm bis vor die Autotür.

Auf einmal tauchte die Mairinger Bettina aus der Dämmerung auf, winkte der Pöttl Uschi zu und nahm neben ihrem Entführungsopfer Platz. »Passt, fahren wir«, sagte sie wie selbstverständlich und bewies ihr Talent, zu vergessen, was eben noch passiert war.

Der Hofnoah erinnerte sich dagegen sehr genau an die Vorkommnisse. Deren Spuren am Auto kurierten seinen Schulterschmerz zumindest für einen Moment und zauberten ihm wieder ein süffisantes Lächeln ins Gesicht. »Hast in der Pöttl-Garage nach einem passenden Ersatzteil für deinen Unfallschaden g'sucht?«, fragte er.

Die Mairinger Bettina starrte betont gelangweilt auf ihr Smartphone.

Doch der Hofnoah ließ nicht locker. Seine Neugier auf den Grund des Besuchs am Pöttl-Hof war groß. »Also, Frau Revierinspektorin, was hast in der Garage g'macht?«, wollte er wissen.

»Das findet ein Vifzack wie du doch sicher selber raus«, lautete die unergiebige Antwort.

Der Hofnoah tappte somit weiter im Dunkeln. Er konnte dem aber auch etwas Positives abgewinnen: Sobald er seine eigenen Ermittlungen starten würde, brauchte er auch kein schlechtes Gewissen zu haben, wenn er der Kollegin seine Erkenntnisse nicht preisgab. Noch am selben Abend wollte er damit loslegen, den Fall auf eigene Faust voranzutreiben.

»Fahren wir endlich, oder willst bei der Pöttl Uschi übernachten?«, tönte es vom Beifahrersitz. Als der Hofnoah den Motor startete, öffnete die Mairinger Bettina das Beifahrerfenster und winkte zum Abschied hinaus. »Uschi, pfiat di, bis bald!«, rief sie und hatte wieder den freundlichen Ton drauf, der für den Hofnoah so ungewohnt war.

Die folgende Fahrt lief wie üblich wortlos ab. Der Hofnoah dosierte das Tempo so, dass er sich wohlfühlte, und die Mairinger Bettina nickte deshalb fast weg. Auf den letzten Metern vor der Polizeiinspektion blieb der Sicherheitsgurt des Hofnoah dieses Mal angelegt.

Ein Umstand, der die Mairinger Bettina wieder aufweckte. »Warum nicht gleich so?«, fragte sie zufrieden.

Der Hofnoah hatte keine Gelegenheit mehr zu einer adäquaten Reaktion. Die beiden Beamten wurden vor dem Polizeiposten nämlich bereits von einem kleinen Empfangskomitee erwartet. Im sanften Schein der Außenbeleuchtung beobachteten die aufmerksamen Zuschauer den verbeulten Streifenwagen beim Einparken.

Zum einen war da der Hintringer Sepp, der als Kanzleikraft des Postens beschäftigt war, sich daneben aber auch als Mädchen für alles hergab und dafür großen Wert auf die Bezeichnung »Fuhrpark- und Facility-Manager« legte. Zum anderen gab sich der Postenkommandant Leidinger Schorsch höchstpersönlich die Ehre.

Letzteren schien der Zustand des Fahrzeugs nicht besonders froh zu stimmen, ganz im Gegensatz zum Hintringer Sepp. »Chef, jetzt haben wir für den Touran doch noch das Kurvenlicht bekommen!«, kommentierte er den leicht verschobenen rechten Scheinwerfer begeistert.

Der Chef hatte für den Hofnoah keine besonders freundlichen Worte übrig: »Bist du deppert? Ich hoff, du hast eine gute Erklärung für den Blechschaden«, herrschte er ihn an.

Der Angesprochene grinste triumphierend.

»Was gibt's denn da zu grinsen?«, fragte der Postenkommandant erbost.

»Frag die Wahnsinnige dort. Die ist für das Upgrade auf das Kurvenlicht verantwortlich.«

Die Mairinger Bettina schüttelte unbeeindruckt den Kopf. »Siehst, Schorsch, mit so was muss ich mich den ganzen Tag herumschlagen«, appellierte sie an das Mitgefühl des Chefs und deutete auf ihren Kollegen.

Der Hofnoah bemerkte nicht, dass es brenzlig für ihn wurde. Sein immer noch amüsierter Gesichtsausdruck wirkte nicht gerade zu seinem Vorteil.

»Hofnoah!«, schrie der Chef ihn an. »Mit so was ist nicht zu spaßen. Das kann dich deinen Job kosten!«

Erst jetzt wurde dem Hofnoah die Dramatik der Situation klar. Sofort fror ihm das Grinsen ein, und er sagte, was er von Anfang an hätte sagen sollen: »Chef, den

Schaden hat die Mairinger verursacht. Ich bin nur am Beifahrersitz g'sessen!« Doch die Glaubwürdigkeit des Hofnoah war mindestens so demoliert wie die Front des Streifenwagens.

»Da!«, sagte der Chef und hielt ihm ein Alkohol-Vortestgerät unter die Nase. »Beschädigst dein Dienstfahrzeug und spielst am Tatort mit wichtigen Zeugen Verstecken. Wenn der positiv ist, dann war's das für dich.«

»Bist du deppert?«, entfuhr dem Hofnoah eine für ihn eher ungünstige Frage. »Ich hab den Unfall nicht gebaut, und woher hast überhaupt den Blödsinn mit dem Versteckspielen am Tatort?«, fragte er.

»Von der Pöttl Uschi, wenn du's genau wissen willst!« Der Hofnoah seufzte. Damit hatte er wirklich nicht gerechnet, dass die Pöttl Uschi eine Standleitung zum Chef hatte. Er machte seiner Aufregung Luft, indem er wie ein Besessener in das Röhrchen blies. Dann drückte er das Gerät seinem Vorgesetzten in die Hand.

»999 Promille?«, las dieser das Ergebnis erstaunt vom Display ab.

»Und? Schmeißt mich jetzt raus?«, fragte der Hofnoah und rollte müde mit den Augen.

Der Hintringer Sepp, als Facility-Manager auch für die Wartung der Vortestgeräte zuständig, schaltete sich in die Konversation ein: »Das hab ich ganz vergessen. Das Testkastl muss dringend zum Service. Das zeigt nur noch Schnapszahlen an.« Lachend klopfte er dem Hofnoah auf die beleidigte Schulter, was diesen unvermittelt zusammenzucken ließ. »Schnapszahlen bei einem Alktester, verstehst?«, fragte er belustigt und ignorierte das schmerzverzerrte Gesicht seines Gegenübers.

Der Chef wirkte immer noch unrund. Alle dachten, dass es die Gerüchte um seinen Wechsel nach Linz hinunter seien, die ihm in letzter Zeit zusetzten. Das stimmte zwar, aber da war noch mehr.

»Euch ist der Ernst der Lage anscheinend nicht bewusst«, setzte er zu einer Drohrede an und hatte sofort die volle Aufmerksamkeit von allen. »Ich wollt euch diese Info eigentlich so lang wie möglich ersparen, aber ihr lassts mir ja keine andere Wahl.« Er blickte in drei fragende Gesichter.

»In der Zentrale gibt's Überlegungen, mich und euch beide in den Innendienst nach Linz runter zu versetzen«, erläuterte der Chef. Er deutete auf die Mairinger Bettina und den Hofnoah. »Im Gegenzug würden drei Kollegen rauf nach Galli kommen.«

Der Hofnoah hielt sich die Hand vor den Mund. Er hatte immer gedacht, das Thema Versetzung betraf nur den Chef. So erschrocken war er nicht mehr gewesen, seit der Lehner Sepp darüber nachgedacht hatte, mit seinem Wirtshaus zu einer anderen Brauerei zu wechseln.

Die Mairinger Bettina, eigentlich das Liebkind des Chefs, ließ sich hingegen nicht einschüchtern.

»Ja, genau«, erwiderte sie angewidert, »ich stau mich leicht jeden Tag in der Früh runter zu den Speckfechtern, um Akten zu schlichten? Sicher nicht!«

Besser als die Mairinger Bettina hätte es der Hofnoah nicht ausdrücken können. Weil es ihm aber unangenehm war, denselben Standpunkt wie die Kollegin zu vertreten, schwieg er.

»Also, ihr wissts Bescheid. Wir dürfen uns keinen Schnitzer erlauben. Es geht um unsere Ärsche!« Mit einer Handbewegung erklärte er die Versammlung für beendet.

Geknickt schlurfte der Hofnoah über den Parkplatz zum Posten. Doch so viel Trübsal konnte der Hintringer Sepp nicht mit ansehen. Als gute Seele des Postens sah er sich auch für das Wohl des Teams zuständig. Er lief dem Hofnoah nach. »Bierli?«, fragte er aufmunternd.

»Später, Sepp«, vertröstete ihn der Hofnoah, denn es war höchste Zeit, eigene Ermittlungen zu starten. Mittlerweile hatte er einiges gutzumachen. Er musste das drohende Unheil aufgrund seines heimlichen Trainings zu Lockdown-Zeiten am Pöttl-Hof abwenden. Er brauchte zusätzliche Bonuspunkte beim Chef, weil ihm dieser den Schaden am Streifenwagen anlastete. Und zu allem Überfluss stand die gesamte Gallneukirchner Ermittlertruppe anscheinend bereits mit einem Bein im Innendienst in Linz drunten.

Der Hofnoah hatte sich zum Glück schon eine Taktik zurechtgelegt. Er würde sich die beiden Trainingskollegen des Exenberger Denis vorknöpfen, die dem Pöttl Erwin damals sein Ende am Misthaufen in Aussicht gestellt hatten. Einen von ihnen kannte er vom Sehen. Er hieß Moser Andi und arbeitete in der örtlichen Postfiliale. Der Hofnoah trabte sofort im Laufschritt los, um noch vor dem Zusperren dort zu sein.

Dass er voll uniformiert, wie aus dem Nichts und ohne sichtbaren Grund auf einmal vom Posten davonrannte, verschaffte ihm beim Chef nicht unbedingt einen seriöseren Eindruck. »Was hat er denn jetzt schon wieder?«, fragte er die Mairinger Bettina, mit der er noch beim ramponierten Streifenwagen stand.

Bevor sie antworten konnte, versuchte der stets auf Kollegialität bedachte Hintringer Sepp zu deeskalieren. »Er ist noch schnell zu einer abendlichen Joggingrunde aufbrochen«, rief er. »Wahnsinn, wie diszipliniert er ist!«, fügte er voller Bewunderung hinzu.

»Wer's glaubt!«, meldete sich die Mairinger Bettina doch noch zu Wort, bevor sie sich mit dem verwirrten Chef wieder dem Schaden am Auto zuwandte.

Auf seinem Sprint zum Postamt erntete der Hofnoah irritierte Blicke von Passanten, die ihn auf einer Verfolgungsjagd wähnten. Doch die Hektik zahlte sich aus. Genau eine Minute vor Schließzeit stürmte er zur Tür hinein. Die letzte Kundin, die in diesem Moment das Geschäft verließ, suchte erschrocken das Weite.

Der Hofnoah bemühte sich umgehend, sein Auftreten zu normalisieren. Er schlenderte betont gemächlich durch den Verkaufsraum, keuchte dabei aber immer noch wie ein Marathonläufer nach dem Zieleinlauf.

Während er wahllos Produkte in die Hand nahm, blickte er beiläufig über die Regale hinweg zur Kassa. Er wollte herausfinden, ob die Zielperson Dienst hatte, doch es war niemand zu sehen.

»Wir sperren gleich zu!«, tönte es auf einmal hinter ihm. Vor lauter Schreck ließ er einen Bleistift fallen. Reflexartig bückte er sich, um ihn aufzuheben. »Wenn die Mine gebrochen ist, zahlst ihn!«, knurrte die fremde Stimme.

Mit einem 99-Cent-Kostenrisiko bedroht zu werden, konnte beim Hofnoah normalerweise nicht allzu viel Furcht und Elend verursachen. Aber er identifizierte die Männerstimme als jene, die den Pöttl Erwin auf den Misthaufen verwünscht hatte. Wirklich wohl fühlte er sich deshalb nicht, auch wenn er die Zielperson somit gefunden hatte.

Er richtete sich auf und blickte direkt auf ein Namens-schild, das aus seiner Sicht in Augenhöhe, bei seinem Gegenüber allerdings auf der Brust angebracht war. »A. Moser« stand da.

Als der Hofnoah seinen Blick weiter nach oben wandte, musste er schlucken. Ein kantiges Männergesicht blickte ihm streng entgegen. Der Bleistift musste wirklich wichtig für ihn sein.

Der Hofnoah fragte sich, ob ihn der Moser Andi noch vom illegalen Training am Pöttl-Hof kannte. Die Polizei-uniform schien ihn jedenfalls ganz und gar nicht zu be-eindrucken. Vielleicht spielte auch der Altersunterschied eine Rolle, der Moser Andi war deutlich älter. Das spär-liche kurze Haar des Mittfünfzigers hatte längst die Farbe verloren. Das zerfurchte Gesicht offenbarte ein Leben voller Ärgernisse. Dabei hatte die tiefsten Sorgenfalten bei dem langjährigen Postmitarbeiter immer die örtliche Jugend verursacht. Ständig ging im Geschäft etwas kaputt, wenn die Schüler nach Unterrichtsende in Gruppen vor-beikamen und zwischen den Regalen herumteufelten.

Der Hofnoah war zwar nicht mehr im Schulkindalter, hatte sich in den Augen des Moser Andi aber nicht viel anders verhalten. Wortlos nahm er dem Hofnoah den Bleistift ab und legte ihn zurück ins Regal.

Der Hofnoah musste handeln. Schließlich war er ge-kommen, um den Fall voranzutreiben. Unbeholfen ging er daran, das Eis zu brechen, und versuchte es wie der Hintringer Sepp mit einem Wortspiel: »Ein Muskelpaket bei der Post – das passt ja wie die Faust aufs Aug!« Er setzte sein gewinnendstes Lächeln auf. Der Angespro-chene schien dagegen wenig begeistert. Vielleicht ver-stand er den Witz mit dem Muskelpaket auch einfach nicht, was sich der Hofnoah jedoch nicht erklären konnte, er musste direkt wieder innerlich schmunzeln.

Jedenfalls kniff der Moser Andi nur die Augen irritiert zusammen und legte den Kopf schräg. »Kennen wir uns?«, fragte er.

Wieder wurde es unangenehm für den Hofnoah. Er konnte sich in Uniform ja schlecht als illegaler Misthaufensportler zu erkennen geben. Doch wie sollte er sonst das Gespräch auf den Mordfall lenken?

»Nicht, dass ich wüsste«, sagte er zögerlich.

Beim Postmitarbeiter schien sich gedanklich etwas in Bewegung zu setzen. Er schüttelte sein Haupt und begann süffisant zu grinsen. »Jetzt hab ich's!«, rief er und rückte unangenehm weit in die Komfortzone des Hofnoah vor. »Du bist der Kieberer, der beim Pöttl trainiert hat.« Er boxte ihm mit seiner von Hornhaut überzogenen Pranke zwei Mal ausgerechnet auf die geprellte Schulter.

Es hätte wohl eine freundschaftliche Geste sein sollen, doch der Hofnoah verzog das Gesicht. Er wusste nicht, ob der Schmerz oder sein Outing als Gesetzesbrecher unangenehmer war.

»Ich bin der Andi!«, bot ihm indes sein Quasi-Trainingspartner das Du an und streckte ihm die riesige Hand hin. Pumper waren seine Freunde, unabhängig von Alter und Beruf.

Der Hofnoah blickte sich um und prüfte, ob sie beobachtet wurden. Dann schlug er ein. »Noah«, sagte er und kam direkt zum Wesentlichen: »Schlimm, was mit dem Erwin passiert ist.«

Der Moser Andi zuckte mit den Schultern. Er hatte keine Lust auf Trübsal, er war auf Small Talk aus. »Wo trainierst du jetzt?«, fragte er den Hofnoah mit einem prüfenden Blick auf dessen Oberarme, an denen weder ein Bi- noch ein Trizeps zu erkennen war. »Daheim«, verheimlichte dieser das längst erfolgte Ende seiner Kraftsport-Karriere. »Und du?«

»In Linz drunten.«

»Aha, mit dem Exenberger Denis wahrscheinlich, oder?«

Die Miene des Moser Andi verfinsterte sich wieder in den Ausgangszustand zurück. »Mit dem hab ich nichts zu tun«, gab er sich wortkarg.

Der Hofnoah überlegte. Warum reagierte der Moser Andi beim Namen Exenberger Denis so abweisend? Damals im pöttlschen Fitnessstudio hatten die beiden zusammen noch eine unzertrennliche Schrankwand gebildet.

»Was ist das Problem?«, fragte der Hofnoah ehrlich unwissend.

»Ich will mit dem einfach nichts zu tun haben. Ende Gelände!«

Mit dieser unergiebigen Erklärung konnte sich der Hofnoah nicht zufriedengeben. »Am Pöttl-Hof droben habts ihr immer so vertraut miteinander g'wirkt«, umschrieb er die gemeinsame gefährliche Drohung von damals galant.

Der Moser Andi versuchte noch einmal vom Thema abzulenken und zog sich auf seine Rolle als Postler zurück. »Ich sperr jetzt zu. Wir gehen hinten raus«, sagte er bestimmt und setzte sich in Bewegung. Spontan schnitt ihm der Hofnoah den Weg ab. Das erwies sich freilich als keine gute Idee, weil der Moser Andi, selbst wenn er gewollt hätte, nicht von jetzt auf gleich eine Vollbremsung einleiten konnte. Wie eine Lokomotive auf Schienen schob er den Hofnoah einfach weg, ohne von seiner Linie abzuweichen. Er erwischte sein Opfer ausgerechnet wieder an dessen lädierter Schulter.

»Au!«, rief der Hofnoah und fasste sich an die Seite. Wie immer verhielt sich der Schmerzensschrei überproportional zur tatsächlichen Pein.

»Herrgott!«, fluchte der Moser Andi, allerdings mehr hilflos als böse. Er wollte niemanden verletzen, sondern einfach nur seine Ruhe haben. Erst kürzlich hatte er eine Abmahnung kassiert, weil er einen lebhaften Schüler so niedergebrüllt hatte, dass dieser weinend zu seinen Eltern heimlief. Seit der darauf folgenden Beschwerde bei der Chefin stand er unter Beobachtung. Im Zurückgehen erkundigte er sich beim Hofnoah sofort, ob alles in Ordnung sei.

Dieser stützte sich übertrieben desolat bei einem Verkaufsregal ab, als ob er sich nur mit Mühe auf den Beinen halten konnte. Mit ungewohnt taktischem Gespür hatte er das schlechte Gewissen des Moser Andi erkannt und versuchte nun, es für seine Zwecke zu nutzen. »Danke, geht schon«, presste er oscarreif hervor und krempelte den Ärmel der Uniformjacke bis zum Oberarm hoch, um den Zustand der Schulter zu präsentieren. Zum Vorschein kam ein handtellergroßer blauer Fleck. Er war das Ergebnis des eingebildeten Autounfalls und des Sturzes auf den Pöttl-Hof-Asphalt.

Der Moser Andi schlug seine Hände über dem Kopf zusammen. Er hielt den Bluterguss für sein Werk. »Das wollt ich nicht. Wirklich nicht!«, säuselte er. Eine Körperverletzung im Dienst – noch dazu an einem Polizeibeamten – würde ihn den Job kosten. Er sah seine Pragmatisierung samt Pensionsansprüchen wie einen Film an sich vorbeiziehen.

Ganz verstand der Hofnoah die Panik im Gesicht des Moser Andi zwar nicht. Für ihn spiegelte sich in den glasigen Augen aber die Chance wider, den Grund für die Abneigung gegenüber dem Exenberger Denis doch noch zu erfahren. »Ich will dir ja glauben«, sagte der Hofnoah mit treuherzigem Blick, als haderte er tatsächlich mit sich selbst. »Aber es hat schon so gewirkt, als wenn du zornig geworden wärst, weil ich dich auf den Exenberger Denis ang'sprochen hab.«

Dem Moser Andi fuhr ein Schock in die Knochen, als wäre er gerade des Mordes am Pöttl Erwin überführt worden. »Was willst wissen?«, gab er dem Hofnoah schließlich seufzend einen Freibrief, ihn alles zu fragen.

Prompt stellte dieser seine ursprüngliche Frage noch mal: »Was ist dein Problem mit dem Exenberger Denis?«

Der Moser Andi atmete tief durch. »Also«, sagte er zögernd und dämpfte die Stimme, »dass der Erwin uns alle bis zum Gehtnichtmehr geschröpft hat, weißt ja selber.«

Der Hofnoah war sich zwar nicht sicher, ob der Moser Andi über seine gratis VIP-Mitgliedschaft im Bilde war, aber er nickte.

»Der Exenberger Denis hat deswegen schon gekracht wie ein Kaisersemmerl«, erklärte der Befragte die finanziell angespannte Situation seines Trainingskollegen. »Und dann hat er beschlossen, sich die Kohle zurückzuholen.« Den letzten Satz unterstrich der Moser Andi mit einer Kopf-ab-Geste. Eilig fügte er hinzu: »Das ist für mich der Punkt g'wesen, wo ich mit ihm nichts mehr zu tun haben wollt.«

»Meinst, dass der Exenberger den Erwin auf dem G'wissen hat?«, bohrte der Hofnoah weiter.

»Ich hab wirklich keine Ahnung.«

»Vielleicht hat er sich andere Mitstreiter organisiert«, stellte der Hofnoah eine Vermutung in den Raum. »Weißt du da Näheres?«

Der Blick des Befragten pendelte zwischen dem Gesicht des Gesetzeshüters und dessen Bluterguss auf der Schulter hin und her. »Möglich«, sagte er knapp. Dann versiegte der Redeschwall.

Doch der Hofnoah brauchte sich nur demonstrativ den blauen Fleck zu reiben und die Zähne mit offenem Mund zusammenzubeißen, um die Quelle auf wundersame Weise wieder zum Sprudeln zu bringen.

»Er hat ang'fangen, Leute zusammenzutrommeln, ein paar hat es sicher gegeben, die mitgemacht haben«, meinte der Befragte.

»Namen, bitte!«

»Na ja, mir fällt eigentlich nur einer ein. Der Schladerer Mandi hat probiert, mich von der Geld-zurück-Aktion zu überzeugen, nachdem ich dem Exenberger Denis immer aus dem Weg gegangen bin.«

»Schladerer Manfred, aha.« Der Hofnoah nahm sein kleines Notizbuch samt Stift aus der Brusttasche und notierte sich den Namen. »Wo find ich den?«, wollte er wissen.

»Der arbeitet auf der Raiffeisenbank drüben.«

Der Hofnoah nickte zufrieden. »Wer noch?«, fragte er.

»Sonst weiß ich wirklich niemanden«, antwortete der Moser Andi. Er schien tatsächlich überfragt zu sein, wollte aber dem Hofnoah doch noch irgendwie weiterhelfen. Er dachte nach. »Die G'schicht mit dem Hubinger Kevin kennst schon?«, fragte er schließlich.

Der Hofnoah musste überlegen. Auf Anhieb sagte ihm der Name nichts. Er schüttelte den Kopf.

»Damals, als der Pöttl Erwin in Linz drunten zum ›schönsten Mann Oberösterreichs‹ gewählt worden ist …«
Der Moser Andi verzog beim Aussprechen des Titels das Gesicht. »… da hat er dem Hubinger Kevin den ersten Platz g'stohlen. Er hat ihm irgendwas in die Bräunungscreme g'mischt, sodass er aufgeben müssen hat.«

»Aha, und was hat das mit dem Mord zu tun? Das ist ja ewig her. Oder hat der Hubinger Kevin auch am Pöttl-Hof trainiert?«, fragte der Hofnoah.

»Nein, nicht dass ich wüsst«, antwortete der Moser Andi.

»Ich brauch Namen von g'schröpften Pumpern, die mit dem Erwin eine Rechnung offen g'habt haben!«, versuchte der Hofnoah Druck zu machen. Ihn beschlich das ungute Gefühl, dass der Moser Andi nur den Verdacht von seinen Pumperfreunden abwenden wollte.

»Lass mich doch bitte ausreden, ich war ja noch nicht fertig«, versuchte sein Gegenüber die Geschichte weiterzuerzählen. »Die Leut reden halt, dass der Pöttl Erwin seither der Todfeind vom Hubinger Kevin gewesen ist.«

Der Hofnoah war nicht überzeugt. Wenn er jeder Geschichte, die sich die Leute erzählten, nachgehen würde, hätte er schon halb Gallneukirchen einnähen müssen.

»Fällt dir von der Geld-zurück-Aktionstruppe wirklich kein anderer Name als der Schladerer Manfred ein?«, fragte er und rieb sich noch mal ausgiebig die Schulter.

Der Moser Andi musste verneinen. »Das ist wirklich der Einzige. Aber das mit dem Hubinger Kevin könnt doch ein Anhaltspunkt sein, oder?«, versuchte er seinen heißen Tipp ein weiteres Mal in ein gutes Licht zu rücken. Er wollte unbedingt, dass der Hofnoah mit einem positiven Eindruck von ihm wegging. Ein Anruf bei der Chefin hätte genügt, um seinen Job in Gefahr zu bringen.

»Ja, ja«, antwortete der Hofnoah enttäuscht. »Wo komm ich jetzt raus?« Er blickte zur abgeschlossenen Eingangstür.

»Hinten, wir können gemeinsam gehen.« Dem Moser Andi schien noch etwas auf dem Herzen zu liegen. »Den Tipp mit dem Schladerer Mandi hast aber nicht von mir!« Er stockte kurz. »Und den da auch nicht.« Er zeigte auf den Bluterguss, der mittlerweile wieder von der Uniform überdeckt war. Im Blick des Moser Andi lag ein entwürdigendes Flehen.

Dem Hofnoah kam die Bitte um Geheimhaltung bei seinen eigenmächtigen Ermittlungen ohnehin entgegen. Also nickte er gönnerhaft und schlug eine Erweiterung der Vereinbarung vor. »Wir kennen uns überhaupt nicht! Weder von der Post noch vom Pöttl-Hof.«

Der Moser Andi streckte dem Hofnoah die rechte Pranke hin. Der Deal war perfekt. Sie verließen das Gebäude, und jeder ging seines Weges.

Keine zehn Minuten später betrat der Hofnoah das Wirtshaus und nahm neben dem Hintringer Sepp Platz. Am Stammtisch war sonst niemand, aber das restliche Lokal für einen Wochentag gar nicht so schlecht gefüllt.

»Du schwitzt ja gar nicht«, gab sich der Hintringer Sepp überrascht. Er glaubte offenbar selbst an die von ihm erfundene Ausrede von der spontanen Sporteinheit des Hofnoah.

Der hatte allerdings keine Gelegenheit zu antworten, denn in diesem Moment servierte ihm der Wirt ungefragt eine Halbe und nahm ihn zur Seite. »Noah, wie schaust denn du aus? Ist alles in Ordnung bei dir?«, fragte er besorgt.

Der Hofnoah erschrak. Wenn ihn der Lehner Sepp bei seinem richtigen Vornamen nannte, musste es optisch wirklich schlimm um ihn stehen. Er entschied, die drohende Versetzung nach Linz hinunter nicht zu erwähnen. Er wollte nicht ständig darauf angesprochen werden. Über die anderen traumatischen Erlebnisse der vergangenen Stunden weinte er sich hingegen sehr wohl aus. Dazu war ein Wirt als Seelsorger seiner Gäste schließlich da. »Ich bin heut Opfer einer Amokfahrt geworden«, klagte der Hofnoah sein Leid.

Der Lehner Sepp riss die Augen auf, und auch sein Namensvetter, der immer gut gelaunte Hintringer Sepp, starrte seinen Kollegen erschrocken an.

»Geh, hör auf!«, antwortete der Wirt schockiert. »Im Radio haben s' gar nichts 'bracht. Ist dir was passiert?«, fragte er und legte seinem Stammgast die Hand auf die Schulter. Er war so besorgt, dass er mehrere Bierbestellungen ignorierte, die nach und nach durch die Stube gelallt kamen.

»Ich bin mit der Mairinger Bettina von einem Einsatz zurückg'fahren, und kurz vorm Posten ist sie auf einmal durch'dreht. Wie eine Verrückte ist sie nach Altenberg hinauf'glüht. Ich weiß nur noch, dass sie kurz vor der ersten Serpentine den Gabalier auf volle Lautstärke 'dreht hat und dann gegen die Leitplanke gekracht ist. Ich war fast bewusstlos, hab mein Leben schon wie einen Film vor mir ablaufen g'sehen«, fasste der Hofnoah die Ereignisse kurzatmig zusammen. Er vergrub das Gesicht in den Händen und hoffte auf den emotionalen Beistand der beiden Sepps.

Es dauerte einige Sekunden, bis seine Worte beim Wirt angekommen und verarbeitet worden waren. Allerdings fiel die Reaktion des Gastronomen anders aus als erhofft. Er brach in schallendes Gelächter aus. Der Lehner Sepp war für seinen ansteckenden Lacher über die Grenzen des Bezirks Urfahr-Umgebung hinaus bekannt, da er wie der Startvorgang eines Fünfzehner-Steyr-Traktors klang und mindestens so laut war. Auch der Hintringer Sepp stimmte mit ein, und die Kettenreaktion war bei ihm noch lange nicht zu Ende. Weil der Lehner Sepp sich überhaupt nicht mehr beruhigte und der Getränkenachschub ausblieb, zog er die Blicke der restlichen Gäste auf sich. Binnen Sekunden erhellten sich auch deren Gemüter und verstärkten das Einzylinder-Gepolter des Hausherrn. Da brauchte man gar nicht zu wissen, worum es eigentlich ging.

Unangenehm fiel nur der Hofnoah auf, der als Einziger dasaß und keine Miene verzog. Einmal mehr sahen sich die Anwesenden in ihrer Meinung bestätigt, dass er als Beamter den humorlosesten aller Berufsstände repräsentierte. Das hatte der Hofnoah in der Vergangenheit schon öfter bewiesen, als er dem ein oder anderen Lokalgast aufgrund eines winzigen Biers oder des Bruchteils eines km/h zu viel den Führerschein gezupft hatte.

Dreißig herabwürdigend lachende Gesichter auf sich gerichtet, wollte der Hofnoah nicht länger die Bürde aushalten müssen, wegen seines Berufs am Rande der Gesellschaft zu stehen. Er entschied kurzerhand, sich einen Ruck zu geben. Zur Überraschung aller stimmte der biedere Staatsdiener ins Gelächter mit ein, und zwar sogar fast so laut wie der Lehner Sepp. Die biergeschwängerte, kollektive Euphorie in der Gaststube hielt mehrere

Minuten an. Sie wurde erst leiser, als die ersten Gäste einen Schluck von ihrem Freistädter Lebenselixier nehmen wollten, um der drohenden Dehydrierung vorzubeugen, und noch immer in leere Gläser schauten.

Schließlich fand auch der Wirt die Worte wieder. »Fast hättest mich g'habt, Hofnoah! Aber als du mit dem Gabalier ang'fangen hast, hat's deinen Schmäh aufgeblattelt.«

Der Hofnoah prostete ihm zu und leerte sein Glas gleich beim ersten Zug zu einem guten Dreiviertel. Das Amokfahrt-Trauma musste er einfach hinunterschlucken, stellte er für sich fest. Die zwei Deppen neben ihm waren nicht die Richtigen für seelischen Beistand, egal wie nötig er ihn gehabt hatte.

Als er mit dem Hintringer Sepp wieder allein war, erkundigte sich dieser nach dem Ermittlungsstand im Fall Pöttl.

»Einen Verdächtigen haben wir überprüft, sonst nichts«, fasste der Hofnoah die unbefriedigende Lage der offiziellen Ermittlungen zusammen. »Für die Tatinfrage kommt noch seine Mutter, die angeblich ja auch schon ihrem Mann vor zwanzig Jahren die Bremsen sabotiert hat. Und bei dem Verkehr, den der Erwin dort oben betrieben hat, gibt's außerdem noch einen Arschvoll enttäuschter Weiber samt betrogener Haberer.«

Der Hintringer Sepp grinste über beide Ohren. »Na, dann kannst ja unsere werte Frau Kollegin gleich als Erste zum Verhör bitten.« Er kicherte vielsagend. Nachsatz: »Da wär ich übrigens gern dabei, goi!«

Der Hofnoah war einigermaßen verwirrt und suchte nach den passenden Worten. »Die?«, wanderte seine Stimmlage eine Oktave höher. »Mit dem Erwin?«, japste er noch mal im Sopran und verkutzte sich. Er war immer überzeugt gewesen, dass die Mairinger Bettina sich ihren aktuellen Gatten schon im Kindergartenalter unter Androhung von Gewalt aufgerissen haben musste.

Sein Kollege blickte verschwörerisch einmal nach links und einmal nach rechts. »Deswegen ist sie ja auch mit seiner Mutter so gut. In den Augen von der Uschi wäre die Mairinger Bettina die perfekte Schwiegertochter gewesen, weil seriös und auf eigenen Beinen stehend und so. Alle anderen haben sich immer nur für die Anzahl seiner Hektar interessiert. Letztendlich hat er aber natürlich auch sie b'schissen.«

An den Geschichten des Hintringer Sepp bestand nie Zweifel. Was er sagte, stimmte. Doch er brachte es wie jedes Mal fertig, nach einer dreiviertel Halben schon so eine Fahne zu haben, dass der Hofnoah wegen Sauerstoffknappheit ein Stück wegrücken und die vertrauliche Unterredung schweren Herzens abbrechen musste.

Allerdings hatte er ohnehin genug gehört. Endlich hatte er etwas gegen die vermeintliche Sauberfrau in der Hand. Seit mehr als zwei Jahren spielte sie in Gallneukirchen die vorbildliche Beamtin mit einwandfreiem Leumund. Nun zeigte sich, dass sie nicht davor zurückschreckte, in einem Fall zu ermitteln, in dem sie sowohl zum Opfer als auch zu einer Verdächtigen ein privates Naheverhältnis pflegte, noch dazu, ohne dies offenzulegen.

Der Hofnoah konnte sein Glück kaum fassen – ebenso wie die Tatsache, dass sich seine selbst ernannte Anstandsdame von einem über das Mühlviertel hinaus bekannten Weiberer wie dem Pöttl Erwin um den Finger wickeln hatte lassen. Er wusste noch nicht, wie er diese wertvolle

Information nutzen würde, aber er behielt sie wie einen kostbaren Schatz in Gedanken.

»Da, trink noch eine für mich mit. Ich geh heim und hau mich hin«, sagte er und klopfte seinem Kollegen dankbar auf die Schulter. Ein Zwanzigeuroschein wechselte den Besitzer, der Hofnoah stand auf und verschwand zur Tür hinaus.

Es war noch nicht einmal 19 Uhr, aber bereits stockfinster. Die spätsommerlichen Temperaturen an diesem ungewöhnlich warmen Herbsttag und der frühe Sonnenuntergang passten nicht zusammen. Genauso wie die Qualen, die ihm die Mairinger Bettina heute bereitet hatte, und der Trumpf gegen sie, zu dem er ganz unverhofft noch gekommen war.

Nach einem zehnminütigen Fußmarsch erreichte er seine Wohnung, die sich im zweiten Stock eines Mehrfamilienhauses am Marktplatz befand. Er war so müde, dass er noch in Uniform gekleidet direkt ins Bett fiel.

KAPITEL SECHS

Das Leben des Hofnoah entsprach exakt dem Klischee, das man von alleinstehenden Kriminalkommissaren aus dem Fernsehen kannte: einsam, bescheiden und schlampig. In seinem nüchtern gehaltenen Wohnzimmer standen ein Fauteuil, ein Couchtisch, ein Fernseher, ein Kasten und ein kaum genutzter alter Kaminofen, den ein Vormieter einbauen hatte lassen. Die kleine Küche war voll geräumt mit Geschirr, obwohl darin noch nie gekocht worden war. Das Bad wiederum war praktisch leer. Neben einer Dusche, einem WC und einem Spiegelschrank befanden sich als persönliche Gegenstände lediglich eine Zahnbürste samt -pasta im Raum. Wie hier Körperhygiene betrieben wurde, war ein gut gehütetes, dreckiges Geheimnis. Das Schlafzimmer schließlich präsentierte sich als Kabuff mit einem Doppelbett. In der einen Hälfte wurde genächtigt, die andere fungierte als Kleiderschrankersatz.

Der Hofnoah war am Vorabend in den erholsamsten Schlaf seit Langem gefallen. Er hatte von saftigen Bratln, feschen *Desperate Farmers*-Teilnehmerinnen und funkelnden Fünfzehner-Steyr-Traktoren geträumt.

Satte zwölf Stunden später erwachte er mit einem heftigen Pochen in den Ohren. Noch halb im Dämmerzustand lag er da und hielt die Augen geschlossen, während die unüberhörbaren Schläge in seinem Kopf einer einfachen rhythmischen Logik folgten: zweimal kurz, einmal lang, zweimal kurz, einmal lang … Mehrere

Minuten ging das so dahin, und die Gleichmäßigkeit des Viervierteltakts ließ ihn fast wieder einschlafen. Zweimal kurz, einmal lang, zweimal kurz, einmal lang ...

Von einer Sekunde auf die andere aber war der Hofnoah hellwach und sprang wie von der Tarantel gestochen aus dem Bett. »Dieser selbstsüchtige Trott...«, brummte er, bevor er innehielt, um sicherzugehen. Zweimal kurz, einmal lang, zweimal kurz, einmal lang ... Nein, er täuschte sich nicht. Das war der Queen-Klassiker »We will rock you«, und die Schläge kamen nicht aus seinem Schädel, sondern aus der Wohnung über ihm. Diese gehörte seit drei Monaten dem Meier Fredi, dessen Enthusiasmus beim Eindreschen auf das Schlagzeug keine Grenzen kannte. Der Mercury Freddie hätte sich mit Kopfschmerzen im Grab umgedreht.

Der Hofnoah hatte nicht viele Prinzipien in seinem Leben. Eigentlich nur eines: Er wollte seine Ruhe haben. Er sah beruflich genug Elend, da brauchte er privat nicht noch mehr davon, auch nicht in akustischer Form. Einen leidenschaftlichen Trommler über sich wohnen zu haben war das Armageddon für seine erholungsbedürftige Beamtenseele.

Man sollte meinen, für einen Polizisten sollte es nichts Leichteres geben, als einer Ruhestörung in der benachbarten Wohnung ein Ende zu setzen, aber so einfach war das nicht. Zunächst bestand auch hier das ureigene Problem darin, dass sich der Respekt dem Hofnoah gegenüber trotz Uniform meist in engen Grenzen hielt – selbst beim Meier Fredi, der überall sonst im Leben den sprichwörtlichen Pfarrer abgab, der sich ein Doppelbett andrehen ließ. Auch zu ihm hatte es sich längst durchgesprochen, dass der Uniformierte unter ihm »eh nur« der Hofnoah war.

90

Damals, als der Möchtegern-Rockstar sein erstes ungebetenes Konzert gegeben hatte, war er noch ziemlich eingeschüchtert gewesen, als binnen Minuten ein Polizist vor der Tür gestanden war. Der Hofnoah forderte ihn damals auf, den unerträglichen Bahöl sofort einzustellen. Außerdem ließ er die Bemerkung fallen, dass das dargebotene Musikstück geklungen habe, als würde es beim Aufbauen eines IKEA-Kastls massive Probleme geben. Der Meier Fredi war nach dieser Kritik so sehr in seiner Ehre gekränkt, dass er die Drumsticks nicht mehr angerührt hatte. Bis jetzt. Nun war er offenbar bereit, es beim Nachbarschaftskonflikt mit dem Hofnoah drauf ankommen zu lassen.

Seine dienstliche Erfahrung sagte dem Hofnoah, dass das Schlimmste, was man sich privat einfangen konnte, ein Streit mit den Nachbarn war. Es schien ihm unbegreiflich, wegen welcher Kindereien er regelmäßig ausrücken musste. Während er aus dem Kopfschütteln über die vermeintlichen Kleinigkeiten nicht herauskam, erzählten ihm die betroffenen Bürger von Psychotherapien, die sie aufgrund von Grundgrenzkonflikten absolvieren mussten. Witwen und Witwer berichteten, ihre besseren Hälften seien vom jahrelangen Streit mit dem Nachbarn über den Schattenwurf des Obstbaums todkrank geworden. Und nicht selten mussten Leute ihr Haus verkaufen, um sich die Kosten für die Gerichtsprozesse leisten zu können. Wenn es also irgendetwas gab, das der Hofnoah unbedingt vermeiden wollte, dann war das Streit mit einem Nachbarn.

»Dieser elendige Sch…«, pfauchte er, als es nach einer kurzen Pause zu einer weiteren Vergewaltigung des Queen-Hits kam. Er atmete tief durch. Nur nicht aufregen, sagte er sich. Er würde einfach kurz beim Meier Fredi vorbeischauen und ihn freundlich bitten, zumindest frühmorgens aufs Zeuglspielen zu verzichten. Wie zwei zivilisierte Menschen würden sie miteinander sprechen, und vielleicht fiel ihm ja sogar ein Kompliment für die musikalischen Künste des Nachbarn ein.

Er strich sich die auffälligsten Falten aus der Uniform, die er glücklicherweise noch anhatte, machte sich im Bad fertig und verließ die Wohnung. Mit jedem Schritt, den er die Treppe hinaufstieg, wurde der Lärm lauter. In ihm kochte es. Wie konnte man nur so rücksichtslos sein und die Leute in einem Mehrparteienhaus frühmorgens dazu zwingen, dem nicht vorhandenen musikalischen Talent zu lauschen?

Er atmete mehrmals tief durch. Er spürte, dass er in der völlig falschen Stimmung für eine gütliche Lösung des Konflikts war. Ihm kamen die krassesten Beispiele von Nachbarschaftsstreitigkeiten in den Sinn. Wenn er das jetzt versauen würde, wäre die Beziehung zu dem neu Zugezogenen möglicherweise für immer zerrüttet. Er wollte keine Psychotherapie machen, er wollte nicht sterben.

Da erinnerte er sich an ein Seminar über den deeskalierenden Umgang mit Bürgern, zu dem er einmal verdonnert worden war. Dort hatte er gelernt, dass man sich einfach nur zu einem Lächeln zwingen müsse. Damit könne man das Gehirn austricksen, und die positive Stimmung käme dann wie von selbst. Also zog er die Mundwinkel nach oben, betätigte die Türglocke und wartete darauf, dass der Meier Fredi reagierte.

Zweimal kurz, einmal lang, zweimal kurz, einmal lang … Es änderte sich nichts. Dafür ging das Stück, das jeder blutige Anfänger nach anderthalb Minuten Übung aus dem Effeff beherrscht hätte, mit stoischer, hölzerner Penetranz weiter. Der Hofnoah lächelte und war kurz davor, die Tür einzutreten. Das hatte er in einem anderen Seminar gelernt.

Innerlich mit aller Kraft gegen seine Aggression ankämpfend, äußerlich vor Freundlichkeit strahlend, bekam er nicht mit, dass das Schlagzeugspiel beendet worden war. Als der Meier Fredi die Tür öffnete, entglitt dem Hofnoah das Gefühlskarussell, in dem er sich befand, beinahe komplett. »Scheißdreck …«, polterte er, grinste dabei freundlich und trat mit dem rechten Fuß gegen den Türstock, »… hast du mich erschreckt!« Er reichte dem Nachbarn die Hand zur Begrüßung.

Der Meier Fredi wich zurück. Obwohl er von den Eigenheiten des Hofnoah schon gehört hatte, überraschte ihn sein bizarrer Auftritt. »Wenn ich die Tür aufmach, nachdem es geläutet hat, ist das doch kein Grund zum Erschrecken, Hofnoah«, antwortete der schmächtige Rocker mit Hornbrille barsch.

Der Hofnoah horchte auf. Insgeheim hatte er noch gehofft, dass der neue Nachbar seinen Spitznamen nicht kannte und er mit der Uniform Eindruck schinden konnte. Doch er ließ sich nicht aus der Ruhe bringen. »Du, ich wollt dich fragen, wegen dem Schlagzeug«, säuselte er, räusperte sich und bemerkte, wie sich die Miene des Meier Fredi verfinsterte. »Ich bin ja der größte Queen-Fan, den man sich vorstellen kann, musst du wissen«, setzte er spontan zu einer riskanten Lügengeschichte an.

»Echt?«, fragte der Meier Fredi positiv überrascht.

»Ja, sicher!«, antwortete der Hofnoah zögerlich. »Damals, wie der Mercury Freddie …«

»Gott hab ihn selig!«, fiel ihm der Meier Fredi ins Wort.

»Ja, genau …«, stammelte der Hofnoah weiter. »Also wie der noch war, da bin ich zu jedem einzelnen Queen-Konzert hing'fahren, wenn es halbwegs in der Nähe war.« Der Hofnoah hatte das Gefühl, massenhaft Sympathie-punkte gesammelt zu haben, denn sein Gegenüber war auf einmal Feuer und Flamme.

»Wow!«, rief er entzückt. »Du bist schon so lang ein Fan?«

»Ja, sicher!«, dichtete der Hofnoah weiter. »Unsere Wohnung ist ja auch mit CDs und Fanartikel voll g'wesen. Das hat meiner damaligen Freundin überhaupt nicht g'fallen, aber die Entscheidung zwischen ihr und dem Mercury Freddie …«

»Gott hab ihn …«, ergänzte sein Gegenüber.

»Ja, genau …«, pflichtete ihm der Hofnoah bei, »… die ist mir sehr leichtg'fallen.«

Der Meier Fredi wollte auf einmal etwas ganz anderes wissen. »Wie alt bist du eigentlich?«, fragte er, und der Hofnoah glaubte, die Erkundigung sei Ausdruck freund-schaftlichen Interesses.

»Achtunddreißig, und du?«

Der Meier Fredi verstummte für ein paar Sekunden. »Dann warst du also ungefähr acht Jahre alt, als der Mercury Freddie …«

»Gott hab ihn selig!«, unterbrach der Hofnoah pflicht-schuldig.

»… g'storben ist.« Der Meier Fredi blickte seinen Nachbarn kopfschüttelnd an.

Dieser verstummte für ein paar Sekunden, bevor ihm schoss, dass er sich gerade mit beiden Arschbacken in die Nesseln gesetzt hatte. Während er verzweifelt überlegte, wie er sich aus der peinlichen Geschichte halbwegs gesichtswahrend wieder herauswinden konnte, läutete sein Handy. So sehr wie in diesem Moment hatte er sich noch nie über einen Anruf der Mairinger Bettina gefreut.

Er hob ab, und noch bevor er sich melden konnte, hörte er seine Kollegin bereits toben: »Setz g'fälligst deine Stelzen in Bewegung – und zwar hurtig! Ich hab die Bude mit Zeugen voll.«

Es war dem Hofnoah höchst zuwider, dieser Respektlosigkeit mit einem »Ich komme sofort!« zu begegnen. Doch die Alternative wäre gewesen, dem Meier Fredi eine Erklärung für seine frühreife Kindheit samt Rockkonzerten und Lebensgefährtin zu liefern. Also sprach er die untertänigen Worte ins Handy, warf seinem Nachbarn einen entschuldigenden Blick zu, lief die Stiege hinunter und verließ das Haus.

Auf Höhe des benachbarten Cafés kam ihm allerdings der unwiderstehliche Gusto auf einen herrlichen Cappuccino in den Sinn. Das passierte gelegentlich – meistens dann, wenn die Mairinger Bettina etwas von ihm brauchte.

Der Hofnoah war der Auffassung, dass man auch im Mühlviertel so entspannt wie in Italien leben können sollte. Der erste Schluck von einem Cappuccino versetzte ihn gedanklich immer an einen Sandstrand an der Adria. Und wenn ihm in ruhigeren Zeiten am Posten die Augen zufielen, dann nannte man das nicht Faulheit, sondern Siesta. Das war zwar ein spanisches Wort, aber es ging ja ums Prinzip. Außerdem förderte die Mischung aus Koffein am Morgen und Ruhe am Nachmittag das analytische Denkvermögen, was bei einem Revierinspektor die optimale Kombination für ein erfolgreiches Berufsleben darstellte. Folgerichtig entschloss er sich an diesem Morgen kurzerhand, auf ein schmackhaftes Schluckerl einzukehren.

Er mochte das Ambiente des modernen Cafés neben seiner Wohnung ganz gern. Was ihn aber störte, war die blitzschnelle Bedienung, die wahrscheinlich seiner Uniform geschuldet war. Warum sich entschließen, Zeit zu vertrödeln, wenn dann sowieso wieder alles viel zu schnell ging? Also schickte er den herbeieilenden Kellner stets mit demselben Hinweis, einen Blick in die Karte werfen zu wollen, noch einmal weg. Einige Minuten später teilte er ihm dann den Cappuccino als Ergebnis seiner intensiven Recherche mit. Wenn er Glück hatte, waren Gäste anwesend, mit denen er einige unverbindliche Worte plaudern konnte. Hatte er Pech, trugen ihm diese ihre Rechtsprobleme vor.

An diesem Morgen traf er nur den Hamedinger Roland, der in den Gastronomiebetrieben der Stadt zum Inventar gehörte. Für den Hofnoah war er ein Phänomen. Morgens saß er im Kaffeehaus, den restlichen Tag beim Wirt, wobei die Übergänge fließend waren. Beruflich betrieb er offiziell einen Antiquitätenhandel. Außerdem hatte er ein Taxigewerbe angemeldet. Allerdings hing an der Eingangstür seines Ladens stets ein »Komme gleich«-Schild. Davon abgesehen kannte der Hofnoah niemanden, den der Hamedinger Roland schon einmal von A nach B gebracht hatte. Das eine Mal damals, als es bei ihm selbst nach einem feuchtfröhlichen Abend im Wirtshaus fast dazu gekommen wäre, scheiterte daran, dass der Hamedinger Roland zu viel gebechert hatte.

Die meisten Leute im Ort hielten ihn für einen Pensionisten. Er sah aus wie siebzig, war aber Gerüchten zufolge erst Anfang vierzig.

Dem Hofnoah war er jedenfalls sympathisch, weil die Treffen mit ihm nie Arbeit zur Folge hatten – im Gegenteil: Meistens erleichterten sie die Ermittlungen, weil er über alles und jeden Bescheid zu wissen schien.

»Was tut sich beim Pöttl?«, erkundigte sich der Hamedinger Roland, als der Hofnoah neben ihm Platz nahm.

Nachdem dieser ihm den Fortgang der Ermittlungen in Form des Namens des einzigen bisher offiziell Befragten genannt hatte, nickte er, als ob für ihn alles klar wäre: »Der Piepsi, aha.« Der Hofnoah brauchte einige Sekunden, um den Spitznamen mit der ungewöhnlich hohen Stimme in Verbindung zu bringen. »Dem trau ich alles zu«, meinte der Hamedinger Roland. »Wahrscheinlich hat sich der Pöttl über seine Stimme lustig g'macht. Das ist sein Todesurteil g'wesen.«

Dem Hofnoah kam diese Erklärung gar ein wenig banal vor. »Der wird doch keinen umbringen, nur weil wer einen Schmäh über sein Organ reißt«, antwortete er abwiegelnd.

»Hast du eine Ahnung!«, beharrte der Hamedinger Roland auf seiner Version des Tatmotivs. »Drüben in Katsdorf laufen regelmäßig Leute mit einem blauen Guck herum, nachdem es zu Missverständnissen mit dem Piepsi gekommen ist.«

Der Hofnoah wurde nur noch skeptischer. »Sollt ich darüber nicht besser Bescheid wissen als du? So was würd doch angezeigt werden«, fiel er dem fatalen Irrtum anheim, im Mühlviertel würde der Rechtsstaat funktionieren.

Der Hamedinger Roland winkte energisch ab: »Geh, hör doch auf! Der zerquetscht dich und deine Anstandsdame wie zwei hilflose Wanzen. Neulich hat er in der Pizzeria ang'rufen, um einen Tisch zu reservieren. Als der Maestro g'meint hat, dass er keine Zeit hat für Telefonstreiche verzogener Rotzbuben, ist er persönlich im Lokal vorstellig g'worden. Zack – blaues Guck! Das Gleiche ist dem Gemeindedoktor passiert, als der ihm eine telefonische Krankschreibung verweigert und ang'merkt hat, dass er fürs Schuleschwänzen kein Verständnis hat.«

Der Hofnoah schluckte. Er dachte an den Besuch vom Vortag in Katsdorf. Es grenzte offenbar an ein Wunder, dass er und seine Kollegin heil davongekommen waren. Die Verwirrung um die Kinderstimme in der Sprechanlage und die kontroverse Befragung im Anschluss hätten leicht mit einer Fahrt ins Krankenhaus enden können. Sich einzuschleimen war als Deeskalationsmaßnahme also goldrichtig gewesen, lobte er sich selbst.

»Brauchst noch ein paar Beispiele?«, kam der Hamedinger Roland erst so richtig in Fahrt. »Der Direx von der Raiffeisenbank hat sich ein Veilchen eing'handelt, weil er zum Piepsi am Telefon g'sagt hat, dass er g'fälligst sparen soll, anstatt für sein Taschengeldkonto einen Überziehungsrahmen zu fordern.« Dem Hamedinger Roland zog es ein breites Grinsen auf, das den Blick auf zwei Zahnlücken freigab.

Als der Kellner genau in diesem Moment den Cappuccino servierte, wurde der Hofnoah grantig. »Wie oft hab ich dir schon g'sagt, dass du auf den Milchschaum keinen Kakao streuen sollst?«, herrschte er den jungen Krawanzer an. Erst als er dessen eingeschüchterte Miene sah, verstand er, dass der Ton zu scharf war. Doch sein spontaner Dackelblick konnte die Situation auch nicht mehr retten.

Der Kellner säuselte geknickt einige Worte des Bedauerns und wollte das Getränk wieder mitnehmen.

»He! Lass den mir da. Das ist ja lächerlich!«, meldete sich der von der Szene peinlich berührte Hamedinger Roland und nahm die Tasse an sich. Für seinen uniformierten Freund hatte er nichts als Unverständnis übrig: »Was ist denn mit dir los? Machst jetzt einen auf oberwichtiger Barista?« Als er keine Antwort bekam, stocherte er ein wenig nach: »Wieso bist denn so g'stresst? Gibt's ein Problem?«

Der Hofnoah starrte vor sich hin. Er wusste nicht, ob es das Alter war, aber er konnte offenbar das Packerl, das er mit sich trug, immer schwerer vor anderen verbergen. Die Mordermittlungen samt seiner geheimen Mitgliedschaft im pöttlschen Corona-Fitnessstudio, die vermeintliche Amokfahrt der Mairinger Bettina, der drohende Job in Linz drunten, die Ruhestörung des trommelnden Nachbarn und jetzt der Cappuccino mit dem Kakaopulver auf dem Milchschaum – langsam wurde ihm alles zu viel. »Es ist halt nicht einfach grad«, fasste er die Lage zusammen.

Sein Gesprächspartner war irritiert. Er konnte sich kein einfacheres Leben als das eines ledigen Revierinspektors in Gallneukirchen vorstellen. Mord hin oder her. »Ich versteh ehrlich g'sagt kein Wort«, ließ er dann auch jede Sensibilität vermissen.

Aus Angst, wieder als Lachnummer zu enden, ließ es der Hofnoah auf sich beruhen. »Ist ja wurscht«, murmelte er. Ihm war das Zeit-Vertrödeln vergangen, und er leerte den in diesem Moment neu servierten Cappuccino in einem Zug.

Bevor er das Café verließ, erkundigte er sich beim Kellner noch nach der Rechnung. Nicht, dass er vorgehabt hätte, zu bezahlen. Es herrschte das stille Übereinkommen, dass die Konsumationen des Hofnoah aufs Haus gingen. Damit das allerdings nicht als verbotene Geschenkannahme eines Beamten geahndet werden konnte, handhabe man es so: Der Hofnoah rief zum Bezahlen, und dem Kellner fiel jedes Mal ein anderer Grund ein, warum er nicht kassieren konnte. Beim letzten Besuch war es eine Spezial-Happy-Hour gewesen, in der zufällig der Cappuccino kostenlos ausgeschenkt worden war.

So glücklich der Hofnoah über diese Vereinbarung war, so sehr empfand er es als persönliche Niederlage, dass ihm eine solche zwar mit dem Café, aber nicht mit dem Wirtshaus gelungen war. Der Lehner Sepp hatte bei dem Vorschlag einfach auf stur geschaltet, weil er wusste, dass es für den Hofnoah keine Alternative zu seinem Stammtisch gab.

»Kassa ist kaputt!«, antwortete der Kellner im Café an diesem Morgen mit Bedauern.

»Nichts für ungut, Roland. Ich muss weiter«, sagte der Hofnoah und erhob sich.

»Wenn du mir den Piepsi als möglichen Täter schon nicht abkaufst«, hatte der Hamedinger Roland noch einen letzten Tipp auf Lager, »dann schau dir doch die Pöttl Uschi ein wenig genauer an. Zwischen ihr und dem Erwin hat's immer wieder ziemliche Brösel gegeben, weil er ihren Haberer nicht als seinen rechtmäßigen Stiefvater anerkannt hat. Die Leut reden, dass er deswegen nur sehr selten dort war.«

Der Hofnoah wollte eigentlich auch hier anmerken, dass man wegen so was ja nicht gleich einen Mord beging. Andererseits waren die Polizeiarchive voll mit Tötungsdelikten, die aufgrund von Lappalien passiert waren. Er salutierte mit zwei Fingern und verschwand. Nach einem Zwischenstopp bei der Bäckerei, wo er sich ein kleines Frühstück zum Mitnehmen organisierte, schlenderte er schließlich zur Polizeiinspektion.

KAPITEL SIEBEN

Als der Hofnoah die Wachstube betrat, gab er sich mit einer groß gewachsenen jungen Frau in Stöckelschuhen die Klinke in die Hand.

Wortwechsel entstand keiner, weil die Mairinger Bettina bereits hinter ihrem Schreibtisch hervorkeifte: »Wo bleibst du denn? Das war schon die siebente Pöttl-Ex heut!« Für kurz vor zehn Uhr wirkte sie von der Arbeit bereits stark mitgenommen. Sie warf einen abschätzigen Blick auf ihren Kollegen, dem es nicht einmal gelang, den Besuch im Kaffeehaus vor ihr geheim zu halten: »Wisch dir den Milchschaum von deinem Zinken und dann geh her, damit ich dir ein Briefing geben kann!«

Der Hofnoah, wie immer genervt davon, ständig herumkommandiert zu werden, marschierte zum Fenster, blickte hinaus und knabberte an einem Croissant. Die Nase beließ er demonstrativ ungeputzt.

»Also«, ignorierte die Mairinger Bettina sein Desinteresse, »wir haben sieben Ex-Freundinnen, die sich gegenseitig des Mordes beschuldigen. Als Motiv geben alle Eifersucht an.«

Dem Hofnoah kam ein Grinser aus. Er musste an die Jugendsünde seiner Kollegin denken. Die und der Pöttl Erwin? Er konnte es immer noch nicht glauben. Es verlangte ihm ein Höchstmaß an Selbstdisziplin ab, sich eine Andeutung in diese Richtung zu verkneifen, selbst als ihn die Mairinger Bettina wegen seines Lächelns zur

Seriosität mahnte. Es würden sicher noch bessere Gelegenheiten folgen, um die Vergangenheit der Kollegin zur Sprache zu bringen, sagte er sich.

Stattdessen forderte er sie auf andere Weise heraus. »Ich würd mir eher die Pöttl Uschi noch mal etwas genauer anschauen. Sie gibt ja selber zu, dass sie zur Tatzeit am Hof war. Was man so hört, gab es Brösel zwischen ihr und dem Erwin wegen ihrem Haberer«, plapperte er das ungeprüfte Gerücht des Hamedinger Roland nach. Der Hofnoah beobachtete die Reaktion seiner Kollegin genau, deren Fast-Schwiegermutter er gerade einer schweren Straftat verdächtigte.

»Sie hat g'sagt, dass sie nichts g'hört hat und aus!«, antwortete sie streng und hatte für den Hofnoah auch gleich einen Arbeitsauftrag parat. »Lies dir lieber die Aussagen der sieben Frauen durch. Der Hintringer Sepp hat sie mitgetippt. Da hast!« Sprach's und schmiss ein paar Blätter Papier in Richtung des Schreibtischs ihres Kollegen. Zwei davon landeten am anvisierten Ziel, der Rest auf dem Sessel.

»He!«, legte der Hofnoah seine gesamte Autorität in die Waagschale. »Erstens einmal hast du mir keine Weisungen zu erteilen, und zweitens mach mir da nicht so einen Saustall!« In dem Moment kippte auf seinem Schreibtisch ein Aktenstapel um, der schon seit Längerem eine gefährliche Neigung aufwies, und begrub die Pöttl-Gespielinnen-Protokolle unter sich. Dann läutete das Telefon. Der Hofnoah ging zu seinem Platz und begann nach dem Apparat zu graben.

»Ja?«, meldete er sich, als er endlich den Hörer am Ohr hatte. Der Matzinger Franz, Leiter der Gerichtsmedizin, war dran. »Nein, ich hab den Obduktionsbericht noch nicht g'sehen, wieso?«, fragte der Hofnoah. »Ach so, du hast ihn mir gestern schon auf den Schreibtisch legen lassen. Ja, ich war bis eben auf Außendienst.« Der Hofnoah beendete das Telefonat und setzte seine unbeholfenen Grabungsarbeiten fort. Sein fehlender Sinn für Ordnung war bei den Kaszetteln, die normalerweise auf seinem Schreibtisch herumlagen, nicht der Rede wert. Jetzt, wo es um einen Mord ging, behinderte er den Fortgang wichtiger Ermittlungen.

Geschlagene zwanzig Minuten erfolglosen Suchens später wollte er sich immer noch nicht eingestehen, dass er das Chaos auf seinem Platz nicht im Griff hatte. Den Obduktionsbericht neu anzufordern, hätte ihn lediglich einen Rückruf in der Gerichtsmedizin gekostet, aber der männliche Stolz ist halt ein Hund. Erst jetzt erhob sich die Mairinger Bettina und ging zu ihrem Kollegen.

»Das hab ich ganz vergessen«, leitete sie beiläufig ein, »ich hab mir in der Früh den Obduktionsbericht von deinem Schreibtisch ausgeborgt.« Sie warf ihm das Dokument vor die Nase, von der sich augenblicklich der zuvor beanstandete Tropfen Milchschaum löste und auf das Deckblatt fiel. Erleichtert darüber, nun doch keinen Grund zum Aufräumen zu haben, würgte der Hofnoah sogar ein »Danke« hervor und blätterte drauflos.

»Schädelfraktur, Hirnblutung, das volle Programm«, überflog er den ersten Teil des Befunds. Interessant war zudem das festgestellte Hämatom am linken Auge, das auf die Handschrift des Exenberger Denis alias Piepsi hindeutete. Die nun auch schriftlich festgesetzte Tatzeit lag in etwa bei Mitternacht.

»Wissen wir, wie er überhaupt auf dem Misthaufen g'landet ist?«, fragte er seine Kollegin.

»Raufgekraxelt wird er wahrscheinlich nicht sein«, lautete zunächst deren unergiebige Antwort. Dann wusste sie doch noch eine brauchbare Erkenntnis zu berichten: »Die Spurensicherung hat im Dreck vor dem Misthaufen Reifenabdrücke von einem Traktor g'funden, die erst zur Tatzeit entstanden sein können, weil es bis zum frühen Abend noch stark g'regnet hat. Ich hab das sicherg'stellte Profil mit dem von seinem Fendt verglichen, während du im Auto am Vorplatz mit der Uschi Verstecken g'spielt hast.« Der Hofnoah seufzte die gemeine Behauptung einfach weg.

»Und? Ergebnis?«, erkundigte er sich.

»Passt genau. Wahrscheinlich hat jemand die Leich in die Schaufel am Frontlader g'legt und damit zur letzten Ruhe gebettet.«

Der Hofnoah war auf die landwirtschaftlichen Fachkenntnisse seiner Kollegin ein bisschen neidisch. »Woher kennst du dich eigentlich so gut aus? Hast das im Traktorführerscheinkurs g'lernt?«, fragte er halb ernst.

»Allerdings«, antwortete sie nicht ohne Stolz. »Ein Blick über den Tellerrand deines Schweinsbratens würd dir übrigens auch nicht schaden.« Wieder schaffte es der Hofnoah, sich eine blöde Bemerkung über die Vergangenheit der Mairinger Bettina zu verkneifen.

Nach ein paar Minuten Aktenstudium bemerkte er, dass sie ihre Sachen packte. »Gehst schon auf Pause?«, fragte er wohlwissend, dass ihre übliche Jausenzeit erst eine halbe Stunde später war.

»Schon? Da fragt der Richtige«, antwortete sie und fügte hinzu: »Steck deinen Milchzinken nicht in die Angelegenheiten anderer Leute.«

Der Hofnoah behielt bravourös die Contenance. »Erstens ist das mein Job, und zweitens hast du den Schlüssel unseres gemeinsamen Dienstwagens in der Hand. Da geht es mich sehr wohl etwas an, wo sich die Frau Revierinspektorin hinbegibt.«

In normalen Zeiten wäre es dem Hofnoah völlig wurscht gewesen, wo die Mairinger Bettina während der Dienstzeit herumgurkte. Hauptsache, sie war nicht da. Aber jetzt, wo die beiden einen Mord zu klären hatten und seine Kollegin nicht nur die Ex-Gespielin des Opfers, sondern auch noch die Busenfreundin von dessen Mutter war, wollte er sie im Auge behalten. Seit der Amokfahrt am Vortag schien ihm sicher, dass diese Frau zu allem fähig war.

Der Hofnoah schwänzelte ihr nach. Angekommen am Parkplatz, stellte sich heraus, dass der demolierte Touran noch genauso dastand, wie der Hofnoah ihn tags zuvor eingeparkt hatte. Der Facility- und Fuhrparkmanager hatte für keinen Ersatz gesorgt.

»Bist du ein Hunderl, oder was soll das jetzt?«, erkundigte sich die Mairinger Bettina. So lästig war der Hofnoah sonst nie, wenn sie allein loszog.

»Du sagst mir nicht, wo du hinfährst, also komm ich einfach mit«, offenbarte der Hofnoah seinen kühnen Plan.

Da die Mairinger Bettina ihre Ruhe haben wollte, rückte sie, zwar zähneknirschend, aber doch mit der Sprache heraus: »Also gut, du Lästian, ich fahr zur Pöttl Uschi und hör mir an, was sie zu dem Gerücht sagt, sie und ihr Haberer hätten was mit dem Mord zu tun.« Sie hatte ihr Reiseziel in der sicheren Annahme genannt, der Hofnoah würde beim Namen Pöttl Uschi umgehend die Flucht ergreifen.

Doch der wurde erst recht hellhörig und sah es als seine Pflicht an mitzufahren, auch wenn das wieder den gefürchteten Beifahrerplatz bedeutete. Schließlich sollte die Zeugeneinvernahme nicht zu einem Plausch unter Freundinnen verkommen. »Ich komm mit!«, betonte er noch einmal, riss die Tür auf und setzte sich auf den Beifahrersitz. Die Mairinger Bettina begab sich mürrisch hinters Steuer. Ihr blieb nichts anderes übrig, als die Nervensäge mitzunehmen.

Der Hofnoah redete ihr gut zu, als sie den Schlüssel ins Schloss steckte: »Sieh's positiv: Jetzt, wo du das Auto vorne um ein paar Zentimeter eingequetscht hast, tust dich beim Aus- und Einparken leichter.« Er glaubte zu bemerken, dass sich ihre Finger wie am Vortag winzigen Würgeschlangen gleich um das Lenkrad krampften. Augenblicklich verschlug es ihm die Sprache. Doch bei der folgenden Autofahrt hielt sich die Mairinger Bettina penibel an alle Verkehrsregeln. So verrann die Zeit ohne Zwischenfall in trauter feindseliger Stille. Die Blicke der Passanten, die an der Kreuzung die Kratzer und Dellen an der Front bestaunten, nahmen die beiden Beamten gelassen zur Kenntnis. Der Hofnoah war froh, dass seine Kollegin am Steuer saß und das Gallneukirchner Publikum den Schaden somit als ihr Werk ansah.

Zehn Minuten später bogen sie zum Pöttl-Anwesen ein. Schon auf der Zufahrtsstraße stellte sich wie aus dem Nichts der Hofrüde Rambo in den Weg. Er wurde nur deshalb nicht zum nächsten Todesopfer, weil die Mairinger Bettina das Lenkrad geistesgegenwärtig nach links riss.

Der Hofnoah hatte kein Verständnis für dieses Manöver. »Spur halten, Frau Kollegin! Oder drehst jetzt wieder durch?«

»Hoffentlich beißt er dir heut ein richtiges Loch in den Arsch«, flüsterte sie dem Hofnoah boshaft zu und fuhr zum Vorplatz weiter. Dort flanierte die Pöttl Uschi gerade eng umschlungen mit einem dem Hofnoah fremden Mann auf den Streifenwagen zu. Die beiden wirkten so überglücklich miteinander, als wären sie einem Rosamunde-Pilcher-Film entstiegen.

»Spur halten, Frau Kollegin!«, wiederholte sich der Hofnoah und stiftete die Mairinger Bettina damit zum Doppelmord an.

Sie stoppte das Fahrzeug und winkte dem Paar zu.

»Ist das ihr Haberer?«, wollte der Hofnoah wissen.

»Der Pfarrer wird's wohl nicht sein«, war diese wie gewohnt für keine ernsthafte Konversation unter Ermittlern zu gebrauchen.

»Grüß euch!«, rief die Mairinger Bettina den beiden Spaziergängern entgegen, als sie aus dem Wagen stieg. Da war er wieder, dieser überaus freundliche Tonfall. Wehmütig stellte der Hofnoah fest, dass seine Kollegin offenbar wirklich nur zu ihm so garstig war.

Zögerlich verließ auch er das Fahrzeug und wurde wie befürchtet sofort vom Hofrüden Rambo ins Visier genommen. Der stolze Schäferhund steuerte auf seinen alten Bekannten zu und beschnüffelte ihn von allen Seiten. Den Allerwertesten unterzog er einer besonders detaillierten Prüfung. Zum Anbeißen empfand er ihn dieses Mal aber nicht. Der Hofnoah wurde trotzdem nervös. »Wie wär's, wenn du den Flohzirkus da endlich einmal z'rückpfeifen würdest?«, herrschte er die Pöttl Uschi an. Doch seine mahnenden Worte wurden ignoriert.

Der Fremde begutachtete interessiert die demolierte Front am Auto. »Zu schnell eingeparkt, oder?«, feixte er die Mairinger Bettina an und war enttäuscht, dass das weder sie noch seine Uschi lustig fanden. Nur der Hofnoah grinste. Der Unbekannte schien etwas jünger zu sein als seine Lebensgefährtin, hatte einen fein säuberlich zurechtgelegten Kurzhaarschnitt und machte auch sonst einen polierten Eindruck. Dem Hofnoah war er jedenfalls auf Anhieb deutlich sympathischer als die Frau, die er sich ausgesucht hatte, was nicht allzu schwer war.

»Rambo, da komm her!«, rief der Mann dem Hofrüden zu, worauf dieser von seinem Lieblingsopfer abließ. Dann musterte er den Hofnoah und stellte sofort eine Verbindung zu den Erzählungen seiner Lebensgefährtin her: »Und du musst der Kieberer sein, der sich bei uns am Vorplatz im Auto vor der Uschi versteckt hat.«

Jeder andere hätte sich beim Hofnoah mit diesen Worten ins Aus geschossen. Aber der Mann, der ihm gerade den unberechenbaren Hund vom Hals geschafft hatte, trug sie so freundlich und unbekümmert vor, dass der Hofnoah ihm erfreut die Hand schüttelte und zustimmte: »Ja, genau der bin ich!«

Sein neuer Freund zog ihn zu sich und klopfte ihm auf die Schulter: »Ich bin der Hans. Du kannst aber gern Hansi zu mir sagen, Hofnoah!«

Der Angesprochene zuckte zusammen und ärgerte sich einmal mehr darüber, welche weiten Kreise sein Spitzname bereits gezogen hatte.

»Dürfen wir euch zur Tatnacht noch ein paar Fragen stellen?«, erkundigte sich die Mairinger Bettina fast ein bisschen unterwürfig. Ein unwürdiges Schauspiel für eine vermeintliche Vorbildbeamtin, fand der Hofnoah.

Der Hansi blickte sich suchend zur Uschi um: »Ich würd sagen, wir gehen dazu rein, oder?« An die Beamten gerichtet fragte er: »Wollts ein Schnapserl?«

Der Hofnoah setzte zu einem Nicken an, doch die Mairinger Bettina verwies darauf, dass sie im Dienst waren.

Nach fünf Minuten Fußmarsch, der über den Vorplatz, den Innenhof, ins Haus und durch einen langen Gang mit vielen Türen führte, kamen sie endlich in der riesigen Küche an, für deren Vollholzmöbel ein geschätzter Hektar Fichtenwald aus dem pöttlschen Besitz dran glauben hatte müssen.

»Setzts euch«, bat der Hansi sie in die kuschelige Sitzecke, die für gut zwanzig Leute ausgelegt war. Die Mairinger Bettina und der Hofnoah nahmen mit Respektabstand zueinander auf der Bank Platz, die Pöttl Uschi auf einem Sessel gegenüber. Der Hansi holte unterdessen eine Auswahl unterschiedlicher Getränke aus dem Kühlschrank, der allein schon größer als die Küche eines durchschnittlichen Haushalts war.

Während die Mairinger Bettina und die Pöttl Uschi dem Mühlviertler Small Talk frönten, also über eine gemeinsame Bekannte herzogen, beobachtete der Hofnoah interessiert, wie der Hansi Flaschen samt Gläser auf einem Tablett drapierte. Dann stieß auch er zu der Runde und fragte, was er einschenken dürfe. Beide Beamte blieben beim Wasser, während sich der Hansi mit seiner Uschi einen Freistädter Radler teilte.

Dem Hofnoah fiel auf, wie selbstbewusst sich der Hansi als Gastgeber bewegte. Dabei war er laut Hamedinger Roland vor dem Tod des Pöttl Erwin nur selten am Hof gewesen, weil der Jungbauer ihn nicht mochte. Nun, zwei Tage nach dem Misthaufenmord, vermittelte er den Eindruck, als würde er seit Jahr und Tag im Grundbuch stehen.

»Du scheinst dich ja schon recht gut eing'lebt zu haben«, sagte der Hofnoah wohlwollend, ohne negativen Hintergedanken. Bei der Pöttl Uschi und ihrem Hansi führten diese Worte allerdings zu einem Stimmungsumschwung. Plötzlich saßen die beiden wie zwei gebrochene Elternteile da, die ihren geliebten Sohn verloren hatten.

»Mir ist es wichtig, der Uschi in diesen schweren Tagen mit aller Kraft beizustehen«, säuselte der Hansi selbstlos. »Das ist doch mehr als verständlich, oder?«, meinte er nicht mehr ganz so freundlich zum Hofnoah.

»Klar, völlig logisch«, antwortete dieser kleinlaut. Er hatte dem Hansi nichts unterstellen wollen.

Die Mairinger Bettina sprang trotzdem gleich ein und entschuldigte sich für ihren Kollegen. Das tat sie, indem sie der Pöttl Uschi einen vielsagenden Blick zuwarf und in Richtung des Hofnoah mit der Hand eine Scheibenwischerbewegung vor dem Gesicht vollführte. Ihre Freundin nickte wissend.

»Könnts ihr uns bitte schildern, wie und wo ihr den vorgestrigen Abend verbracht habts?«, kam die Mairinger Bettina schließlich auf das Dienstliche zu sprechen.

»Also«, antwortete das Paar im Chor und lachte harmonisch. Die Pöttl Uschi entschied, das Wort zu übernehmen, wie sie dank ihres übersteigerten Selbstbewusstseins auch sonst in der Beziehung das Kommando zu führen schien. »Wie ich dir vorgestern schon g'sagt hab, bin ich bis ungefähr elf Uhr beim Hansi in Linz drunten g'wesen. Nachdem ich heim'kommen bin, hab ich mich gleich niederg'legt.«

»Gibt's dafür Zeugen?«, meldete sich der Hofnoah zu Wort.

Die Pöttl Uschi machte ein so abfälliges Gesicht, als hätte man ihr die dümmste Frage aller Zeiten gestellt. »Ja, den Rambo kannst fragen«, sah sich der Hofnoah mit dem gleichen schlechten Humor wie bei seiner Kollegin konfrontiert.

Er ließ sich davon nicht beirren und hakte nach: »Hast du, nachdem du heimgekommen bist, mit dem Erwin noch persönlichen Kontakt g'habt?«

Die Pöttl Uschi reagierte genervt: »Noch einmal! Ich bin sofort schlafen 'gangen. Ich weiß nicht, wie das bei dir und deiner Mama ist, aber ich hab mit meinem Sohn das Bett nicht geteilt.«

Damit die Situation nicht eskalierte, schaltete sich die Mairinger Bettina wieder ein: »Du kannst also nicht sagen, ob der Erwin an diesem Abend allein war, oder?«

Die Pöttl Uschi schüttelte den Kopf: »Der Erwin hat hinten seine eigene Wohnung g'habt. Ich weiß nicht einmal, ob er daheim g'wesen ist. Sein Auto hat er auch immer in der anderen Garage geparkt.«

Ohne groß darüber nachzudenken, stellte der Hofnoah eine Frage, die in jedem Mordverfahren legitim gewesen wäre, nur nicht in diesem: »Hat der Erwin Feinde g'habt?«

Die Mairinger Bettina schlug sich mit der flachen Hand so fest auf die Stirn, dass es platschend durch die Küche hallte. Ein Lebemann wie der Pöttl Erwin mit unzähligen Ex-Freundinnen, nicht wenige davon verheiratet, Fernsehauftritten als Bauernplayboy und Sieger der Wahl zum »schönsten Mann Oberösterreichs« hatte logischerweise mehr Feinde als Freunde. Das illegale Fitnessstudio mit Edelpuff-Tarifen war da noch gar nicht mit eingerechnet.

Um der Pöttl Uschi die Peinlichkeit einer Antwort zu ersparen, legte die Mairinger Bettina eine andere Frage nach: »Wir haben eine Zeugenaussage, wonach gegen Mitternacht vom Vorplatz eures Hofs ein schwarzer Cederer davong'rast ist. Den hast dann wahrscheinlich auch nicht g'hört, oder?«

Dem Hofnoah fiel zum zweiten Mal unangenehm auf, dass sie der Pöttl Uschi bereits die Antwort in den Mund legte. Vernehmungen führte man mit offenen Fragen. Das bekam man bereits am Anfang der Ausbildung eingetrichtert. Die Streberin wusste das ganz genau.

»Richtig, den hab ich nicht g'hört«, war die erwartbare Replik der Befragten.

»Was sagt dir das Autokennzeichen ›PE-NIS 1‹?«, formulierte der Hofnoah eine mustergültige offene Frage und zog erneut einen entgeisterten Blick auf sich.

»Nix!«, fiel die Antwort unergiebig aus.

Die Mairinger Bettina übernahm wieder: »Das ist das Kennzeichen von dem Cederer, der bei euch am Hof g'wesen ist. Der Halter heißt Exenberger Denis.«

Weder der Pöttl Uschi noch ihrem Hansi schien der Name ein Begriff zu sein.

»Er sagt, der Erwin hat Schulden bei ihm g'habt«, fasste der Hofnoah dessen Aussage zusammen.

Die Pöttl Uschi zog die Augenbrauen hoch, schaute verständnislos in seine Richtung und ließ ihren Blick durch die riesige Küche schweifen, als wollte sie sagen: *Schau dich um! Meine Küche ist größer als deine Wohnung, mein Grund erstreckt sich über das halbe Untere Mühlviertel.*

Plötzlich wurde die Befragung von einem Lkw unterbrochen, der im Schritttempo an der Fensterfront der Küche vorbeifuhr und schließlich vor der Haustür stoppte.

An der Seite des Fahrzeugs prangte in riesigen Lettern der Slogan: »UmRUCKzug – wir übersiedeln Sie in Rekordzeit!«

Die Pöttl Uschi erschrak sichtlich und wandte sich umgehend an die Mairinger Bettina: »Du, würd's dir was ausmachen, wenn wir den Plausch ein anderes Mal fortsetzen?«

Die Angesprochene hatte vollstes Verständnis. »Sicher, kein Thema!«, antwortete sie nur.

Der Hofnoah traute seinen Ohren nicht. »Plausch?!«, erhob er seine Stimme erschüttert.

Als es an der Tür läutete, standen die Pöttl Uschi und ihr Hansi auf.

»Hallo?!«, rief der Hofnoah außer sich. »Das ist eine kriminalpolizeiliche Erkundigung, bei der nicht jeder einfach kommen und gehen kann, wie es ihm passt.«

Der Hofnoah hatte seine Belehrung noch gar nicht zu Ende geführt, da waren die beiden auch schon ins Vorzimmer verschwunden, um dem Möbelpackertrupp die Tür zu öffnen.

»Grüß Gott, Firma Umruckzug. Wo dürfen wir denn die Sachen für den Herrn Berger abstellen?«, hörte der Hofnoah eine Männerstimme fragen. Er ging den Flüchtigen nach, denen es überhaupt nicht passte, dass sie ihn bei der Abfertigung des Lastwagens im Genick hatten.

»Herrgott, wir kommen doch eh gleich wieder! Geh wieder hinein!«, keifte die Pöttl Uschi ungeduldig und schob ihn Richtung Küche zurück.

Der Hofnoah bekam trotzdem noch mit, wie die Männerstimme einen weiteren Punkt des Auftrags abklärte: »Die Sachen für den Herrn Berger sollen wir hier zur Frau Pöttl Ursula, Hausnummer 1, bringen, und beim

Herrn Pöttl Erwin, Hausnummer 1 A, sollen wir ein paar Räume leeren und Gerümpel entsorgen. Wo ist denn der Eingang zu 1 A?«

Man musste kein besonders begabter Kriminalbeamter sein, um eins und eins zusammenzählen zu können: Dem verliebten Paar konnte es offenbar nicht schnell genug gehen, das Haus von Altlasten zu befreien, um in ihr gemeinsames Leben starten zu können. Der Mord war keine achtundvierzig Stunden her. Das Umzugsunternehmen machte seinem Namen alle Ehre.

Der Hofnoah setzte sich wieder zur Mairinger Bettina an die Tafel in der Küche. »Irgendwie komisch, dass sie die Möbelpacker so kurz nach dem Tod vom Erwin schon herbestellen«, meinte er.

Die Mairinger Bettina schnitt die gleiche angewiderte Grimasse wie ihre Freundin zuvor bei den Fragen des Hofnoah. »Es gibt eben Dinge, die g'hören g'regelt«, antwortete sie, ohne von ihrem Smartphone aufzuschauen.

Es vergingen zehn Minuten, bis der Hansi wieder zurückkehrte: »Entschuldigt bitte, dass wir euch so spontan sitzen lassen haben. Wir haben nicht g'wusst, dass die so schnell da sind. Wäre es nicht doch möglich, dass wir ein anderes Mal weitermachen? Wir haben ja ohnehin schon alles g'sagt, was wir wissen.«

Der Hofnoah war einverstanden: »Sicher, kein Thema! Es gibt eben Dinge, die g'hören g'regelt.«

Die Mairinger Bettina verdrehte die Augen und erhob sich. Der Gastgeber begleitete die beiden Revierinspektoren zum Hintereingang hinaus und verabschiedete sich.

Es war Mittag, und dem Hofnoah knurrte bereits der Magen. Bei der Rückfahrt wollte er selbst ans Steuer.

Sein Plan war, die Kollegin am Posten abzusetzen und dann direkt zur Mutter weiterzufahren, denn es war Schweinsbratentag.

Gleich als sie von der Pöttl-Villa ins Freie traten, setzte er wie ein übermütiger Kindszapfen zu einem Sprint an, um vor der Mairinger Bettina beim Auto zu sein. Mitten im Laufen bemerkte er, dass er mit der spontanen Aktion Rambos Aufmerksamkeit auf sich gezogen hatte. Dieser nahm seine Funktion als Wachhund sehr ernst und verfolgte den Flüchtigen sofort. Verzweifelt erhöhte der Hofnoah das Tempo, doch es war nur eine Frage der Zeit, bis ihn das Vieh eingeholt hätte. Seine Hoffnung war, sich vorher noch ins Auto retten zu können. Dazu hätte die Mairinger Bettina allerdings die Tür unversperrt lassen müssen, was gegen die Regeln war. Der Hofnoah richtete ein Stoßgebet zum Himmel. Beim Streifenwagen angekommen, stürzte er sich auf die Fahrertür, als ginge es um Leben und Tod. Den Köter keine fünf Meter mehr von sich entfernt, riss er am Griff und hatte tatsächlich Glück: Die Mairinger Bettina hatte als Fahrerin eine weitere der ersten Lektionen der Ausbildung nicht befolgt. Während der Hofnoah auf den Fahrersitz sprang, schoss ihm das Adrenalin ins Blut. Als er die Tür mit einem Knall zugedroschen hatte und auf den enttäuschten Rambo hinausblickte, kam noch eine Portion Glückshormone hinzu.

Außer Atem musste er sich kurz sammeln, bevor er gegen das Fenster trommelte und brüllte:»Mit mir nicht, mein Freund! Mit mir nicht!«

Er blickte sich um und direkt in die Visage der Mairinger Bettina, die scheinbar längst neben ihm Platz genommen hatte.

Als der Hofnoah zum Starten des Motors mit dem linken Fuß das Kupplungspedal betätigen wollte, bemerkte er, dass sein Hosenzipfel in der Tür eingeklemmt war. Erschrocken schaute er zum Fenster hinaus. Dort hatte es sich Rambo etwa fünfzehn Meter vom Streifenwagen entfernt in der Sonne gemütlich gemacht und knabberte an einem Stück polizeiblauem Stoff herum. Dieses stellte sich nach Öffnen des Fahrerfensters und Nachschau durch den Hofnoah tatsächlich als Teil seines Beinkleids heraus. Er versuchte sich nichts anmerken zu lassen, aber die Mairinger Bettina hatte alles mitbekommen.

»Die Mama wird's schon richten«, kommentierte sie mit ihrem hämischen Grinsen im Gesicht.

Der Hofnoah trat mit seinem halbnackten Bein das Kupplungspedal und startete den Motor.

KAPITEL OCHT

Als der Hofnoah um zehn nach halb eins die Wohnung betrat, wehte ihm bereits der ersehnte Fleischesduft entgegen.

»Mama, ich bin da!«, rief er gleich beim Hineingehen, damit seine persönliche Köchin den Serviervorgang einleiten konnte. Er marschierte schnurstracks zu ihr in die Küche.

»Servus Bub!«, rief die Mutter, während sie den Braten aus dem Rohr hievte. »Ich hab mir schon gedacht, du kommst nicht mehr!«

»Der war gut, Mama!«, antwortete der Hofnoah. »Ich hab grad am Tatort von einem Mord ermittelt. Da läuft nicht immer alles nach Stundenplan.«

Die Mutter drapierte die üblichen drei Scheiben Fleisch und zwei Knödel auf einen Teller, bevor sie alles mit Soße übergoss.

»Dann sind deine Hände hoffentlich g'waschen, wenn du beim Pöttl im Misthaufen g'stierlt hast«, mahnte sie ihren Sohn.

Dieser konnte es – abgesehen vom Kulinarischen – nicht leiden, bemuttert zu werden. »Die sind sowieso sauber«, antwortete er abwiegelnd, doch die Mutter kannte keine Gnade.

»Gut, wenn das so ist, geb ich noch ein schönes Stück Stöcklkraut dazu. Da schau her!« Demonstrativ nahm sie ein besonders großes Ungetüm zur Hand, worauf dem Hofnoah ganz anders wurde.

»Okay, du hast g'wonnen«, gab er sich geschlagen. Er erhob sich und marschierte ins Bad.

Als er zurückkehrte, servierte ihm die Mutter den Schweinsbraten ohne Stöcklkraut und setzte sich zu ihm. Sie war sofort Feuer und Flamme für den Mordfall.

»Und? Habts schon wen verhaftet? Habts der Uschi endlich das Handwerk g'legt? Der Tatbestand ist ja eindeutig!«

Der Hofnoah wusste nicht, was ihn mehr aufregte: dass sich die Mutter schon wieder in seinen Fall einmischte oder dass sie diesen einen juristischen Fachbegriff immer wieder falsch verwendete. »Ich hab dir schon hundertmal g'sagt, dass du keine Wörter gebrauchen sollst, von denen du nichts verstehst!« Die Mutter schaute verwirrt aus der Wäsche. »Tatbestand ist das, was im G'setz steht, und Sachverhalt ist das, was in der Realität passiert. Merk dir das endlich einmal!«, versuchte der Hofnoah ihr einzutrichtern.

»Aha«, meinte die Mutter nur. »Und wie schaut's jetzt im Mordfall aus?«, fragte sie noch einmal.

Der Hofnoah hatte eigentlich keine Lust, den Fall mit ihr zu besprechen. Insgeheim erhoffte er sich dennoch brauchbare Hinweise. Obwohl das meiste, was sie von sich gab, ein ausgemachter Blödsinn war, hatte sie ihn mit ihrem Dorftratsch-Know-how schon das ein oder andere Mal auf die richtige Fährte gebracht.

»Die Uschi und ihr Hansi haben keine achtundvierzig Stunden nach dem Mord den Umzugstrupp auffahren lassen«, berichtete der Hofnoah.

Die Mutter sah sich in ihrer Theorie bestätigt. »Ja, worauf wartets ihr dann? Sperrts die zwei in U-Haft, dann werden sie schon mit der Sprache rausrücken!«

Der Hofnoah hatte seiner Mutter schon zigmal erklärt, dass man ohne dringenden Tatverdacht und richterliche Anordnung niemanden in U-Haft nehmen konnte. Es war verschwendete Zeit, ihr das immer wieder herunterzubeten. Außerdem war für die Mutter schon damals der dringende Tatverdacht vorgelegen, als sie die Pöttl Uschi das erste Mal arrogant daherstolzieren gesehen hatte. Zu diesem Zeitpunkt war der Mord am Pöttl Erwin noch gar nicht passiert.

»Kennst du ihren Haberer eigentlich?«, fragte der Hofnoah.

Selbstverständlich wusste die Mutter über ihn Bescheid. »Das ist ein ganzer Falott!«, kam es wie aus der Pistole geschossen. »Der will nur an ihr Geld. Beruflich macht er irgendwas mit Internetaktien oder so was.« Sie hielt inne und überlegte angestrengt. »Bitcoin!«, rief sie stolz, weil ihr der Fachbegriff eingefallen war. »Hörst eh jeden Tag auf Radio Oberösterreich, wie den Leuten damit das Geld aus der Tasche gezogen wird. Die Uschi wird schon noch draufkommen. Aber weißt was: Der schadet es eh nicht, wenn sie von ihrem hohen Ross einmal runterg'holt wird.«

Der Hofnoah war enttäuscht, dass seiner Mutter nicht mehr zu der Uschi ihrem Hansi einfiel. »Und sonst weißt nichts über ihn?«, hakte er nach in der Hoffnung, dass sie doch noch irgendwas parat hatte.

Die Angesprochene zuckte mit den Schultern. »Na ja, ein Speckfechter halt«, nannte sie den Mühlviertler Fachbegriff für eine in Linz drunten wohnhafte Person. »Und studiert ist er auch noch«, fügte sie angewidert hinzu. »Ich sag dir eins: Das ist das Ende des stolzen Pöttl-Erbhofs. So schnell kannst gar nicht schauen, wird das Anwesen da oben zu Geld g'macht und an einen Immobilientandler verscherbelt.«

Der Hofnoah hatte Braten samt Knödel verspeist. Er kippte den Teller behutsam und beugte sich zur Tischplatte vor, um das verbliebene Saftl wegzuschlürfen. Die Mutter musterte ihren Sohn von oben bis unten. Ihr war es wichtig, dass er ordentlich daherkam. Schließlich fiel am Ende jede Schlampigkeit auf sie zurück.

Plötzlich entfleuchte ihr ein Entsetzensschrei. »Ja, wie schaust denn du aus?« Sie ergriff sein linkes Bein, bei dem die halbe blanke Wade herausschaute.

»Betriebsunfall«, fasste der Hofnoah den Tathergang zusammen.

»Ich flick dir das schnell«, sagte die Mutter, und bevor der Hofnoah protestieren konnte, hatte sie schon ein »Keine Widerrede!« nachgelegt.

Einen Augenblick später setzte sie sich mit ihrem Nähzeug vor ihren Sohn und befahl ihm, sein linkes Bein auf ihren Schoß zu legen. Dann ging es auch schon los. Gekonnt schneiderte sie ihm mit Nadel und Zwirn den Hosenstummel so zusammen, dass die vom Hofrüden Rambo geraubten fünfzehn Quadratzentimeter Stoff nicht mehr wirklich abgingen.

»Was ist mit der anderen Hose mit dem Loch im Hintern?«, wollte die Mutter wissen.

»Hab ich entsorgt. Ich krieg ja eh eine neue«, antwortete der Hofnoah. Dabei fiel ihm ein, dass der für Uniformbestellungen zuständige Hintringer Sepp noch keine neue besorgt hatte. Das konnte gut und gern noch ein bis zwei Tage dauern. Die Hose, die der Hofnoah aktuell trug, war die letzte verbliebene. Er würde das Hundsvieh Rambo bis auf Weiteres meiden müssen.

»Danke, Mama. Ich muss jetzt wieder los«, murrte der Hofnoah ungeduldig, als die Mutter bei den letzten paar Stichen besonders langsam und bedacht vorging. Er rutschte mit dem Bein ein Stück zur Seite, um es auf den Boden zu stellen.

»Au! Pass doch auf!«, schrie er schmerzerfüllt. Die Mutter hatte ihm die Nadel versehentlich in den Fuß gerammt.

»Jetzt halt doch schnell die zwei Minuten still! So kann ich dich nicht unter die Leut lassen.«

Widerwillig brachte der Hofnoah sein Bein in die ursprüngliche Position zurück und wartete, bis die Mutter ihre Arbeit beendet hatte.

»So, fertig! Und jetzt viel Erfolg beim Mörderfangen«, sagte diese zufrieden. Nachdem sich der Hofnoah mit seinem gewohnten Zwei-Finger-Salut schon Richtung Tür davongemacht hatte, fiel der Mutter noch etwas Wichtiges ein. »Momenterl! Wart noch kurz«, rief sie ihm ins Vorzimmer nach. »Ein kleiner Snack für den Nachmittag!«, erklärte sie, als sie bei ihm angekommen war und ihm eine Tupperdose hinhielt.

Der Hofnoah nahm aus Neugier sofort den Deckel ab und erblickte zwei Scheiben Bratl und einen Knödel. »Danke, Mama, du bist die Beste!«, rief er entzückt.

Die Mutter war verlegen, aber auch angespannt. »Bitte pass mir auf die Tupperdose auf«, bat sie den Hofnoah inständig. »Das ist ein Erbstück von deiner Oma, und ich hätt sie gern in einem Stück zurück. Wenn ich nicht mehr bin, vermach ich sie einmal meiner Schwiegertochter.«

Es war der subtile Appell an ihr Einzelkind, sich bei der Partnersuche am Riemen zu reißen.

Der Hofnoah ignorierte die Mahnung. »Natürlich pass ich auf, das ist doch selbstverständlich«, antwortete er nur, »du kennst mich ja!«

»Eben!«, rief die Mutter ihm noch nach, bevor er die Tür hinter sich schloss.

Zurück am Posten, ging der Hofnoah schneller als sonst zu seinem Platz, aber der Mairinger Bettina gelang es trotzdem, sein Hosenbein zu begutachten. »Pfau! Die Hofnoah-Mama ist ja eine wahre Künstlerin an der Nähmaschine«, begrüßte sie ihren Kollegen zum Nachmittagsdienst mit ihrem Standard-Gehässigkeitsgrinser. »Kann ich mir die mal ausleihen?«, machte sie den Fehler, ihren Witz mit einer Frage zu beenden.

Das, beschloss der Hofnoah, war die Gelegenheit, sein Wissen über die Beziehung zwischen der Kollegin und dem Pöttl Erwin endlich das erste Mal dezent anklingen zu lassen. »Die Pöttl Uschi kann das sicher mindestens so gut«, sagte er und beobachtete ihre Reaktion. Er glaubte ein Zucken ausgemacht zu haben, aber die Mairinger Bettina bewahrte Haltung und wandte sich wieder den Akten zu.

Für den Hofnoah war das die Chance, schnell ins Nebenzimmer zum Hintringer Sepp zu huschen, um sich nach dem Status in Sachen neue Hose und neuer Streifenwagen zu erkundigen. Er schlurfte am Schreibtisch der Mairinger Bettina vorbei, die ihn keines Blickes würdigte.

Als er das Nachbarbüro betrat, kam er nicht umhin, zunächst das Chaos am Platz seines Kollegen zu bekritteln. »Was ist denn das für ein Saustall?«, begrüßte er den Fuhrpark- und Facility-Manager, ehrlich schockiert darüber, wie viele Akten- und Zettelstapel sich dort türmten. Bei objektiver Betrachtung wäre ihm aufgefallen, dass sein Schreibtisch genauso aussah.

»Da redet der Richtige«, grüßte der Hintringer Sepp auf einer Knackwurst herumbeißend zurück.

Der Hofnoah kam gleich zum Punkt: »Sepp, was ist mit meiner Hose?«

Sein Gegenüber schaute ihm verdutzt auf die Beine, konnte aber nichts Außergewöhnliches erkennen. Ein größeres Kompliment hätte es für die Mutter, an der eine professionelle Schneiderin verloren gegangen war, nicht geben können. »Was soll damit sein?«, bampfte er, genervt darüber, dass ihn der Kollege in der Mittagspause störte.

»Ich hab eine bei dir bestellt, Freund der Berge!«, half der Hofnoah seiner Erinnerung auf die Sprünge.

»Stimmt!«, jauchzte er plötzlich, legte seine fettige Knackwurst auf einem Vernehmungsprotokoll ab und begann auf dem übernächsten Hügel zu graben.

Der Hofnoah hatte wenig Hoffnung, dass er damit irgendetwas ausrichten konnte. Doch nach einer halben Minute des Wühlens hob der Hintringer Sepp tatsächlich ein Plastiksackerl mit einer zusammengefalteten »Uniformhose Herren, Größe 50« aus der entstandenen Grube aus.

»Wahnsinn! Nicht schlecht«, zollte der Hofnoah dem Kollegen für die Beherrschung des Chaos ehrlichen Respekt. Voller Enthusiasmus bückte er sich zu seinen Schuhen hinunter und zog sie aus. Dann legte er den Gürtel ab und entledigte sich der geflickten Hose.

»Was wird das jetzt?«, wollte der Hintringer Sepp von seinem Kollegen wissen, der in kleinkarierten Boxershorts vor ihm stand.

»Ich verführ dich und deine Knackwurst, was sonst?«, witzelte der Hofnoah und riss voller Vorfreude das Plastiksackerl mit der neuen Hose auf. »Nein, Scherz. Ich zieh mir die gleich an. Dann muss ich mir von *ihr* keine blöden Kommentare mehr anhören.« Der Hofnoah faltete das Kleidungsstück auseinander und entfernte zwei Plastikklammern, mit denen es in der Packung in Form gehalten wurde.

Als er sich über den Hintringer Sepp beugte, um auf dessen Saustall-Schreibtisch nach einer Schere zum Entfernen des kratzigen Waschhinweis-Markerls zu fischen, betrat der Chef mitsamt der Mairinger Bettina das Büro. »Was ist denn hier los?«, fragte er entsetzt.

»Eine Schere brauch ich«, antwortete der Hofnoah, seinen kleinkarierten Allerwertesten dem Bezirksinspektor entgegenstreckend.

Dem Hintringer Sepp fiel vor Schreck die Knackwurst, von der er gerade einen großen Bissen genommen hatte, auf den Boden. Während er sie einsammelte, erklärte er mit vollem Mund die Situation: »Dem Hofnoah seine Mama hat ihm die Hose ganz umsonst g'flickt, weil ich ihm eh schon eine neue b'stellt hab.«

Der Kommandant verstand nur Bahnhof. »Hofnoah, du weißt, dass der gesamte Posten unter besonderer Beobachtung steht«, bekannte er streng. »Die warten in Linz drunten nur drauf, dass sie uns von Galli abziehen können.«

Dem Angesprochenen lief ein kalter Schauer über den Rücken. In Rekordzeit schnitt er das Markerl herunter, warf die neue Hose über und schlüpfte in die Schuhe. Hastig band er sich auch noch den Gürtel um und nahm wie ein Soldat vor dem Chef Haltung an. »Jawohl!«, rief er und salutierte vorbildlich.

Der Chef sah seinem Untergebenen ins Gesicht und versank augenblicklich in Gedanken. Er dachte an die guten alten Zeiten zurück, als er zur Polizei gekommen war. Damals wurde bei der Aufnahmeprüfung noch gnadenlos aussortiert. Nur die Elite durfte die Ausbildung starten. Wer den strengen Anforderungen nicht genügte, wurde mit dem nassen Fetzen verjagt. Nun stand der Hofnoah vor ihm, und er wusste, dass ihm die Hände gebunden waren. In der aktuellen Situation konnte er an seinem Personalstand keine Änderungen vornehmen. Erstens saß er ja selbst alles andere als fest im Sattel, und zweitens betraf der allgemeine Fachkräftemangel auch das Untere Mühlviertel. Den verhaltensauffälligen Hofnoah rauszuschmeißen hätte nur einen neuen verhaltensauffälligen Hofnoah zur Folge gehabt. Oder noch schlimmer: Es fände sich überhaupt kein Ersatz, und der Postenkommandant müsste selbst wieder in den niederen Dienst treten.

Der Hofnoah erwiderte den nachdenklichen Blick des Chefs erwartungsvoll. Er war bereit, ein Kompliment für seine neue Hose in Empfang zu nehmen. Sie passte wie angegossen. Der Hintringer Sepp hatte ganze Arbeit geleistet.

Doch der Kommandant beendete den intensiven Augenkontakt mit einem lang gezogenen Seufzer und wandte sich überraschend noch mal dem Hintringer Sepp zu. Dieser war der festen Überzeugung gewesen, dass er sich längst außerhalb der Schusslinie befand. Dementsprechend hatte er sein Mittagessen vom gröbsten Schmutz gesäubert und den nächsten, noch größeren Bissen genommen.

»Wann kommt das neue Auto?«, wollte der Chef wissen.

Der Angesprochene beschleunigte den Kauvorgang, bevor er seine Antwort herauswürgte:»Ist b'stellt, aber dauert noch ein paar Tage.«

Während der Chef den Ärger über den Hofnoah noch irgendwie wegseufzen konnte, brachte ihn die Antwort des Hintringer Sepp doch noch zur Weißglut. Ein kaputtes Auto musste binnen eines halben Tages ersetzt werden, lautete die Regel im Handbuch. Das galt auch in diesem Fall. Mit einem Scheinwerfer, der leicht zur Seite strahlte, war der Streifenwagen nicht mehr verkehrstauglich. Der halbe Tag war zwar noch nicht übermäßig lange vorbei, aber Vorschrift war Vorschrift. Außerdem fiel es in der Öffentlichkeit auf ihn zurück, wenn seine Truppe in einem zerkratzten und verbeulten Touran herumgurkte.

In Momenten wie diesem merkte man dem Postenkommandanten an, dass er unter großem Druck stand. »Es gibt zwei Möglichkeiten«, pfauchte er Richtung Hintringer Sepp. »Entweder morgen Mittag ist ein neuer Streifenwagen da, oder du bist nicht mehr da!«

Dem Hintringer Sepp fiel die Knackwurst ein weiteres Mal aus der Hand. Langsam wurde der Dreck vom Boden, den er immer wieder mitaß, zur Gesundheitsgefahr. Er war so geschockt, dass er kein Wort herausbrachte. Obwohl er für die Verspätung bei der Autobestellung überhaupt nichts konnte. Das Problem lag beim Hersteller, der mit der Lieferung an die zentrale Beschaffungsstelle der Polizei säumig war. Gallneukirchen war nicht der einzige Standort, der auf ein neues Auto wartete. Auch seine Kollegen sprangen nicht für ihn in die Presche. Der Anstand hätte es geboten, dass die Mairinger Bettina, die insgeheim für den Schaden verantwortlich war, irgendetwas sagte. Doch sie blieb stumm. Dem Hintringer Sepp war der Hunger vergangen. Er beließ sein Essen am Boden und drehte sich starr wie ein Roboter zum Schreibtisch um.

Der Chef kam endlich zum Grund, warum er überhaupt mit der Mairinger Bettina im Schlepptau aufgetaucht war. Er hatte auf dem Weg in sein Büro den Hofnoah abholen wollen, um mit den beiden den Stand der Ermittlungen im Fall Pöttl zu besprechen. »Auf ein Wort in mein Büro!«, kommandierte er jetzt, und die beiden schwänzelten ihm nach.

»Also, wie steht's?«, fragte er, als er in seinem gepolsterten Schreibtischsessel und sein Team auf den kargen Besucherstühlen Platz genommen hatten.

Die Mairinger Bettina ergriff das Wort: »Tatzeit gegen Mitternacht, Todesursache Schädelfraktur nach mehrfacher stumpfer Gewalteinwirkung, Spuren am Tatort nur von seinem Traktor mit Frontlader.«

»Wer war's?«, wollte der Chef wissen.

»Überprüfungen laufen«, antwortete die Mairinger Bettina. »Die Nachbarin hat in etwa zur Tatzeit einen Cederer davonrasen g'sehen. Den Halter haben wir überprüft. Er sagt, das Opfer sei schon am Misthaufen g'legen und er sei im Schock davong'fahren. Erscheint schlüssig, weil er für die Tat wahrscheinlich zu blöd ist.«

Der Chef machte sich ein paar Notizen.

»Andererseits wird er schnell gewalttätig«, warf der Hofnoah richtigerweise ein, erntete dafür aber nur Schweigen.

»Was haben wir noch?«, erkundigte sich der Chef bei der Mairinger Bettina.

»Einen Haufen Ex-Freundinnen, die sich gegenseitig beschuldigen. Nichts Stichhaltiges dabei«, bekam er von seiner Lieblingsmitarbeiterin zur Antwort.

Der Hofnoah sah sich unter Zugzwang. Er wollte beim Chef endlich wieder einmal positiv auffallen. Also setzte er die Liste an überprüften Verdächtigen fort. »Seine Mutter, die Pöttl Uschi, haben wir uns auch schon zur Brust g'nommen. Sie sagt, sie sei zur Tatzeit am Hof g'wesen, hat aber g'schlafen und angeblich nichts mitbekommen. Unglaubwürdig, wenn du mich fragst.«

Der Chef war voll und ganz der Mairinger Bettina zugewandt und hatte den Hofnoah demonstrativ ignoriert. Widerwillig richtete er nun den Blick auf ihn und ließ erkennen, dass es ihm im Prinzip lieber gewesen wäre, ihn nicht mit am Tisch sitzen zu haben. »Was soll denn das Motiv der Pöttl Uschi sein, ihren einzigen Sohn, der ihr das Dach überm Kopf erhält, zu beseitigen?«, fragte er kopfschüttelnd.

Der Hofnoah antwortete, was der halbe Bezirk Urfahr-Umgebung wusste: »Weil er ihren Haberer am Hof nicht akzeptiert hat.«

Der Chef winkte ab. »Ich kenn die Uschi. Die hat zwar eine harte Schale, aber einen ganz weichen Kern. Die tut niemandem was.« Ohne die Reaktion des Hofnoah abzuwarten, richtete er seine Aufmerksamkeit wieder auf die Mairinger Bettina: »Wer ist denn eigentlich ihr Haberer? Den kenn ich noch gar nicht.«

Selbstverständlich wusste die Kollegin bestens über den Liebsten ihrer Freundin Bescheid. Bevor sie aber ihr Wissen darlegen konnte, riss der Hofnoah wieder das Wort an sich. Er wollte mit den Erkenntnissen punkten, die seine Mutter preisgegeben hatte. »Das ist ein Speckfechter, der mit dubiosen Internetaktien spekuliert«, sagte er herablassend. »Bitcoin und so weiter – hört man eh täglich im Radio, was das für eine Betrügerei ist.«

Der Chef machte sich nicht einmal die Mühe, sich noch mal zum Hofnoah zu drehen. Die Mairinger Bettina hielt sich beide Hände vor den Mund, als wollte sie einen Lachanfall zurückhalten.

»Und studiert ist er auch noch!«, setzte der Hofnoah nach, um die unangenehme Stille zu überbrücken.

Die Mairinger Bettina konnte sich nicht mehr beherrschen und prustete unkontrolliert los. »Was ist denn mit dem verkehrt?«, sagte sie zum Chef, und als sie sich wieder gefangen hatte: »Das stimmt ja hinten und vorne nicht!« Sogleich stellte sie die Biografie von der Uschi ihrem Hansi richtig: »Sein Name ist Berger Hans. Er hat in Linz drunten eine Gärtnerei. Dort wohnt er wochentags auch in einer Dienstwohnung. Gebürtig ist er aus Wels.« Nachsatz mit rollenden Augen: »Der ist so studiert, wie der Hofnoah Quantenphysiker ist.«

Der Chef wachte aus seiner Lethargie auf, warf den Kopf in den Nacken und begann lauthals zu lachen. Er schien sich kaum mehr einzukriegen, hustete zwischendurch und hielt sich mit beiden Händen den Bauch, als bereitete er ihm unangenehme Schmerzen. Die Mairinger Bettina stimmte auch mit ein. Bei ihr klang es allerdings so, als wollte sie sich einfach nur einschleimen.

Zähneknirschend realisierte der Hofnoah, welch kompletten Topfen ihm die Mutter offenbar erzählt hatte. Doch jetzt war es zu spät, um den Schwanz einzuziehen. Genau der richtige Moment, um die Vergangenheit seiner Kollegin, die ihn gerade auslachte, zur Sprache zu bringen. »Und wo hast diese Informationen her, ha?«, sprach er sie direkt an und äußerte einen kühnen Verdacht: »Vielleicht von der Pöttl Uschi, deiner besten Freundin, seit du mit dem Erwin beinand g'wesen bist?«

Sein Versuch, die Bombe platzen zu lassen, entpuppte sich allerdings als Rohrkrepierer. Das Gekicher der beiden wurde nur noch lauter. Was der Hofnoah da von sich gab, erschien dem Chef so absurd, dass er es für einen dummen Scherz hielt. Auch die Mairinger Bettina konnte sich an ihre wilde Vergangenheit offenbar nicht mehr erinnern.

Als sie ihren künstlichen Lacher beendet und demonstrativ aus jedem Auge die nicht vorhandenen Tränen herausgewischt hatte, ergriff sie das Wort. »Ja, diese streng geheimen Informationen hab ich von der Pöttl Uschi, lieber Hofnoah«, gab sie freimütig zu. »Ich hab sie erfragt, als du dich im Auto vor ihr wie ein kleines Kind versteckt hast.«

Wieder brach der Chef in unkontrolliertes Gelächter aus. Er wähnte sich in einem unterhaltsamen Kabarett. Als er realisierte, dass es gar nicht so lustig war, wenn eine Polizeiinspektion, die einen Mord aufzuklären hatte, zu einer Kleinkunstbühne verkam, drehte sich seine Stimmung. »Verdammt noch mal, Hofnoah!«, legte er den Schalter von Lach- auf Wutanfall um. »Wir haben einen Fünfundsiebziger im Rayon, und die Linzer sitzen uns im Genick. Anstatt deiner Kollegin irgendeinen Blödsinn zu unterstellen, solltest du endlich einmal schauen, dass du in die Gänge kommst!« An die Mairinger Bettina, die er trotz Gleichrangigkeit mit dem Hofnoah offenbar als die Leiterin der Ermittlungen ansah, richtete er noch einen Befehl: »Sorg dafür, dass jeder Spur gründlich nachgegangen wird, damit der Fall schnell g'löst ist.«

Dem Naturell der Mairinger Bettina hätte es entsprochen, auf eine überflüssige Weisung wie diese mit einem blöden Spruch zu antworten. Doch beim Chef verhielt sie sich als schmähstade Befehlsempfängerin: »Jawohl, ich tu mein Möglichstes!«

Der Kommandant gab mit einem Händewacheln zu verstehen, dass die Besprechung zu Ende war und die beiden abtreten sollten.

Als die Tür wieder offen war, zog er auch bei seinem zweiten Problemkind die Zügel an. »Sepp, haben wir schon ein Auto?«, blazte er hinaus.

Der Fuhrpark-Manager hing gestresst am Telefon und war dabei, alle möglichen Hebel in Bewegung zu setzen, um schnellstmöglich an ein Fahrzeug zu kommen. »Läuft, Chef!«, japste er, um danach seinem Gesprächspartner von der Landespolizeidirektion nur noch tiefer in den Allerwertesten zu kriechen.

Der Chef lehnte sich in seinem Sessel zurück. Er hoffte, dass seine Truppe nun halbwegs auf Schiene war und baldigst Ergebnisse liefern würde.

KAPITEL NEI

Die Mairinger Bettina und der Hofnoah verbrachten den Nachmittag im Büro. Sie saßen an ihren Schreibtischen, schupften Akten und wussten voneinander nicht, was sie taten. Beim Hofnoah setzte relativ bald ein Müdigkeitstief ein, das ihm mehr und mehr zusetzte. Er las die Protokolle, die der Hintringer Sepp von den Aussagen der Ex-Freundinnen des Pöttl Erwin angefertigt hatte. Dann betraten im Halbstundentakt weitere Damen das Büro, die in gewohnter Manier die Schuld bei ihren Widersacherinnen sahen. Der Hofnoah und die Mairinger Bettina zogen ihr übliches Lieblingsspiel durch, wer es länger schaffte, sich vor der Aufnahme einer Zeugenaussage zu drücken. Wie sonst auch, verlor der Hofnoah die meisten Runden. Der Erkenntnisgewinn der Befragungen war gleich null. Keine der Zeuginnen lieferte eine Information, die es nachzuforschen wert war.

Irgendwann am frühen Abend bequemte sich die Mairinger Bettina zum Platz des Hofnoah und warf ihm ein Dokument vor die Nase: »Da! Das ist der Bericht von der Spurensicherung, falls du ihn noch nicht kennst.«

Der Hofnoah nahm das Papier entgegen, das er auf seinem Schreibtisch schon gesucht hatte. Dass sie erst jetzt damit rausrückte, war nach dem Obduktionsbericht, den sie sich, ohne zu fragen, von seinem Platz genommen hatte, die nächste Schikane der Kollegin.

Mit jeder Seite, die er betrachtete, wurden die grauslichen Bilder vom Tatort mehr. Als er mangels neuer Erkenntnisse die Lektüre eigentlich schon beenden wollte, entdeckte er doch noch etwas Interessantes: Nicht weit von der Leiche entfernt steckte eine Hantelstange im Misthaufen. Auf dieser befanden sich Blutspuren des Pöttl Erwin. Es handelte sich also höchstwahrscheinlich um die Tatwaffe. Zudem waren darauf nicht nur die Fingerabdrücke des Mordopfers, sondern auch von zwei weiteren unbekannten Personen sichergestellt worden. Sie konnten vom Täter stammen oder auch einfach von jemandem, der damit trainiert hatte. Und davon gab es so einige.

Das Täterprofil nahm erste Formen an: Es musste eine Person sein, die körperlich in der Lage war, jemandem eine lange schwere Stange mehrmals über den Schädel zu ziehen. Dazu bedurfte es wahrscheinlich einer gewissen Körpergröße und jedenfalls ausreichend Kraft. So zuwider das dem Hofnoah auch war, aber die Pöttl Uschi mit ihrer zierlichen Ein-Meter-fünfzig-Statur entsprach diesen Merkmalen überhaupt nicht. Der Fokus der Ermittlungen musste somit woanders gelegt werden. Ihr Lebensgefährte, der Hansi, war eine Möglichkeit. Die Gäste im illegalen Fitnessstudio, allen voran der Exenberger Denis, eine andere. Der Hofnoah wähnte sich mit seinen geheimen Ermittlungen bei den Trainingsgästen vom Pöttl-Hof auf einem guten Weg. Bei nächster Gelegenheit wollte er sie fortsetzen.

Da er aber gerade nicht unbemerkt vom Büro wegkonnte, gab er den Namen des Exenberger Denis noch einmal in die Datenbank am Computer ein. Ging es nach dem, was ihm der Hamedinger Roland in der Früh im Café erzählt hatte, produzierte dieser Körperverletzungen am laufenden Band. Darüber gar nichts im System zu haben, wäre ungewöhnlich. Nach einigen Klicks fand er einen fünf Jahre alten Eintrag: Verdacht auf schwere Körperverletzung bei einer Wirtshausschlägerei. Das Verfahren war eingestellt worden. Rein rechtlich hätten die Fingerabdrücke, die ihm damals abgenommen wurden, längst gelöscht werden müssen. Tatsächlich waren sie zwar nicht mehr in der Polizeidatenbank einsehbar, aber am PC des Hofnoah noch offline zugänglich, wie alles andere, was sich dort eigentlich nicht mehr befinden durfte. Wie im echten Leben verhielt er sich auch bei digitalen Daten wie ein Chaot. Er hatte vergessen, sie von seiner Festplatte zu löschen.

Der Hofnoah setzte den nächsten logischen Ermittlungsschritt: Er griff zum Telefon, um den Zeisl Max, Leiter der Spurensicherung, zu bitten, die Fingerabdrücke auf der Hantelstange mit jenen des Exenberger Denis abzugleichen. Sollte sich ein Treffer ergeben, wäre er einerseits zwar noch nicht mit absoluter Sicherheit des Mordes überführt. Schließlich könnte er als Gast im Fitnessstudio damals im Corona-Lockdown mit der Stange einfach nur trainiert haben. Andererseits wäre es schon ein großer Zufall, wenn von allen Personen, die im Studio ein und aus gegangen waren, ausgerechnet die besterhaltene Spur von jenem Mann stammen würde, der kurz nach dem Mord mit seinem Mercedes vom Tatort davongerast war.

Bevor der Hofnoah die Nummer des Zeisl Max wählen konnte, ging ein weiteres Mal die Tür auf, und eine junge Frau betrat den Raum. Optisch fiel sie genau wie die zwölf Damen zuvor perfekt in das Beuteschema des Pöttl Erwin: groß gewachsen, schlank, blonde lange Haare.

»Ich möcht eine Aussage zu dem Mord machen«, sagte sie mit der gleichen Entschlossenheit wie die anderen Zeuginnen. Der Hofnoah zeigte auf seine Kollegin, diese wiederum auf ihn, was zur Folge hatte, dass die Besucherin etwas verwirrt den kürzeren Weg zum Hofnoah wählte.

Dieser legte seufzend den Telefonhörer wieder auf, nahm sein Notizbuch zur Hand und zog einen Strich unter die zuvor gemalten Smileys und Würfel, um danach die Personalien der Frau zu erfragen. Gelangweilt leitete er dann sofort zum inhaltlichen Teil über: »Also, von wann bis wann waren Sie mit dem Pöttl Erwin beinand?«

Die Zeugin war irritiert. »Wieso beinand? Sie, ich bin glücklich verheiratet!«, betonte die junge Frau, gekränkt davon, dass der Hofnoah sie für eine der vielen Pöttl-Gespielinnen hielt. Stolz präsentierte sie ihm den Ring an ihrem Finger.

»So ein Fangeisen hat doch den Erwin nicht g'juckt!«, blaffte der Hofnoah, womit er bei der selbstbewussten Ehefrau keine Sympathien gewann.

»Jetzt hören S' mir einmal zu, guter Mann! Wir sehn von unserem Balkon rüber auf den Pöttl-Hof, und ich hab etwas beobachtet, das für Ihre Ermittlungen interessant sein könnte. Versteh'n wir uns?«, klärte sie das Missverständnis auf.

Endlich verstand der Hofnoah: »Ach so, sagen S' das doch gleich!« Er versuchte cool zu bleiben und sich die Scham über seine Begriffsstutzigkeit nicht anmerken zu lassen.

»Also wenn Sie mich für irgendein Flitscherl von dem Erwin halten, geh ich besser wieder, und Sie schau'n, wie Sie ohne mein Wissen zurechtkommen«, gab sich die Zeugin beleidigt und stand auf.

Der Hofnoah musste das tun, was ein dringend auf Erfolg angewiesener Polizist tun musste: Er bettelte. »So bleiben S' doch, gnädige Frau!«, säuselte er. »Nehmen S' doch bitte Platz! Es wär mir eine Ehre, wenn ich Ihre Beobachtungen aufnehmen dürft!«

Die Frau hatte offenbar eine Schwäche für verzweifelte Männer, denn es waren keine weiteren Worte notwendig. Sie setzte sich wieder hin. »Also in der Zeitung steht, dass die Uschi ausg'sagt hat, sie sei von ihrem Hansi am Abend allein heimgekommen. Ich hab die beiden von unserem Balkon aus aber definitiv zu zweit g'sehen«, berichtete die Zeugin.

Der Hofnoah war noch nie so froh darüber gewesen, eine Frau zum Bleiben angebettelt zu haben. Und er hatte in seiner Jugend wirklich viele Damen angefleht, nicht zu gehen. Meistens ohne Erfolg.

»Um wie viel Uhr ist das g'wesen?«, fragte er gespannt.

»Das weiß ich genau. Das war um zwanzig nach elf. Da ist meine Lieblingsserie zu Ende, die ich mir immer draußen am Balkon anschau, gleich nach *Desperate Farmers*. An dem Abend ist ja der Erwin da auch wieder zu sehen g'wesen«, antwortete die Zeugin, die es genoss, wie der Hofnoah an ihren Lippen hing.

»An diesem Mittwoch ist der einzige richtig zapfige Abend seit Wochen g'wesen, und Sie gehen zum Fernsehen auf den Balkon raus?«, fragte der Hofnoah baff.

»Mit Heizschwammerl ist das eigentlich recht g'mütlich«, hatte die Nachbarin eine plausible Erklärung parat. »Außerdem wird einem beim Anblick vom Erwin im Fernsehen sowieso warm ums Herz.«

Der Hofnoah begann an ihrem angeblich rein nachbarschaftlichen Verhältnis zu zweifeln. »Was haben die

Pöttl Uschi und der Berger Hans g'macht, als Sie sie vom Balkon aus beobachtet haben?«, wollte er weiter wissen.

»Also, es war so«, leitete die Nachbarin ein und schloss die Augen, als ob sie sich die Situation noch einmal exakt in Erinnerung rufen wollte. »Die beiden sind mit seinem Elektroauto daherg'schwebt, einem Tesla mit Linzer Kennzeichen. Die Uschi hat auf der Beifahrerseite das Auto verlassen und ist beim Nebeneingang ins Haus. Dann ist der Hansi ausg'stiegen und hat bei der Garage den Code eingegeben, bevor er reing'fahren ist«, beschrieb sie die Situation mit allen unwichtigen Details.

»Ist Ihnen an dem Abend sonst noch was aufg'fallen? Ein Cederer, der vom Hof gegen Mitternacht davong'rast ist, oder ein Traktor mit Frontlader, der eine Leich am Misthaufen platziert hat?«, fragte der Hofnoah.

Über Ersteres war die Zeugin bereits informiert: »Die Nachbarin, die bei der Zufahrt zum Pöttl-Hof wohnt, hat mir davon erzählt, aber da hab ich nichts g'sehen.« Auch Traktor hatte sie keinen gehört: »Wenn hinten beim Misthaufen gearbeitet wird, verliert sich der Lärm über den großen Vorplatz bis zu uns rüber komplett.«

Der Hofnoah war zufrieden. Er hatte sich die wichtigsten Punkte der Aussage eifrig mitnotiert. Endlich ging einmal etwas weiter, freute er sich. Entsprechend euphorisch waren die Dankesworte, die er der Frau zuerkannte. Er ließ sie außerdem wissen, dass sie ihn »rund um die Uhr« erreichen könne, wenn ihr noch etwas einfallen sollte, und wünschte ihr ein schönes Wochenende.

Die Mairinger Bettina wartete mit ihrer Wortmeldung gar nicht erst darauf, bis die Zeugin weg war. Noch während diese beim Hinausgehen die Tür hinter sich ins Schloss drückte, wandte sie sich an ihren Kollegen: »Man merkt, dass du Erfahrung im Frauenanbetteln hast.«

Der Hofnoah gab sich unbeeindruckt: »Man merkt, dass du dem Erwin zu deppert warst!«

Die Mairinger Bettina blieb die Ruhe in Person. Irgendetwas schien ihr allerdings auf der Zunge zu liegen, und man sah ihr an, dass sie die Frage, ob sie es hinausposaunen sollte, beschäftigte. Schließlich entschied sie sich dafür: »Ach, wie gut, dass niemand weiß, dass ich nicht die Einzige von uns zwei bin, die früher regelmäßig am Pöttl-Hof g'wesen ist.«

Beinahe hätte der Hofnoah laut in die Hände geklatscht, weil sie mit diesem vielsagenden Spruch zugab, dass zwischen ihr und dem Erwin tatsächlich etwas gelaufen war. Dummerweise konnte die Andeutung nur heißen, dass sie über die Besuche des Hofnoah im illegalen Fitnessstudio Bescheid wusste. Und das war nun gar nicht zum In-die-Hände-Klatschen.

Dem Hofnoah bereitete das ernsthafte Sorgen. Eine Kollegin, die sein Geheimnis kannte, konnte er nicht gebrauchen. Schon gar nicht so eine wie die Mairinger Bettina. Doch statt die Situation eskalieren zu lassen, entschied er, ins wohlverdiente Wochenende zu starten – zumindest offiziell. Inoffiziell hatte er noch etwas vor. Er musste seine eigenen Ermittlungen vorantreiben, jetzt erst recht.

»Passt, Frau Kollegin Rumpelstilzchen, wir sehen uns am Montag in alter Frische!«, war alles, was er ihr mitzuteilen hatte. Er fuhr seinen PC herunter und marschierte hinaus. Den gekonnt überspielten Schock über die Enthüllung seiner illegalen Trainings müsste er später im Wirtshaus hinunterspülen.

Zunächst war es aber an der Zeit, dem Schladerer Manfred von der Raiffeisenbank einen Besuch abzustatten. Laut dem Moser Andi sollte dieser dem Exenberger Denis geholfen haben, sich die Wuchertarife vom Pöttl Erwin zurückzuholen. Der Hofnoah musste sich beeilen, um ihn noch vor Schalterschluss an seinem Arbeitsplatz zu erwischen.

Als er zur Eingangstür hinauseilte, traf er auf den Hintringer Sepp, der mit einer Elektrozigarette in der Hand vor dem Gebäude stand. Nervös trat er mit einem Fuß auf den anderen. Der Hofnoah hatte keine Zeit für ein längeres Gespräch, erkundigte sich im Vorbeigehen aber noch nach dem neuen Streifenwagen.

Mehr brauchte es nicht, der Hintringer Sepp flippte aus. »Ich tu ja eh alles, was in meiner Macht steht. Alles!«, kreischte er. Die Nebelwolke, die dabei aus seinem Mund quoll und dem Hofnoah die Sicht nahm, stand jener aus dem Hochofen der Voest, dem Stahlwerk in Linz drunten, um nichts nach.

Dem Hofnoah war es zuwider, den Hintringer Sepp einfach so stehen zu lassen. Schließlich war er definitiv sein Lieblingskollege, was bei der Konkurrenz allerdings auch nicht besonders schwierig war. »Entspann dich, Sepp! Wirst sehen, du machst das schon«, versuchte er ihm Mut zu machen.

»Wirklich?«, schöpfte der Hintringer Sepp neues Selbstvertrauen. Er nahm einen besonders tiefen Zug von seinem Tschick-Imitat.

»Ja, sicher«, betonte der Hofnoah. »Wer, wenn nicht du?«

Der Hintringer Sepp atmete aus und nahm dem Hofnoah abermals die Sicht. Der nutzte die Gelegenheit, tastete sich benommen aus dem Nebel und stolperte davon, um nicht mehr länger aufgehalten zu werden.

Freitagnachmittags war auf der Bank immer einiges los. Das Institut hatte in jüngster Zeit die Öffnungszeiten stetig eingeschränkt. Den Leuten blieb also nicht mehr viel Gelegenheit, ihre Geschäfte vor Ort zu regeln.

Bevor der Hofnoah den Schalterraum betrat, fiel ihm beim Eingang ein Plakat mit Namen und Fotos der Belegschaft auf. Er blieb stehen und suchte nach dem Schladerer Mandi. Bingo! Der Hofnoah erkannte ihn auf dem Foto sofort. Er hatte damals neben dem Exenberger Denis und dem Moser Andi den dritten Teil der Schrankwand gebildet, die den Pöttl Erwin bedroht hatte.

Das Gesicht sah nicht aus wie jenes eines klassischen Kraftlackels. Eher wie das eines fröhlichen Surferboys im besten Alter. Der Mittvierziger trug sein naturgelocktes brünettes Haar schulterlang und versuchte gar nicht erst, den reichhaltigen Bewuchs zu bändigen.

Der Hofnoah reihte sich in die Schlange vor den beiden Schaltern ein. Neben dem Schladerer Mandi war noch eine weitere Kollegin anwesend, die die Leute bediente. Der Hofnoah überlegte. Zunächst war es einmal wichtig, dass er zum Schladerer Mandi und nicht zur Kollegin kam. Vor ihm standen noch vier Kunden, und es ging zügig voran.

Zu zügig für die trägen Gedankengänge des Hofnoah. Als er plötzlich ganz vorne stand und der Schalter der Mitarbeiterin frei wurde, zögerte er kurz, dann zückte er geistesgegenwärtig sein Handy und nahm einen imaginären Anruf entgegen. Er deutete einer älteren Dame vorzugehen. »Ja, Mama, sicher fahr ich mit dir morgen ins Gartencenter und hol die Blumenstöck!«, fiel ihm spontan ein. Er hatte das der Mutter einige Tage zuvor wirklich versprochen und fast schon wieder vergessen. »Ja, das machen wir schon«, redete er einfach irgendwas weiter vor sich hin und beobachtete, wie der Kunde beim Schladerer Mandi seine Sachen zusammenpackte. »Du, ich muss …«, beendete er seinen imaginären Anruf, doch im selben Moment, in dem der Kunde den Schalter verließ, läutete das Handy des Hofnoah tatsächlich. Er war darüber so erschrocken, dass er den Anruf, statt ihn wegzudrücken, annahm, während eine junge Frau sich schnurstracks am Hofnoah vorbei zum Schladerer Mandi begab.

»Ja, Mama?«, keifte der Hofnoah genervt ins Telefon, sodass jeder der Umstehenden mitbekam, dass nach dem vorgetäuschten Gespräch mit der Mutter nun ein echtes folgte. Er spürte die heiteren Blicke, die er auf sich zog. In dem engen Schalterraum schaffte er es nicht, sich von den Leuten wegzudrehen und das Telefonat diskreter zu führen.

Die Mutter erinnerte ihn nun wirklich an die Verabredung am nächsten Tag. Es musste so etwas wie Telepathie zwischen ihnen herrschen.

»Ja, Mama, sicher fahr ich mit dir morgen ins Gartencenter und hol die Blumenstöck!«, blieb dem Hofnoah nichts anderes übrig, als sich zu wiederholen. Hinter ihm brach gedämpftes Gelächter aus. Dem Hofnoah war die Situation so unangenehm, dass er die Mutter abwürgte. »Du, ich muss jetzt aufhören!«, sagte er und drückte sie weg.

Spontan entschloss er sich, das Treiben am Tresen zu beschleunigen. Er marschierte zum Schalter, wo immer noch die junge Frau stand, die sich vorgedrängt hatte.

»He!«, sah sich der Schladerer Mandi gezwungen, dem Polizisten eine Rüge zu erteilen. »Wir sind noch nicht fertig!«

Mit seiner Flucht nach vorn hatte sich der Hofnoah nur noch mehr in den Mittelpunkt des Geschehens manövriert. Immerhin hatte er damit auch erreicht, was er wollte: »Ich … ich glaub, ich komm ein anderes Mal wieder«, stotterte die Kundin, sammelte ihre Kontoauszüge ein und ging kopfschüttelnd davon.

Der Schladerer Mandi blickte den Hofnoah böse an. Anders als im pöttlschen Fitnessstudio, wo sie im Trio aufgetreten waren, wirkte das hinter dem Bankschalter aber nicht besonders bedrohlich. Auch seine Körpermasse machte unter dem XXL-Sakko wenig Eindruck. Das gut ausgefüllte Kleidungsstück signalisierte zwar, dass es einen breit gewachsenen Körper bedeckte, dass dieser aus auftrainierten Muskeln bestand und nicht aus angemampften Speckrollen, erschloss sich dem Beobachter allerdings nicht.

Anstatt zu fragen, was er für ihn tun könne, forderte der Schladerer Mandi den Hofnoah mit einem bloßen Nicken auf, sein Anliegen vorzutragen.

»Ich will Aktien kaufen«, hatte der Hofnoah einen spontanen Geistesblitz. Für so ein Geschäft würde er sicher gleich ins Büro gebeten werden, wo sie ungestört reden konnten.

»Dafür machen wir uns am besten einen Termin aus«, zerstreute der Schladerer Mandi die Hoffnung gleich wieder. »Sie haben noch kein Konto bei uns, oder?« Der langjährige Mitarbeiter kannte seine Kunden. Der Hofnoah war keiner davon.

»Nein, das will ich auch eröffnen!«, bemühte sich dieser, die Situation noch zu retten.

»Gut, wann haben S' Zeit?«, fragte der Schladerer Mandi.

»Jetzt«, antwortete der Hofnoah bestimmt.

»Sie sehen, was hier los ist.« Die Schlange vor den zwei Schaltern hatte sich in der Zwischenzeit auf acht Personen verlängert.

»Ja, und ich seh auch den Kurs der Aktie, der heut wahnsinnig günstig ist.«

»Um welche Aktie geht's denn überhaupt?«

Der Hofnoah überlegte. »Um die Voest!«, fiel ihm zum Glück ein.

»Wie viel Stück?«

»Dreihunderttausend!«, kam vom Hofnoah wie aus der Pistole geschossen. Er kannte sich bei Aktien ungefähr so gut aus wie bei der Rockband Queen, fand aber, dass die Zahl Eindruck machte. Was er nicht wusste: Er hatte dem Schladerer Mandi gerade ein Investment in Millionenhöhe verkündet.

Aus unerfindlichen Gründen kaufte dieser dem Hofnoah die Story jedoch ab. Der verrückte Polizist wäre nicht der erste Kunde gewesen, dem man seinen Reichtum nicht ansah. »Kerstin, bitte mach du den Schalter kurz allein!«, rief er seiner Kollegin zu und bat den Hofnoah in sein Büro.

Nachdem er die Tür geschlossen und dem Neukunden einen Platz angeboten hatte, drohte erneut Ungemach für den Hofnoah. »So ein großes Aktien-Geschäft darf ich nicht allein abwickeln«, erklärte der Banker. »Da muss ich den Chef dazuholen. Ich ruf ihn schnell an.« Er griff zum Hörer seines Telefons.

Der Hofnoah musste einschreiten. »Moment!«, rief er etwas zu laut für das kleine Büro. »Vielleicht verkleinere ich den Auftrag doch ein bisserl. Man soll ja nicht alles auf ein Pferd setzen.«

Der Schladerer Mandi legte auf. »Verkleinern? Jetzt auf einmal? Um wie viel?«, fragte er mit scharfer Stimme und hätte dem Beamten am liebsten Hausverbot erteilt.

Der Hofnoah sah den Punkt erreicht, an dem er zur Sache kommen musste. »Sagt Ihnen der Name Exenberger Denis eigentlich was?«, fragte er und versuchte möglichst viel Autorität in seine Worte zu legen.

Der Schladerer Mandi fuhr sich durchs Haar. Für den Bruchteil einer Sekunde wirkte er ertappt, spielte seine Rolle des genervten Bankers dann aber weiter. »Was hat der denn mit den Aktien zu tun?«, fragte er.

»Mit denen nichts, aber mit Ihnen«, antwortete der Hofnoah. »Laut meinen Ermittlungen jedenfalls.«

Langsam, aber sicher gelang es dem Hofnoah, trotz seines unverschämten Auftritts zuvor ernst genommen zu werden.

»Ich kenn ihn fast nicht, eigentlich gar nicht, nur halt vom Training in Linz drunten«, begab sich der Schladerer Mandi in die Defensive. Seine Stimme nahm den Klang von Rechtfertigung an, obwohl ihm der Hofnoah noch gar nichts vorgeworfen hatte.

»Und vom Training in Altenberg droben, goi!«, fügte der Hofnoah nicht ganz ungefährlich für sich selbst hinzu. Er wollte den Schladerer Mandi mit sanftem Druck zum Reden bringen.

Zunächst wirkte dieser aber überrascht, dass der Hofnoah über seine Mitgliedschaft im pöttlschen Fitnessstudio Bescheid wusste, und blieb stumm. Von den sportlichen Aktivitäten des Revierinspektors hatte er offenbar keine Kenntnis.

Also legte der Hofnoah nach. »Bist du bei der ›Geld-zurück-Aktion‹ vom Exenberger Denis dabei g'wesen?«, fragte er. Nicht nur, dass er damit noch mehr Insiderwissen einbrachte. Mit dem Wechsel vom Sie zum Du wollte er sich Respekt verschaffen.

Der Schladerer Mandi versuchte gar nicht erst, sich dumm zu stellen. Er wusste, dass der Hofnoah auf das gewaltsame Vorhaben des Exenberger Denis anspielte, sich die saftige Trainingsgebühr vom Pöttl Erwin wiederzuholen.

»Nein, dazu ist es nicht mehr gekommen«, erklärte er.

»Wann hätt es denn so weit sein sollen?«, fragte der Hofnoah.

»Nächste Woche«, bekam er zur Antwort. »Aber der Pöttl hätt nur eine kleine Abreibung kriegen sollen, mehr nicht!«

»Und das soll ich dir jetzt glauben?« Der Hofnoah ließ die Frage so stehen und wartete ab.

Der Schladerer Mandi schien erst nach und nach zu realisieren, dass ihn der Hofnoah für einen möglichen Mörder hielt. »Ach so, nein … also, doch!«, stotterte er. »An dem Abend, als der Pöttl ermordet worden ist, bin ich auf Feuerwehrausflug g'wesen.«

»Kann das wer bezeugen?«

»Vierzig Kameraden, inklusive Kommandant!«

Der Hofnoah forderte ihn auf, Namen und Handynummer des Feuerwehrkommandanten zu notieren. Während der Schladerer Mandi das erledigte, überlegte der Hofnoah, wie ihm der Banker sonst noch nützlich sein konnte. »Wer hat den Pöttl Erwin auf dem G'wissen?«, stellte er ihm einfach die wichtigste aller Fragen.

Der Schladerer Mandi hatte seine ganz eigene Theorie und brachte zum Leidwesen des ungeduldigen Hofnoah einen weiteren Namen ins Spiel. »Also wegen den Wuchertarifen sind ja alle auf den Pötl Erwin sauer g'wesen, nicht nur der Exenberger und ich. Aber der Einzige, bei dem es wirklich um die Existenz gegangen ist, war der Watzinger Stefan.«

Der Hofnoah kannte diesen Namen. »Der Politiker? Der hat doch sicher gratis trainiert«, verwarf er den Gedanken sofort. »Außerdem hätte er sich die Wuchertarife locker leisten können.« Der Hofnoah hatte wie bei der Befragung des Moser Andi die Sorge, dass der Befragte mit seinem Verdacht von seinen Pumperfreunden ablenken wollte.

»Eh«, pflichtete ihm der Schladerer Mandi bei, »aber bei dem ist es wegen etwas anderem ans Eingemachte gegangen.«

Der Hofnoah blickte ihn skeptisch an. Der Schladerer Mandi stand auf, ging zur Tür, öffnete und schloss sie wieder. Er wollte sichergehen, dass sie wirklich zu war. Dann kehrte er zu seinem Platz zurück und beugte sich zum Hofnoah über den Tisch.

»Der Pöttl Erwin hat ihn erpresst«, flüsterte er.

Der Hofnoah horchte auf. Endlich wurde es interessant. »Mit seinem illegalen Training am Hof?«, wollte er wissen.

»Nein, viel besser!« Der Schladerer Mandi grinste, als ob das, was gleich kommen würde, ihm die größte Freude bereitete. »Mit einem Immobiliendeal!«, ließ er die Katze schließlich aus dem Sack und kicherte. Der Hofnoah verstand nur Bahnhof, und der Schladerer Mandi begann zu erzählen. »Das Haus vom Watzinger Stefan steht auf einem Grund, den er vom Pöttl Erwin hat.« Er begann wieder zu grinsen. »Die Parzelle in bester Lage hätt er sich zu einem normalen Preis natürlich nie leisten können. Er ist damals noch Bürgermeister in Altenberg droben g'wesen. So eine Ortskaiser-Gage reicht für einen g'scheiten Baugrund ja längst nicht mehr. Deshalb hat er mit dem Pöttl Erwin ein Tauschg'schäft vereinbart: Der Watzinger bekommt den Grund praktisch gratis, dafür schanzt er dem Pöttl über den Gemeinderat eine Um- widmung von einer seiner Grünlandwiesen in Baugrund zu.« Der Schladerer Mandi hielt kurz inne. Er genoss es, wie der Hofnoah mit großen Augen auf die Pointe war- tete. »Beim anschließenden Verkauf der umgewidmeten Grünlandwiese hat der Pöttl Erwin dann eine glatte Mille eing'sackelt«, schloss der Banker seine Aussage ab.

Der Hofnoah überlegte. Wenn die Geschichte stimmte, gab es zwischen dem Pöttl Erwin und dem Watzinger Stefan ein massives Abhängigkeitsverhältnis. Käme der Grundstückdeal von damals heraus, wäre der Watzinger Stefan seinen Job in der Politik los. Außerdem hätte er ein Gerichtsverfahren wegen Bestechlichkeit am Hals. Der Hofnoah sah darin allerdings noch kein Mordmotiv. »Welches Interesse hätt der Pöttl Erwin denn g'habt, dass das öffentlich wird? Er hat damit ja gut verdient, außer- dem wär auch er rechtlich dran g'wesen.«

Die Antwort des Schladerer Mandi kam prompt und klar: »Weil der Pöttl Erwin in seiner Gier noch so einen Deal haben wollt. Der Watzinger Stefan hätt zu seinem Nachfolger und Parteifreund am Gemeindeamt gehen sollen, um eine weitere Umwidmung einzufädeln. Er hat sich aber g'weigert, worauf der Pöttl Erwin härtere Saiten auf'zogen hat.«

Damit kam die Geschichte einem Mordmotiv schon näher. Mit der Zerstörung der finanziellen Existenz bedroht zu werden stand in den österreichischen Mordmotiv-Hitlisten ziemlich weit oben.

Der Hofnoah seufzte. Er hatte sich seine geheimen Ermittlungen einfacher vorgestellt: ein geschröpfter Wahnsinniger, der dem Pöttl eine Hantelstange über den Plutzer zieht, und fertig. Doch jetzt hatte er es auf einmal mit der hohen Politik zu tun. Das gefiel ihm ganz und gar nicht.

An den Schladerer Mandi hatte er nur noch eine Frage: »Woher weißt du das eigentlich alles?«

Der Banker setzte wieder sein triumphierendes Grinsen auf und zeigte auf eine Urkunde an der Wand, bei der aus der Entfernung nur die überdimensionale Zahl fünfundzwanzig und ein Raiffeisen-Logo zu erkennen waren. »Ich bin seit fünfundzwanzig Jahren bei der Bank und seit dreißig Jahren bei der Feuerwehr. Ich weiß, wie der Hase läuft!«

Der Hofnoah tat, als ob er verstand, nahm den Zettel mit den Kontaktdaten für das Alibi seines Gegenübers an sich und schickte sich an zu gehen.

»He!«, schien dem Schladerer Mandi noch etwas auf dem Herzen zu liegen. »Was ist jetzt mit der Aktien?«

Der Hofnoah blickte auf die Uhr. »Na geh!«, antwortete er mit schlecht gespielter Enttäuschung. »Jetzt haben wir uns verplaudert. Die Börse ist schon zu. Ich komm nächste Woche wieder«, sprach's und schlüpfte zur Tür hinaus.

Der Hofnoah machte sich wenig Hoffnung, aber gleich als er im Freien war, tippte er die Nummer des Feuerwehrkommandanten in sein Handy. Er wollte das Alibi des Schladerer Mandi für die Tatnacht überprüfen. Wie befürchtet, entlastete die Auskunft, die ihm sein Gesprächspartner erteilte, seinen zweiten Verdächtigen: Ja, der Schladerer Mandi sei beim Feuerwehrausflug dabei g'wesen. Nein, er sei nicht zwischendurch verschwunden. Für die Tatzeit gebe es sogar einen Eintrag im Fahrtenbuch des Kommandofahrzeugs, mit dem der Schladerer Mandi einen Teil der Truppe spätabends vom Wirtshaus zur Unterkunft gebracht habe.

Der Hofnoah brauchte ein Bier.

Freitagabends hatte der Lehner Sepp volles Haus. Die arbeitende Bevölkerung kam zusammen, um die Qualen der vergangenen fünf Tage zu beklagen und die Vorfreude auf die folgenden zwei Tage zu feiern. Manche übertrieben es dabei, sodass sich erstere Frist zulasten der zweiteren um einen verkaterten Tag verlängerte.

Der Hofnoah betrat das Lokal und steuerte geradewegs auf den Stammtisch zu. Es herrschte ein ohrenbetäubender Lärm. Alle Stühle waren besetzt, die Eckbank dicht belegt. Der Lehner Sepp achtete mit einem engagierten jungen Kellnerduo darauf, dass der Biernachschub zu keinem Zeitpunkt versiegte.

Auf Initiative von höchster Stelle, des Gallneukirchner Bürgermeisters Ebner Karl persönlich, rückte die Runde zusammen, um dem Hofnoah ein winziges Fleckerl am Eck frei zu machen. Dankbar nahm er Platz. Direkt neben ihm auf der Bank saß das Stadtoberhaupt. Auf dem Sessel zu seiner Rechten hockte der Hamedinger Roland.

Per Handzeichen konnte der Hofnoah beim Lehner Sepp gerade noch ein Bier ordern, bevor er von seinen beiden Sitznachbarn ins Kreuzverhör genommen wurde.

Die Unterhaltung gestaltete sich allerdings schwierig, weil es im Raum so laut war, dass sich die beiden Fragesteller gegenseitig nicht verstanden und sich ständig nach denselben Informationen erkundigten.

»Was geht beim Pöttl?«, schrie ihm der Bürgermeister ins linke Ohr.

»Gibt's beim Pöttl schon was Neues?«, wollte der Hamedinger Roland von rechts wissen.

Der Hofnoah überlegte genau, wen er mit welchen Erkenntnissen versorgte, zumal in einer laufenden Mordsache. Dem Hamedinger Roland vertraute er, abgesehen von den eigenen Geheimermittlungen, prinzipiell alles an. Das war der Dank für seine Tipps, durch die in der Vergangenheit nicht wenige Fälle gelöst werden konnten. Beim Bürgermeister war er vorsichtiger. Schließlich handelte es sich um einen Politiker. Von dieser Spezies traute er so gut wie niemandem. Die einzige Ausnahme war für kurze Zeit der Watzinger Stefan gewesen, da er dem Hofnoah versprochen hatte, sich als Gesundheitslandesrat für das allgemeine Recht auf Schweinsbraten in der oberösterreichischen Landesverfassung einzusetzen. Mit den neuen Informationen über die angeblichen Immobiliendeals war der Hofnoah aber auch ihm gegenüber skeptisch geworden.

So kam es, dass der Hofnoah zwischen seinen Gesprächspartnern saß, mit ihnen jeweils über ein und denselben Fall sprach, aber jedem etwas anderes erzählte. Den Hamedinger Roland weihte er in fast alle Details ein, den Ebner Karl speiste er mit dem lauwarmen Beamtenbekenntnis ab, »rund um die Uhr« an der Lösung des Falls zu arbeiten. Den Widerspruch, dass er das bei der inzwischen zweiten Halben gemütlich im Wirtshaus erzählte, ignorierte der Hofnoah. Auch der Bürgermeister schien sich nicht daran zu stören.

Als sich der Ebner Karl enttäuscht über den wenig auskunftsfreudigen Sitznachbarn wieder den anderen Tranklern zuwandte, konnte der Hofnoah endlich ungestört mit dem Hamedinger Roland reden. Dass dieser zu allen Fällen eine ausführliche Meinung vertrat, die immer etwas Richtiges an sich zu haben schien, erfüllte den Hofnoah seit jeher mit Faszination. Den Leuten fiel beim Hamedinger Roland immer nur auf, dass er mit Anfang vierzig wie ein Siebzigjähriger aussah. Viel interessanter dabei war aber, dass er bereits in jungen Jahren nicht nur im Besitz der Optik, sondern auch der Weisheit des Alters war.

Darauf angesprochen, wie er die Tatsache einschätzte, dass die Pöttl Uschi die Anwesenheit ihres Hansis in der Tatnacht am Pöttl-Hof verschwiegen hatte, bezog das Orakel von Gallneukirchen wie erwartet ausführlich Stellung:»Das Einfachste wär, daraus zu schließen, dass der Hansi es war, der dem Erwin die Stange übern Schädel gezogen hat. Ein, zwei Schläge – und zack kann er endlich bei der Uschi einziehen und mit ihr in Frieden am Hof leben.« Er nahm einen großen Schluck von seinem Gerstenpago.»Aber ganz ehrlich: Ich hab noch mal drüber nachgedacht. Ich glaub das nicht«, sprach er überzeugt und wischte sich mit dem Unterarm quer über den schaumigen Mund.»Hast diese Theorie schon einmal zu Ende gedacht?«, fragte er, nur um das direkt für den Hofnoah zu übernehmen:»Drunten in Linz seine Riesen-Firma, oben in Altenberg der Mordstrumm-Hof – er und die Uschi müssten ohne den Erwin rund um die Uhr hackeln, um das irgendwie unter einen Hut zu bringen.«

Der Hofnoah warf die Theorie seiner Mutter ein: »Na ja, aber wenn er den Hof samt Grund einfach verscherbelt, kann er viel Geld machen.«

Der Hamedinger Roland schien nicht wirklich überzeugt. »Eh«, brummte er, »aber stell dir das mal vor! Ein Zuagroasta verklopft einen Erbhof, der seit dem siebzehnten Jahrhundert in Familienbesitz ist. Da würde doch das halbe Mühlviertel mit gespitzten Mistgabeln und brennenden Fackeln auf die Barrikaden steigen.«

Dem Hofnoah fehlte für solche Weltuntergangstheorien die Fantasie. Er war der Meinung, dass es den Leuten komplett wurscht wäre, was mit dem Hof passierte, selbst wenn es sich dabei um jenen des berühmten Pöttl Erwin junior handelte. Rund um das Haus befanden sich auf dem Grund einige der schönsten Aussichtspunkte auf die Landeshauptstadt Linz. Die geldigsten Investoren der Republik würden auf Knien daherrutschen, um sie sich unter den Nagel zu reißen.

Der Hamedinger Roland empfahl, die Ermittlungen in eine andere Richtung zu lenken: »An deiner Stelle würd ich mir das, was der Piepsi g'sagt hat, noch einmal genauer anschau'n.«

Der Hofnoah winkte ab. »Also bei dem bin ich mir relativ sicher, dass er zu blöd zum Morden ist«, plapperte er die Worte der Mairinger Bettina nach.

Der Hamedinger Roland präzisierte: »Ich hab das mit den Schulden g'meint. Wenn er zu deppert zum Meucheln ist, ist er auch zu blöd, um die G'schicht mit den Schulden zu erfinden.«

Der Hamedinger Roland brachte damit ein Thema zur Sprache, das dem Hofnoah nicht gefiel. Er wollte die Theorie, dass der Exenberger Denis mit »Schulden«

die unverschämt hohen Corona-Fitnessstudio-Tarife gemeint hatte, so lange wie möglich geheim halten. Die Gefahr war zu groß, dass sein eigenes illegales Training dabei zur Sprache käme. Nur wenn sich bei seinen eigenen Ermittlungen herausstellen würde, dass die Wuchergebühren tatsächlich mit dem Mord zu tun hatten, würde er das offizielle Verfahren vorsichtig in diese Richtung lenken. Nach der Aussage des Schladerer Mandi von der Raiffeisenbank schien es aber gut möglich, dass stattdessen die dubiosen Immobiliendeals das Mordmotiv gewesen waren.

Die Situation im Wirtshaus neben dem Hamedinger Roland war ein zweischneidiges Schwert für den Hofnoah. Wusste sein Sitznachbar von dem illegalen Fitnessstudio? Hatte er womöglich Kenntnis darüber, dass auch der Hofnoah einer der Misthaufensportler gewesen war? Wenn ja, würde er es hoffentlich als freundschaftliches Geheimnis bewahren können. Der Hofnoah zögerte. Sollte er den Wissensstand seines Gesprächspartners überprüfen oder lieber den Mantel des Schweigens über das Thema ausbreiten? Da fiel ihm wieder ein, dass wahrscheinlich sogar die Mairinger Bettina schon darüber Bescheid wusste. Schweigen als Strategie würde also vermutlich nicht mehr lange funktionieren.

Er entschied aus spontaner Neugier, an dem Schuldenthema dranzubleiben und den Ahnungslosen zu spielen. »Wieso sollte Altenbergs reichster Bauer bei Katsdorfs aggressivstem Sopran Schulden haben?«, fragte er naiv.

Der Hamedinger Roland reagierte genervt. »Geh, sei doch nicht immer so blauäugig!«, echauffierte er sich. Der Hofnoah setzte einen ahnungslosen Gesichtsausdruck auf. Das erzürnte den Hamedinger Roland nur noch mehr. »Du weißt so gut wie ich, dass der Pöttl Erwin mit seinem illegalen Fitnesscenter die Mühlviertler Cornettos allesamt komplett g'schröpft hat!«, brüllte er ihm ins Ohr. Der Hofnoah wandte sich erschrocken um, doch niemand hatte von den brisanten Worten Notiz genommen. Sein Gesprächspartner ging weiter auf Konfrontation: »Jeder hat davon g'wusst, inklusive Politik und Exekutive!«

Der Hofnoah tat so, als ob er sich von dem Verweis auf die Exekutive nicht angesprochen fühlte, und gab weiter den Unwissenden. »Du sagst also, der hat dort oben ein florierendes Fitnessstudio betrieben, während wir alle im Lockdown daheim g'sessen sind und uns jeden Schritt vor die Wohnungstür zweimal überlegt haben?«, fasste er die Worte des Hamedinger Roland unbeholfen zusammen.

Nun hatte er mit seiner gespielten Unschuld aber den Bogen endgültig überspannt.

»Wir alle?!«, gelang es dem Hamedinger Roland mit schriller Stimme für einen Moment, den Umgebungslärm zu übertönen. Ein paar aufgeschreckte Gäste drehten sich zu ihm um. Sofort dämpfte er die Lautstärke wieder auf das übliche Wirtshausbrüllniveau und beugte sich zum rechten Ohr des Hofnoah vor. »Schau dich doch einmal um«, appellierte er an die verborgene Vernunft des Hofnoah. »Du bist der einzige Biersäufer ohne Bierbauch hier im Raum! Es ist offensichtlich, dass du dir deinen Bauchspeck am Pöttl-Hof abtrainiert haben musst.«

Der Hofnoah gab sich immer noch nicht geschlagen. Er überprüfte mit angestrengtem Blick alle anwesenden Personen. Er war sicher, dass er nicht der einzige Gast ohne Wampe war. Es dauerte ziemlich lange, aber er wurde fündig. »Das stimmt überhaupt nicht!«, protestierte er gegen den Befund seines Gesprächspartners. »Dort hinten im Eck zum Beispiel sitzt ein ganz ein Schlanker!« Er deutete drei Tische weiter.

Der Hamedinger Roland klatschte sich auf die Stirn: »Das ist der zwölfjährige Bub vom Rösch Siegerl. Der trinkt kein Bier, sondern ein Kracherl!«

Dem Hofnoah blieb nichts anderes übrig, als zu resignieren. »Ja, du hast ja recht. Ich hab beim Erwin trainiert. Aber nur weil mir die Mama den Schweinsbraten verweigert hat«, legte er ein reumütiges Geständnis ab.

Der Hamedinger Roland kannte die Motivlage für die Straftat natürlich bereits. »Ich weiß«, sagte er und legte dem Hofnoah fürsorglich die Hand auf die Schulter. »Bleibt eh unter uns. Und jetzt ist ja sowieso alles wieder gut, oder?«, versuchte er ihn aufzumuntern und erhob sein Glas. »Darauf trinken wir!«

Der Hofnoah stieß zögerlich mit ihm an und begann fieberhaft über die Frage zu grübeln, wie er zukünftig mit seinem Geheimnis umgehen sollte. Ihm kamen die wildesten Ideen in den Sinn. Eine Möglichkeit war, zu behaupten, er habe das Training zur Verschleierung verdeckter Ermittlungen durchgeführt, nachdem der anonyme Anrufer am Posten damals auf das illegale Fitnessstudio am Pöttl-Hof hingewiesen hatte. Eine andere Möglichkeit bestand darin, seine regelmäßige Anwesenheit am Pöttl-Hof als Personenschutzeinsätze für den Pöttl Erwin zu deklarieren, weil dieser Morddrohungen erhalten habe. Beide Ideen scheiterten an der Tatsache, dass es nun, knapp zwei Tage nach dem Mord und fünf Stunden nach der Besprechung mit dem Chef, zu spät war, damit herauszurücken.

Der Hofnoah war somit bis auf Weiteres darauf angewiesen, dass das Thema nicht plötzlich hochkochte.
Der Hamedinger Roland würde schon dichthalten. Da
war er sich sicher. Die Mairinger Bettina hingegen war
eine tickende Zeitbombe. Je nachdem, was genau sie
wusste und welche Beweise sie dafür hatte, konnte sie
ihm jederzeit gefährlich werden.

Umso wichtiger war es für den Hofnoah, bei seinen
geheimen Ermittlungen voranzukommen. Wenn er es
schaffte, den entscheidenden Anstoß zur Lösung des
Falls zu geben, würden seine Sporteinheiten niemanden
mehr kümmern. Wie er das anstellen sollte, stand allerdings in den Sternen.

Ihm wurde schwindelig. Ob wegen der zwei Halben,
dem Lärm oder der schwierigen beruflichen Situation,
wusste er nicht. Er verabschiedete sich vom Hamedinger
Roland und torkelte zur Tür hinaus. Mit einem Tinnitus im
Ohr kämpfte er sich die paar Hundert Meter nach Hause.

Der Hofnoah fröstelte, als er in seiner Wohnung ankam. In
Sorge darüber, sich eine Erkältung eingefangen zu haben,
entschied er sich dazu, den selten genutzten Kaminofen
im Wohnzimmer anzufeuern. Mit den Heizkörpern allein
hätte es bis zur gewünschten Raumtemperatur eine ganze
Weile gedauert. Deshalb war der Kaminofen eine wahre
Wohltat, vor allem dann, wenn man sich nicht ganz fit
fühlte.

Der Hofnoah hatte allerdings wenig Erfahrung damit und schichtete einfach eine ordentliche Menge Holz
hinein, um es die ganze Nacht wohlig warm zu haben.

Danach ging er ins Schlafzimmer und fiel ins Bett. Die
Sorgen, die ihm zusätzlich zu dem anhaltenden Ohren-

sausen im Kopf herumgeisterten, wollte er mit einer ausgedehnten Dosis erholsamen Schlafs beseitigen. Am nächsten Tag würde er eine klarere Sicht auf die Dinge haben, redete er sich ein, während er im Begriff war, langsam wegzudriften.

Genau in dem Moment, in dem sein aufgewühltes Unterbewusstsein ihn in den ersehnten Schlummerzustand entlassen wollte, startete der Meier Fredi einen Stock höher eine abendliche Schlagzeug-Übungsstunde. Zweimal kurz, einmal lang, zweimal kurz, einmal lang, zweimal kurz … Es war allein eine Frage des Glücks, dass der Hofnoah sich mit dem Gedanken, den Nachbarn am nächsten Tag einfach mit einem seiner Drumsticks zu erschlagen, voller Vorfreude in den Schlaf hinüberretten konnte.

KAPITEL ZEHN

Samstagvormittags kam der Hofnoah üblicherweise zur Ruhe. Es war jener Zeitpunkt in der Woche, an dem er die Arbeit gedanklich am weitesten von sich entfernt wähnte – sofern er keinen Wochenenddienst schieben musste.

So auch an diesem Samstag. Es gelang ihm sogar, die zurückliegende Nacht als erholsam in Erinnerung zu behalten. Dabei hatte um halb vier Uhr früh sein Handy geklingelt, weil der Zeugin vom Vortag noch etwas eingefallen war. Das kam davon, wenn man als Revierinspektor behauptete, für Hinweise »rund um die Uhr« erreichbar zu sein. Es gab immer wieder Deppen, die das für bare Münze nahmen. Der Hofnoah hoffte nur, dass er am Telefon halbwegs freundlich gewesen war. Darüber wusste er nämlich nichts mehr, genauso wenig wie über den durchaus bedeutsamen Inhalt des Gesprächs: Der Berger Hans habe sich in der Tatnacht um circa 23:35 Uhr noch mal über den Vorplatz zur Traktorgarage begeben und sei zehn Minuten später wieder zurückgekehrt. Was blieb, war nur eine dunkle Erinnerung daran, mit einer aufdringlichen Zeugin kurz telefoniert zu haben.

Der Hofnoah stolperte schlaftrunken in die Küche, um auf der einen von den vier Herdplatten, die nicht mit benutztem Geschirr bedeckt war, Kaffee zu kochen. Dazu begab er sich zunächst auf die Suche nach seiner alten Mokkakanne, die wie jedes Wochenende aufs Neue nicht zur Hand war.

Als sie schließlich gefunden und der Kaffee gekocht war, zog er sich mit einer bis obenhin gefüllten Tasse wieder ins Bett zurück. Er wollte einfach nur genießen und ins Narrenkastl schauen. Das tat er zunächst auch ausführlich. Er saß im Bett, nippte am Kaffee und genoss mit geschlossenen Augen die zum Fenster hereinscheinende Herbstsonne. Die winzige Spinne, die sich in Zeitlupe von der Schlafzimmerdecke in seine Tasse abseilte, bemerkte er nicht. Ebenso entging ihm die immer noch eingeschaltete Herdplatte und ein sich in der Wohnung ausbreitender grauslicher Gestank. Die inzwischen glühende gusseiserne Platte schmolz die nebenstehende pastellfarbene Tupperdose der Mutter zu einem Gebilde, das wie ein eindrucksvoll gekrümmtes Werk des großen Künstlers Friedensreich Hundertwasser aussah.

Als er in die Küche ging, um sich noch einen Kaffee zu kochen, erblickte der Hofnoah das Schlachtfeld, das er mit seiner Vergesslichkeit angerichtet hatte. Seine Luftröhre schnürte sich zusammen. Grund dafür waren aber nicht die giftigen Kunststoffdämpfe, sondern die drängende Sorge darüber, wie er der Mutter beibringen sollte, dass sie ihre Tupperdose nicht mehr zurückbekommen würde.

Panisch stürzte er zum Küchenfenster, riss es auf und nahm ein paar tiefe Atemzüge vermeintlich frischer Mühlviertler Landluft. Doch es war der Beginn der Heizperiode, und nicht wenige Nachbarn feuerten an diesem Samstagvormittag ihre über Monate stillgestandenen Holzöfen erstmals wieder an. Deshalb kam ausgerechnet an diesem Tag die Feinstaub- und Rußpartikelbelastung im Stadtkern von Gallneukirchen jener im Epizentrum eines mittelgroßen Zimmerbrandes gleich.

Der Hofnoah wich hustend zurück, schloss das Fenster wieder und legte sich auf die Couch im Wohnzimmer. Er zwang sich, regelmäßig zu atmen, und schloss die Augen. Die süßlichen Plastikausdünstungen störten ihn nicht weiter, seine Nase hatte sich daran gewöhnt, und die Dämpfe waren zu wenig intensiv, um gefährlich zu sein. Dennoch bot die Luftqualität in der Wohnung Grund zur Sorge. Der Hofnoah hatte nämlich am Vorabend beim Anfeuern des alten Ofens einen folgenschweren Fehler begangen. Aufgrund der Unmengen an Holz, die er hineingestopft hatte, bekam der Kamin zu wenig Luft. Dadurch war über Nacht im Wohnzimmer eine gefährlich hohe Konzentration an unsichtbarem und geruchlosem Kohlenmonoxid entstanden. Diese zeigte bereits ihre Wirkung, denn der vermeintliche Schlaf, in den der Hofnoah hinüberglitt, war in Wirklichkeit der Beginn einer Ohnmacht. Kurz bevor er endgültig wegdriftete, hörte er es an der Tür läuten. Er nahm das Geräusch allerdings nur noch als weit entferntes Klingeln wahr. Er empfand nichts als Vorfreude auf das weiße Licht, das sich gerade vor ihm auftat.

Der ungeduldige Gast klingelte noch mehrmals, aber der Hofnoah zeigte keine Reaktion, er bekam jetzt nichts mehr mit. Es dauerte nicht lange, da wurde von außen ein Schlüssel ins Schloss der Wohnungstür gesteckt.

»Ja, wieso müffelt's denn da so furchtbar?«, kommentierte die Mutter, noch bevor sie über die Türschwelle trat. Ihr feines Näschen hatte die Plastikbrise sofort registriert. Sie lief durch Schlaf- und Wohnzimmer und öffnete die Fenster. Den traditionellen Ofengestank von draußen empfand sie als tausendmal angenehmer als die künstlichen Plastikausdünstungen in der Wohnung.

Erst als sie für Frischluft gesorgt hatte, bemerkte sie überrascht, dass sie nicht allein war. Sie entdeckte den Hofnoah auf der Couch, wo er im Begriff war, den Löffel abzugeben.

»Na warte«, pfauchte die Mutter, die Dramatik der Situation völlig verkennend. Während sie davon ausging, dass er am Vortag im Wirtshaus zu tief ins Glas geschaut hatte, war er just in diesem Moment nicht mehr weit davon entfernt, die Radieschen von unten anzusehen.

Die Mutter stürmte in die Küche. Sie packte einen der herumstehenden dreckigen Töpfe und füllte ihn mit Wasser. Ihr Glück war, dass sie in ihrem Tunnelblick die Überreste ihrer Tupperdose gar nicht wahrnahm. Das kostbare Erbstück so zu sehen, hätte ihr Herz nicht mitgemacht. Es pochte aufgrund des vermeintlichen Vollrauschs des Sohnes schon aufgeregt genug.

Sie begab sich wieder zum Hofnoah, der so friedlich schlummerte, als hätte er die ewige Ruhe bereits gefunden. Den Topf an beiden Griffen fest in den Händen nahm sie kräftig Schwung und schüttete ihm den gesamten Inhalt auf einmal ins Gesicht. Mit Erfolg: Der Hofnoah riss die Augen auf. Sein müder Blick fiel auf die Mutter, die sich inzwischen über ihn gebeugt hatte, um das Spektakel in seiner nassen Visage aus der Nähe zu verfolgen.

Doch der Sturzbach, der dem Hofnoah von der Stirn rann, nahm ihm derart die Sicht, dass er die Mutter nicht erkannte. Alles, was er sah, war ein Angreifer mit einem stumpfen Gegenstand in der Hand.

Der spontane Entsetzensschrei, den er vom Stapel ließ, erschreckte die Mutter so sehr, dass sie rücklings mit ihrem Allerwertesten auf den Wohnzimmerboden plumpste. Sie hatte sich zwar schnell wieder aufgerappelt, stand aber unter Schock. Mehr als ein gequältes »Bub, mir fehlen die Worte!« bekam sie nicht heraus, während sie ihr geprelltes Steißbein rieb. Ihr Zorn wich schließlich der Resignation über den unverbesserlichen Sohn. Ein Polizeibeamter, der seiner Mutter verkatert eine fahrlässige Körperverletzung zufügte – das war selbst ihr zu viel.

Auch dem Hofnoah war nicht zum Schwätzen zumute. Die Kohlenmonoxid-Vergiftung, die er soeben überlebt hatte, war eine nicht zu vernachlässigende Belastung für seinen Körper.

So saßen sie noch einen Moment lang da: die Lebensretterin und ihr Schützling, die beide nichts von ihrem großen Glück ahnten. Dann kehrten sie zu den wichtigen Dingen des Lebens zurück.

»Du weißt, dass wir um elf zum Einkaufen im Gartencenter verabredet gewesen wären?«, fragte die Mutter streng.

Der Hofnoah litt nach der überstandenen Ohnmacht noch unter einer akuten Amnesie. Er musste schon froh sein, die Person neben sich schließlich doch noch als seine Mutter erkannt zu haben.

Diese sah ihm sofort an, dass er den Termin verschwitzt hatte. »Gut, dann trag ich mir die Blumenstöck halt selbst auf den Balkon!«, gab sie vorwurfsvoll von sich und stapfte zur Tür. »Viel Spaß noch beim Rausch-Ausschlafen!«, blaffte sie zum Abschied und verließ die Wohnung.

Der Hofnoah war zu schwach, um etwas zu sagen oder gar aufzustehen und ihr nachzulaufen. Da er es selbst nicht besser wusste, ging er ebenso davon aus, dass er einfach zu viel gebechert hatte. Erschöpft schlief er wieder ein.

Keine zwei Stunden später wachte er mit Schüttelfrost auf. Die Mutter, rücksichtslos, wie sie war, hatte alle Fenster offen gelassen. Die Herbstkälte war in die Wohnung gekrochen und hatte sie auf ungemütliche zehn Grad heruntergekühlt. Im Kaminofen brannte kein Feuer mehr. Der Hofnoah stand auf und zog sich die dickste Winterjacke an, die er finden konnte. Er war nicht gut drauf. Ihm war nicht nur saukalt, er hatte Kopfweh und fühlte sich abgeschlagen. Dass er einen einfachen Rausch so schlecht wegsteckte, ja, sich nicht mal an ihn erinnern konnte, stimmte ihn nachdenklich. Wurde er etwa alt? Da er nicht ahnen konnte, dass er gerade erst dem Tod von der Schaufel gesprungen war, machte er für seinen maladen Zustand erste körperliche Verfallserscheinungen geltend und seufzte über diese trübe Erkenntnis tief.

Es war schon früher Nachmittag. Er entschied, ins Wirtshaus rüberzugehen. Das gehörte zu seinen regelmäßigen Samstagsritualen, allerdings normalerweise zwei Stunden früher. Er hoffte, eine Portion Blunzengröstl und ein Reparaturseidel würden ihm dabei helfen, wieder zu Kräften und vielleicht auch auf andere Gedanken zu kommen. Wenn er Glück hatte, saß auch der Hamedinger Roland noch beim Mittagessen dort. Neben dem vierzigjährigen Greis fühlte sich der Hofnoah immer wie ein junger Hupfer.

Samstags um diese Zeit war im Wirtshaus nichts los. Die am Abend zuvor gesteckt volle Gaststube gab mit ihren schweren dunklen Holzmöbeln so ganz ohne Leute ein trauriges Bild ab. Die einzigen Anwesenden waren der Lehner Sepp hinterm Tresen und der Hamedinger Roland davor.

Letzterer verspeiste gerade den finalen Bissen seines Mittagessens und drehte sich, mit einer Serviette den Mund abtupfend, neugierig zur Tür um. »Ja, wen haben wir denn da?«, fragte er seltsam schmunzelnd, was beim Hofnoah sofort ein ungutes Gefühl der Scham über die ihm nicht mehr erinnerlichen Eskapaden des Vorabends hervorrief.

»Wir haben schon geglaubt, du beehrst uns heut nicht mehr«, ergänzte der Lehner Sepp und hatte den gleichen spöttischen Ausdruck im Gesicht. Der Hofnoah war kurz davor, wieder kehrtzumachen. Er hatte weder Lust noch Kraft, sich von den beiden wegen möglicherweise peinlicher Vorkommnisse aufziehen zu lassen.

Doch den Hamedinger Roland schien etwas anderes zu erheitern. »Hast heut Außendienst in Sibirien g'schoben?«, fragte er ihn, und sein unspektakulärer Lacher vermischte sich mit dem Steyr-Traktor-Gepolter des hinter der Bar lümmelnden Lehner Sepp. Nun verstand auch der Hofnoah, dass sich das Amüsement der beiden auf seine Daunenjacke bezog, die so dick war, dass seine Arme nicht senkrecht, sondern im 45-Grad-Winkel zur Seite hingen. Für fünf Grad plus war das eine ungewöhnliche Kleiderwahl.

Dem Hofnoah war nicht zum Lachen zumute. »Geh, Sepp, sei ruhig und bring mir ein Blunzengröstl und ein Reparaturseidel!«, brummte er. Seine krächzende Stimme hörte sich an, als hätte er den Vorabend grölend bei einem Zeltfest verbracht.

Der Wirt runzelte die Stirn. »Was gibt's denn zum Reparieren?«, fragte er spöttisch.

Der Hofnoah vermisste die zurückhaltende Diskretion, die einen guten Gastronomen ausmachte, und sagte das dem Lehner Sepp auch so. Dieser fühlte sich in seiner Wirtsehre gekränkt und wurde ernst. »Entschuldige, Hofnoah«, stammelte er betreten. »Es hat gestern Abend für mich wirklich nicht so g'wirkt, als ob du einen Fetzen g'habt hättest.«

Der Hofnoah war immer noch nicht in der Stimmung, darüber zu diskutieren, und wiederholte seine Bestellung: »Bring mir jetzt bitte das Seidel und das Gröstl.«

Damit brachte er den Lehner Sepp in eine weitere unangenehme Situation: »Tut mir leid, Hofnoah, aber es ist schon halb drei vorbei. Der Koch ist grad heim'gangen.« Es war ihm sichtlich peinlich, einem seiner treuesten Stammgäste kein anständiges Mittagessen servieren zu können. »Such dir doch was von der kleinen Karte aus«, versuchte er ihn zu trösten und händigte ihm ein bierdeckelgroßes Stück Papier aus.

Dem Hofnoah reichte es. Er war nicht gekommen, um an einem letscherten Paar Frankfurter Würstel oder einem verbrannten Stückerl Toast zu kiefeln. Nicht, dass er großen Hunger verspürt hätte, aber es ging ihm ums Prinzip. »Du bist doch g'lernter Koch, oder?«, pfauchte er, ohne die Antwort abzuwarten. »Dann geh g'fälligst in die Küche und mach deinem besten Kunden was G'scheites zum Essen! Musst ja allein gestern ein Vermögen mit mir verdient haben.«

Der Lehner Sepp schien sich überhaupt nicht mehr auszukennen. Er nahm das bei vielen Tranklern gefürchtete schwarze Notizbuch zur Hand, in dem er geprellte Zechen fein säuberlich vermerkte, und begann hektisch zu blättern. Nach kurzer Zeit hatte er sein Selbstbewusstsein wiedergefunden. »Moment einmal«, sagte er, »soweit ich das seh, hast du gestern Abend genau zwei Bier g'habt. Und sogar die bist mir schuldig geblieben.«

Nun kannte sich der Hofnoah nicht mehr aus. Er wandte sich Hilfe suchend zum Hamedinger Roland um, damit dieser ihm seinen mutmaßlichen Vollrausch bestätigte.

Doch der hatte eine schlechte Nachricht: »Du bist nach zwei Bier einfach abg'haut«, bestätigte er den Eintrag im Zechprellerroman und fügte hinzu: »Sei mir nicht bös, dass ich deine Rechnung nicht auf meinen Deckel g'nommen hab, aber ich zahl mit meinem sauer verdienten Steuergeld ja eh schon dein Mordstrumm Beamtensalär.«

Der Hofnoah verstand die Welt nicht mehr. Kein richtiges Essen, widersprüchliche Hinweise auf den Verlauf des Vorabends und billiges Beamten-Bashing: Das war zu viel für ihn. Er schaffte es noch, für die zwei Bier einen Zehneuroschein auf die Budel zu kleschen und ein »Pfiat eich« zu mumpfeln. Dann machte er kehrt und ließ die beiden ratlos zurück.

Langsam machten sich der Hamedinger Roland und der Lehner Sepp wirklich Sorgen um ihn. Was der da gerade aufgeführt hatte, war nicht mehr lustig. Der Hofnoah hatte ja seit jeher seine Eigenheiten. Die gehörten einfach zu ihm dazu. Aber angezogen wie ein Michelin-Manderl im Wirtshaus aufzutauchen und sich an die zwei Bier vom Vorabend nicht mehr erinnern zu können, hatte eine ganz neue Qualität.

Der Wirt und sein verbliebener Gast brüteten noch eine Weile über der Frage, wie sie ihren Teil dazu beitragen konnten, dass der Hofnoah wieder der Alte wurde. Schnell kamen sie zu dem Ergebnis, dass ihm wahrscheinlich eine Freundin das geben könnte, was ihm im Leben fehlte.

Der Lehner Sepp schwärmte, dass er erst kürzlich diese Erfahrung gemacht habe. Der Hamedinger Roland wies verwirrt auf die seit zwanzig Jahren aufrechte Ehe des Wirts hin.

»Ja, eh«, sah dieser keinen Widerspruch. »Meine neue Freundin gibt mir das, was mir in der Ehe fehlt.«

Der Hofnoah schlurfte inzwischen zurück zur Wohnung. Er hatte die Nase voll von diesem seltsamen Wochenende und wollte sich eigentlich wieder ins Bett hauen. Der Bauernmarkt, der ganz untypisch für einen Samstag um diese Zeit noch im Gange war, machte ihm allerdings einen Strich durch die Rechnung. Denn zwischen lokalen Speck-, Knödel- und Eierspezialitäten flanierte ausgerechnet der Watzinger Stefan über den Marktplatz. Der Hofnoah hatte schon überlegt, wann und wo er den Landesrat für eine Befragung zu dem angeblichen Gratis-Anwesen in Altenberg droben am besten abpassen konnte. Nun gab ihm das Schicksal eine Chance.

»Grüß Sie, Herr Landesrat!«, startete der Hofnoah einen Annäherungsversuch, als er an einem Verkaufsstand mit Nudeln in allen Farben und Formen direkt neben dem Politiker zum Stehen kam.

Der Watzinger Stefan antwortete mit einem automatisierten »Grüß Gott!« ohne Augenkontakt. Er war gerade damit beschäftigt, eine Packung mit Teigwaren in den Farben der politischen Konkurrenz entgegenzunehmen.

»Haben S' vielleicht ein Minuterl für mich, Herr Landesrat?«, fragte der Hofnoah wie ein braver Bürger, der ein bescheidenes Anliegen vortragen wollte.

»Aber freilich!«, entgegnete ihm der Watzinger Stefan pflichtschuldig. Er bezahlte die Ware und wandte sich erst jetzt dem Mann zu, der ihn um ein offenes Ohr gebeten hatte. Der Landesrat hatte offenbar ein gutes Gedächtnis, denn sein erschrockener Blick galt nicht der sibirischen Winterjacke, sondern dem Gesicht seines ehemaligen Trainingspartners. »Gemma schnell ein paar Meter!«, sagte er hastig und führte den Hofnoah weg vom Geschehen. »Was ist denn?«, fragte er schließlich halb flüsternd, als sie etwas abseits standen.

»Es gibt da ein paar Gerüchte«, eröffnete ihm der Hofnoah kryptisch.

»Die gibt's immer. Geht's ein bisserl konkreter?«, fragte der Watzinger Stefan.

Dem Hofnoah gefiel nicht, dass sich der Politiker so selbstsicher gab. Umso mehr freute er sich auf die nächste Frage. »Wie viel haben S' denn für Ihren schönen Grund in Altenberg droben bezahlt?«

Nur wenn man ganz genau hinsah, erkannte man in den Augen des Watzinger Stefan den Schock, der ihm für eine Sekunde durch Mark und Bein ging. Er war dank seines Berufs darauf geeicht, heikle Situationen stoisch zu ertragen.

»Puh, da müsst ich nachschauen«, antwortete er mit überfragter Miene. »Das ist ja schon ein Zeiterl her und eigentlich privat, goi!« Er warf dem Hofnoah einen tadelnden Blick zu.

Doch dieser beließ den Finger in der Wunde: »Die Leut reden, Sie hätten den praktisch gratis gekriegt und als Gegenleistung dem Pöttl Erwin eine Umwidmung zug'schanzt.«

Der Watzinger Stefan schüttelte nur den Kopf. Bei persönlichen Angriffen wie diesen schaltete er blitzschnell auf Autopilot. Er wiegelte dann stets mit derselben Floskel ab. So auch jetzt. »Ja mei«, leitete er betont lässig ein, »die Leut reden halt viel. Mit jeder Sprosse, die man die Karriereleiter höher kraxelt, werden die Neider mehr.« Es folgte eine vielfach geprobte Schweigesekunde, in der er auf das Mitgefühl des Publikums, in diesem Fall des Hofnoah, hoffte. Zum Schluss noch das große Finale: »Ich kommentiere solche kläglichen Versuche, mir was anzuhängen, nicht mehr.« Dann blickte er auf seine Armbanduhr. Wenn es ungemütlich wurde, musste er nämlich immer gleich zum nächsten Termin.

Der Hofnoah ließ sich nicht stressen: »Aha«, gab er sich unbeeindruckt, »für mich wär's halt wichtig, die Wahrheit zu erfahren. Damit klar ist, ob Sie ein Mordmotiv haben oder nicht.«

Für eine solche Situation war der Watzinger Stefan dann doch nicht mehr gerüstet. Mit einem Mord hatte ihn selbst sein schärfster politischer Gegner noch nicht in Verbindung gebracht. »Mord?!«, entfuhr es ihm, »wieso Mord, verflucht noch m… Grüß Sie, Frau Lederer, wie geht's Ihnen?« Der Landesrat schüttelte einer Passantin, die direkt an ihnen vorbeiging, freundlich grinsend die Hand. Als sie weg war, schwenkte er wieder auf Entrüstung um. »Wieso Mord?«, fragte er noch einmal mit gedämpfter Stimme.

Der Hofnoah war immer noch die Ruhe in Person: »Es heißt, der Pöttl Erwin soll noch so eine Umwidmung von Ihnen wollen haben. Nachdem Sie abg'lehnt haben, soll er gedroht haben, die erste öffentlich zu machen.«

Der Landesrat war fertig mit der Welt. »Da fehlen mir die Worte!«, äußerte er die Bankrotterklärung jedes Politikers. Er versuchte zu retten, was zu retten war, und begann zu jammern: »Ich hab mir für unseren Grund samt Haus jeden Cent vom Mund abg'spart.« Er machte wieder eine kurze Pause, in der er dieses Mal wirklich mit den Emotionen kämpfte. »Und wenn meine Frau nicht ein bisserl was geerbt hätt, wär sich das damals sowieso nicht ausgegangen.«

Der Hofnoah war hin- und hergerissen. Der Glaube daran, dass der Landesrat das Herz am rechten Fleck hatte, war noch nicht komplett verflogen. Schließlich setzte er sich für das Kulturgut Schweinsbraten ein. Gleichzeitig schien der Schladerer Mandi, der ihn mit seiner Aussage belastet hatte, ein gut informierter Banker zu sein. Der Hofnoah erkannte, dass er an dieser Stelle nicht herausfinden würde, ob der Landesrat oder der Schladerer Mandi einen Topfen verzapfte, und entschied, das Verhör zu beenden. »Alles klar«, meinte er knapp, »ich meld mich, wenn ich weitere Infos brauch.« Er musste den Landesrat, der sich wie ein gebrochener Mann an der Schulter des Hofnoah abstützte, mit sanftem Druck von sich wegschieben.

Doch der Watzinger Stefan bemerkte schließlich, dass die Mitleidsmasche beim Hofnoah nicht zog. Deshalb gab er ihm zum Abschied noch eine andere, nicht mehr so erbarmenswerte Botschaft mit auf den Weg. »Hofnoah, eins noch«, sprach er ihn zum ersten Mal nicht mit seinem offiziellen Dienstgrad an, »ich würd mir an deiner Stelle jeden Ermittlungsschritt genau überlegen.« Sein treuherziger Blick war einem finsteren gewichen. »Dann überleg auch ich mir genau, ob ich dein Training am Pöttl-Hof weiterhin für mich behalt.«

Der Hofnoah war perplex. Von der Mitleidsmasche zur Drohung in weniger als einer Minute – das hatte er noch bei keiner Befragung erlebt. Er ließ sich seine Zukunftssorgen aber nicht anmerken und sortierte seine Gedanken: Beim Watzinger Stefan ging es um Mordverdacht, bei ihm hingegen nur um eine Verwaltungsübertretung. Diese konnte ihn in Schwierigkeiten bringen, war aber nichts gegen einen Mord. Der Landesrat musste ihn schon für sehr dumm halten, sich so einfach aus der Affäre ziehen zu können.

Der Hofnoah atmete tief durch und formulierte eine gelassene Antwort. »Mach ich«, sagte er und versuchte dabei besonders cool zu wirken. »Mal schau'n, wer die besseren Karten hat.«

Er ließ den Politiker einfach stehen und marschierte über den Marktplatz davon. Während sich seine Gedanken im Kreis drehten, stieß er aus Versehen mit einem Passanten zusammen. Beim Blick in dessen erschrockenes Gesicht traute der Hofnoah seinen Augen nicht. Schon wieder so ein Typ, der wie der Pöttl Erwin aussah. Oder war das derselbe, der am Pöttl-Hof droben unter den Schaulustigen gewesen war? Der mit dem Rennrad? Welchen Namen hatte ihm der Pöttl-Doppelgänger damals noch mal genannt? Er kam nicht drauf, aber zum Glück musste er sich auch nicht weiter mit diesen Fragen herumschlagen. Der Fremde hatte nämlich, ohne ein Wort zu sagen, schon wieder das Weite gesucht.

Angekommen in der immer noch kalten Wohnung, drehte der Hofnoah die Heizung auf Maximum, warf sich in seinen gemütlichsten Pyjama und legte sich ins Bett. Das Beste würde sein, den restlichen Tag einfach zu verschlafen, sagte er sich, und flüchtete in einen unruhigen Schlaf.

KAPITEL ÖF

Lange schlafen, schön und gut. Aber wenn man achtunddreißig Stunden am Stück pfeift, ist die anschließende Verwirrtheit kaum von der nach einer viel zu kurzen Nacht zu unterscheiden. Der Hofnoah wachte am Montag frühmorgens schon vor sechs Uhr auf und glaubte, dass Sonntag war. Entsprechend schlecht war seine Laune. Sonntags schlief man aus, lautete eine seiner wichtigsten Grundregeln. Nur Volltrottel handhaben es anders. Weil er komplett durchgeschwitzt war, fürchtete er, infolge seines Vollrauschs auch noch Fieber bekommen zu haben. Doch es war die auf Anschlag laufende Heizung, die das Schlafzimmer über das Wochenende auf wohlige dreißig Grad erwärmt hatte.

Der Hofnoah drehte das Thermostat am Heizkörper zurück, riss das Fenster auf und ließ sich die sechs Grad kühle Morgenbrise genüsslich um die Ohren wacheln. Zufrieden registrierte er, dass sich die Luftqualität in der Stadt normalisiert hatte. Einzig die Tatsache, dass für einen Sonntagmorgen auf der Bundesstraße drüben sehr viel los war, fiel ihm negativ auf. Das waren ja fast schon montägliche Verhältnisse, fand er.

Um die Sorge über seinen vermeintlichen körperlichen Verfall erst gar nicht wieder aufkommen zu lassen, beschloss er, sich etwas Gutes zu tun. Er warf sich das nächstbeste Kleidungsstück, die Michelin-Manderl-Jacke, über und verließ die Wohnung. Sein Ziel war das Café, wo er sich die Spezialität des Hauses gönnen wollte: ein »Mühlviertler XXL-Frühstück zum Mitnehmen«. Den Leuten, denen er auf dem Fußmarsch dorthin begegnete, warf er einen verächtlichen Blick zu. Wer sich sonntags um diese Uhrzeit draußen herumtrieb, verdiente es nicht anders. Den Passanten fiel seine böse Mimik allerdings gar nicht auf. Stattdessen legten sie ihre volle Aufmerksamkeit auf die Kombination aus Michelin-Manderl-Jacke und Pyjamahose und schüttelten den Kopf.

Überhaupt musste der Hofnoah mit einem Staunen feststellen, dass Gallneukirchen eine besonders hohe Anzahl an sonntagmorgens aktiven Freaks aufwies. Auf den paar Metern zum Kaffeehaus tat sich eine Welt auf, die ihm völlig unbekannt war. Was hatten diese Leute vor, die auf den Gehsteigen wie aufgescheuchte Hühner durch die Straßen hetzten? Wo fuhren die Autos alle hin, die sich auf der B125 stauten? Gab es an diesem Sonntag irgendetwas, von dem der Hofnoah nichts wusste? Waren womöglich nicht die anderen verrückt, sondern er, weil er diese Tageszeit sonst verschlief?

Verwirrt betrat er das Café und reihte sich in die Schlange vor der Budel ein. Er beobachtete das Treiben. Sofort fiel ihm die Ungeduld der Leute auf, mit der sie warteten. Sie wischten auf ihren Smartphones herum, traten von einem Fuß auf den anderen und hauchten gequälte Stoßseufzer in die Luft.

Als er an der Reihe war, wollte er mit gutem Beispiel vorangehen und den Wartenden hinter ihm zeigen, wie man einen gemütlichen Sonntag richtig startete. »Einen wunderschönen guten Morgen!«, sagte er zu der Verkäuferin mit einem freudigen Glühen in den Augen und so laut, dass es alle hören konnten.

176

»Morgen«, nuschelte die Frau. Sie wirkte abgehetzt und klapperte ungeduldig mit der Brotzange, während sie ihn fragend anblickte. Alle vorherigen Kunden hatten sich für maximal zwei Stück Gebäck und ein Getränk entschieden, und so hatte sie schon zu einem kleinen Sackerl gegriffen.

Doch der Hofnoah hatte anderes vor. »Ich nehm das Mühlviertler XXL-Frühstück zum Mitnehmen«, eröffnete er ihr feierlich. »Mit doppelt Speck und beim Kas nicht sparen, goi!«, wies er sie in gespieltem Befehlston an.

Auf dem Weg ins Café hatte er bereits das Gefühl gehabt, in einer fremden Stadt zu Gast zu sein. Nun kam auch noch der Eindruck dazu, eine unbekannte Sprache zu sprechen. Für einige Sekunden starrte ihn die Verkäuferin einfach nur an, dann legte sie das Papiersackerl wieder weg.

In seinem Rücken spürte der Hofnoah die Ungeduld der Wartenden. Nicht nur im übertragenen Sinn, sondern auch ganz praktisch, denn der stoßartige Seufzer der Person direkt hinter ihm zerzauste ihm den Wirbel am Hinterkopf. »He!«, echauffierte sich der Hofnoah über das ungebetene Styling und drehte sich um. »Leidest du an Asthma, oder was?«

Genervt nahm der junge Mann, dessen Gesundheitszustand er erfragt hatte, einen Stöpsel aus dem Ohr. »Ha?«, fragte er, steckte das Horcherl aber sofort wieder hinein, sodass der Hofnoah keine Chance hatte, sich zu wiederholen.

»Gehen S' bitte zur Seite, damit ich die Leut bedienen kann«, hörte er die Verkäuferin jetzt sagen.

Er drehte sich wieder um. »Und was ist mit meinem Mühlviertler XXL-Frühstück zum Mitnehmen?«, wollte er wissen.

»Wird hergerichtet«, antwortete die Verkäuferin und wiederholte die Aufforderung zum Wegtreten mit einer begleitenden Handbewegung. Widerwillig trat der Hofnoah zur Seite, ließ es sich aber nicht nehmen, dem jungen Mann mit den Ohrstöpseln noch einen stoßartigen Seufzer entgegenzuhauchen. Sofort nahm dieser das Horcherl wieder heraus. Doch anstatt auf Konfrontation zu gehen, bestellte er bei der Verkäuferin ein Schokokipferl und einen Verlängerten zum Mitnehmen.

Der Hofnoah stand etwas deplatziert zwischen der zehn Personen langen Schlange und dem Sitzbereich. Zehn Augenpaare beäugten den Verrückten, dessen Outfit genauso unpassend war wie sein Verhalten.

Nach kurzer Zeit nahm ihn ein weiteres Augenpaar ins Visier. Es gehörte dem Hamedinger Roland, der an seinem Stammtisch sitzend ein Semmerl in den Kaffee tunkte. »Servus Hofnoah, hast frei heute?«, rief er herüber und schob sich einen angesoffenen Kaffeeteigklumpen in den Mund. Auch er wunderte sich über den Aufzug des Hofnoah. Es war dieselbe Jacke wie bei seinem seltsamen Auftritt im Wirtshaus am Samstag.

»Ja, wie die meisten normalen Leut halt«, blaffte der Hofnoah seinen wichtigsten Informanten an.

Den Hamedinger Roland konnte normalerweise nicht wirklich etwas aus der Ruhe bringen, aber jetzt war er regelrecht entsetzt darüber, wie sehr es mit dem Hofnoah bergab ging. Er sah ihn langsam, aber sicher auf die Berufsunfähigkeitspension zusteuern. Das ließ den Hobby-Kriminalisten innerlich zusammenzucken, denn was würde aus ihm selbst werden, wenn er keinen Revierinspektor mehr hatte, den er beraten konnte? So ein langweiliges Leben wollte er sich gar nicht erst vorstellen. Es war also nicht ganz uneigennützig, dass er dem Hofnoah dabei helfen wollte, wieder der Alte zu werden. »Willst dich nicht auf einen Sprung zu mir setzen?«, fragte er ihn aufmunternd und tippte mit der Hand auf den Platz direkt neben sich.

Der Hofnoah zögerte. »Mein Mühlviertler XXL-Frühstück zum Mitnehmen ist gleich fertig«, wandte er ein.

Unbeeindruckt klopfte der Hamedinger Roland weiter auf die Sitzbank und zog sein wärmstes Zahnlückenlächeln auf.

Der Hofnoah gab nach und ließ sich nieder. Sofort spürte er, dass ihm die ungewohnte körperliche Nähe unangenehm war. Normalerweise saß er dem Hamedinger Roland im Kaffeehaus am Sessel gegenüber, getrennt durch einen Tisch. Er war froh, dass in diesem Moment zumindest seine zehn Zentimeter dicke Jacke ein Mindestmaß an Distanz schuf.

So ungefiltert von der Seite betrachtet, nahm er im Gesicht des Hamedinger Roland Details wahr, die ihm zuvor noch nie aufgefallen waren. Wenn er richtig sah, zeigten sich auf dessen Wangen erste Altersflecken. Ungläubig kam ihm das Gerücht wieder in den Sinn, dass dieser vom Leben gezeichnete Mann erst Anfang vierzig sein sollte. Andererseits war freilich nicht auszuschließen, dass es sich bei den Flecken um Kaffeepatzer handelte, denn was der Hamedinger Roland mit seinem Verlängerten und dem Semmerl da in aller Öffentlichkeit aufführte, war eine einzige Sauerei.

»Du bist mir aber nicht mehr bös, weil ich am Freitag deine zwei Bier nicht übernommen hab«, erkundigte sich der Hamedinger Roland. Unter normalen Umständen wäre ihm das völlig egal gewesen, da er keinerlei Verpflichtung sah, dem Hofnoah die Zeche zu brennen. Aber in diesem Moment brauchte er einen tauglichen Gesprächsaufhänger, um den psychisch auffälligen Revierinspektor nicht zu vergrämen.

»Wie g'sagt, ich bezweifle, dass es nur zwei Bier waren«, wich ihm der Hofnoah aus.

Der Hamedinger Roland betrachtete seinen Schützling nachdenklich. Dessen Verhalten war ihm immer noch ein Rätsel. Die Theorie, dass der Hofnoah einfach nur eine Freundin brauchte, bot keine Erklärung dafür, wie schlagartig er sich verändert hatte. Vielleicht hatte ihm am Freitag jemand K.-o.-Tropfen ins Bier gemischt? Das würde die fehlende Erinnerung erklären, aber nicht den seltsamen Auftritt an diesem Montagmorgen.

»Mühlviertler XXL-Frühstück mit doppelt Speck und extra Kas zum Mitnehmen?«, rief die Verkäuferin durch das Café.

»Das ist mein Stichwort«, sagte der Hofnoah zum Hamedinger Roland und teilte seine Vorfreude mit ihm: »Weißt, ich will mir einen schönen Sonntagvormittag machen. Einfach im Bett liegen und essen.«

Das fassungslose Stirnrunzeln, das die Gesichtszüge des Hamedinger Roland in noch tiefere Falten legte, wertete der Hofnoah als nächstes Indiz dafür, dass sein Sitznachbar nicht erst Anfang vierzig sein konnte.

Doch er hatte keine Zeit mehr für weitere Spekulationen. Er wünschte seinem väterlichen Freund einen schönen Tag und erhob sich, um das riesige Papiersackerl abzuholen, das ihm die Verkäuferin seit fast einer halben Minute unter großer körperlicher Anstrengung hinhielt.

»Das macht neununddreißig Euro neunzig«, presste sie hervor.

Seelenruhig kramte der Hofnoah in seiner Jackentasche. Als er das Portemonnaie endlich gefunden hatte, zupfte er zwei Zwanzigeuroscheine hervor.»Passt so. Schönen Sonntag noch, goi!«, freute er sich über seine Großzügigkeit und nahm das Sackerl entgegen. Dass es ihm dabei fast aus der Hand glitt, weil er nicht mit dem Gewicht eines Fünfundzwanziger-Ziegels gerechnet hatte, überspielte er, so gut es ging.

Das Mühlviertler XXL-Frühstück war für vier hungrige Personen ausgelegt: acht Kaisersemmeln, zehn Deka Fasslbutter, zwanzig Deka Sankt Leonhardter Käse, zwanzig Deka Mühlviertler Speck (die der Hofnoah auf vierzig hatte verdoppeln lassen), vier Frühstückskipferl und zum Runterspülen noch vier Becher Kaffee.

Hätte er tatsächlich vorgehabt, alles aufzuessen, wäre ein vorweg vereinbarter Termin zum Magenauspumpen nicht verkehrt gewesen. Aber ihm war natürlich klar, dass er den Sack voller Köstlichkeiten, den er unter mehrmaligem Absetzen über den Marktplatz schleppte, nicht auf einmal derpacken würde. Doch allein schon der Erziehungseffekt für die anderen Leute war das teure Frühstück allemal wert gewesen. Sie sollten sehen, wie man als anständiger, moderner Mühlviertler den Sonntagmorgen verbrachte: völlernd im Bett, nicht gestresst auf der Straße. Die einzige Legitimation, ins Freie zu treten, bestand in der Suche nach Essbarem. Und ja, die Gläubigen sollten in die Kirche gehen, wenn ihnen danach war. So viel Toleranz brachte der Hofnoah abweichenden Lebensmodellen schon entgegen. Aber nervös an einem Kipferl knabbernd und Coffee-to-go nippend herumzuhetzen verlangte schon fast nach einer Amtshandlung.

Der Hofnoah betrat die Wohnung, entledigte sich der Jacke und breitete das Essen im Bett auf der Seite aus, die nicht als Kleiderschrankersatz fungierte. Als er sich voller Vorfreude auf das winzige verbleibende freie Fleckerl knotzte, lernte er, dass Pappbecher auf instabilem Untergrund nicht die beste Standfestigkeit aufwiesen. Einer der vier Kaffees kippte um und färbte den weißen Matratzenbezug in ein cremiges Hellbraun. Der Hofnoah ließ sich davon aber nicht aus der Sonntagsruhe bringen. Er packte die vier Gefäße, stellte sie auf den Boden und schnappte sich noch in derselben Bewegung ein Kaisersemmerl. Nun ging es endlich los. Bei der Vertilgung der Beute folgte er keinem System. Schließlich kam im Magen ohnehin alles zusammen, griff er nicht nur auf eine alte Mühlviertler Bauernregel zurück, sondern auch wahllos nach Käse, Speck und Butter. Innerhalb kürzester Zeit war jeder Bestandteil des Frühstücks zumindest einmal angebissen. Der Hofrüde Rambo hätte es nicht anders gehandhabt.

Mindestens eine Stunde ging das so. Der Hofnoah war längst gesättigt, aß aus glückseliger Langeweile aber weiter. Bis sein Handy läutete. Da erschrak er so sehr, dass ein Stück Speck aus seinem Mund in die Luftröhre abbog. Prustend sprang er auf, beugte sich nach vorn und rang zum zweiten Mal binnen achtundvierzig Stunden mit dem Erstickungstod. Und als er sah, wer anrief, beendete er den Überlebenskampf sofort. Auf dem Display seines klingelnden Handys standen drei Buchstaben: *Sie.*

Obwohl der Hofnoah jeden Lebenswillen verloren hatte, legte die Speckschwarte doch noch den Rückwärtsgang ein und setzte ihren Weg schließlich Richtung Speiseröhre fort. Anstatt sich darüber zu freuen, ließ die Laune des Hofnoah allerdings zu wünschen übrig, denn das Handy läutete immer noch. Es zu ignorieren war in diesem Fall nicht die richtige Reaktion, fand er, der Kollegin gehörte gesagt, dass eine Störung am Sonntag eine Todsünde war.

»Bist du von allen guten Geistern verlassen?«, begrüßte er sie harsch.

Die Mairinger Bettina stellte eine Gegenfrage: »Schläfst heut daheim statt am Posten?«

Keiner der beiden war bereit, auf die Frage des anderen eine Antwort zu geben. Peinliches Schweigen machte sich breit. Der Hofnoah beendete es nach wenigen Sekunden, indem er auflegte. Den sogleich folgenden Anruf der Mairinger Bettina nahm er nicht mehr entgegen. Stattdessen wandte er sich wieder dem Frühstück zu, von dem er noch nicht einmal die Hälfte gegessen hatte.

Das wohlig warme Raumklima, der Duft des verschütteten Kaffees und das sanfte Rauschen des Montagfrühverkehrs machten ihn schläfrig, und er lehnte sich satt und zufrieden zurück.

Kurz nachdem er in ein sanftes Morgenschläfchen hinübergeglitten war, weckte ihn die Türklingel. Er machte die Augen gar nicht erst auf, aber der Besucher ließ nicht locker. Wenig später war dieser vom Hauseingang zur Wohnungstür vorgedrungen und pumperte unaufhörlich dagegen. Nach einer Ewigkeit stoppte der Lärm plötzlich.

»Hofnoah!«, rief eine bekannte männliche Stimme. »Alles in Ordnung? Mach doch auf!«

Der Hofnoah ging gedanklich alle Quälgeister durch, die für eine sonntagmorgendliche Belästigung infrage kamen. Dennoch konnte er den Störenfried nicht identifizieren. Widerwillig schälte er sich aus dem Bett und ging ins Wohnzimmer. Die Person hatte wieder zu klopfen begonnen. So fest, dass der Hofnoah um seine Eingangstür fürchtete.

»Die Mairinger Bettina geht zum Chef petzen, wenn du nicht bald am Posten auftauchst«, tönte es von draußen. »Willst zukünftig lieber nach Linz pendeln?«

Der Hofnoah riss die Tür auf, und der Hintringer Sepp, der gerade zu einem weiteren Pumperer angesetzt hatte, fiel ihm entgegen.

»Na endlich! Du hängst nicht besonders an deinem Job, oder?«, fragte der lästige Kollege, nachdem er sich in Windeseile wieder aufgerappelt hatte. Er betrachtete den Hofnoah von oben bis unten. Dessen Fressorgie hatte auf dem Pyjama deutliche Spuren hinterlassen. »Wisch dir die Brösel von der Pfoat und komm mit!«, kommandierte der dienstrechtlich Untergebene und fügte hinzu: »Am Posten wird's wegen deinem unentschuldigten Fernbleiben genug Brösel geben.«

Trotz des gelungenen Wortspiels spendete der Hofnoah keinen Beifall.

»Brösel, verstehst?«, fragte der Hintringer Sepp und deutete auf die Semmelreste am Pyjama, aber es war zwecklos.

»Ich hab diesen Sonntag frei. Seid ihr allesamt zu paniert, um einen Dienstplan zu lesen?«, machte der Hofnoah auf das vermeintliche Missverständnis aufmerksam.

Sein Kollege antwortete mit jener Information, die dem Hofnoah an diesem Morgen bereits auf unterschiedlichstem Wege zugetragen worden war. Doch niemand hatte sie zuvor so unmissverständlich kundgetan wie der Hintringer Sepp: »Heut ist Montag, Freund der Berge!«

Der Hofnoah starrte ihn völlig baff an. Doch in seinem Repertoire an Verhaltensweisen fehlte es an der passenden Auswahlmöglichkeit für diese Situation. Einerseits war es ihm peinlich, die Wochentage verwechselt zu haben. Andererseits verspürte er ein tief sitzendes Misstrauen. Spielten ihm die Kollegen womöglich einen Streich? Er hatte sich noch nie in seinem Leben im Tag geirrt. Vielleicht steckten die Hintringer und Lehner Sepps mit dem Hamedinger Roland und der Mairinger Bettina unter einer Decke und wollten ihm eins auswischen. Seit Jahren zogen sie ihn wegen seines Namens auf. Es war ihnen alles zuzutrauen.

Der Hofnoah drehte sich um und marschierte ins Schlafzimmer zu seinem Handy. Als er hektisch das Display aktivierte, traf ihn fast der Schlag: Es zeigte Montag, 9:32 Uhr. All die Hinweise, die er an diesem Morgen erhalten hatte, liefen jetzt wie ein Film vor ihm ab, und ihm wurde leicht übel.

Instinktiv tat er das Richtige und wechselte in den Mühlviertler Überlebensmodus. Über Jahrtausende hatte sich diese Verhaltensweise in der Region überwiegend bei den männlichen Vertretern des Homo sapiens entwickelt, um den Fortbestand der Spezies nachhaltig zu sichern. Dieser faszinierende Kniff der Evolution ermöglichte es in die Enge getriebenen Individuen, besonders peinliche Fehler von einer Sekunde auf die andere aus dem Gedächtnis zu löschen. So gelang es ihnen, aus einer

unangenehmen und scheinbar ausweglosen Situation mit
überzeugender Selbstsicherheit hervorzugehen.

Der Hofnoah wühlte aus dem Kleiderhaufen auf dem
Bett neben dem Mühlviertler XXL-Frühstück seine Uni-
form hervor und tauschte sie gegen den bebröselten
Pyjama. Dann trat er wieder ins Wohnzimmer, wo er
sich wortlos seine Schuhe anzog. Er war bereit, in die
Arbeitswoche zu starten.

»Gemma!«, wies der Hofnoah den Hintringer Sepp
so deutlich an, dass diesem nichts anderes übrig blieb,
als hinter dem Revierinspektor stumm zur Tür hinaus-
zudackeln. Der Grund seines Besuchs, das unentschul-
digte Fernbleiben vom Dienst, der vertauschte Wochentag – der Mühlviertler Überlebensmodus machte alles
vergessen.

KAPITEL ZWÖF

Nachdem der Hofnoah die ersten Schritte Richtung Polizei-inspektion in Angriff genommen hatte, schloss der Hintringer Sepp keuchend zu ihm auf. »Halt! Ich bin mit dem Auto da. Es steht da hinten.« Er deutete zur Kirche.

Der Hofnoah machte kehrt. Er ersparte sich die Frage, warum der Hintringer Sepp für die paar Meter das Auto genommen hatte. Er würde schon seine Gründe dafür haben.

Vor dem Gotteshaus, wo sich abseits von Messen nur wenige Seelen hin verirrten, versperrte den beiden Beamten eine Menschentraube den Weg. Während der Hofnoah komplett überrascht war, blieb der Hintringer Sepp die Ruhe in Person. Unpassenderweise wirkte er völlig cool. So, als hätte er mit so etwas schon gerechnet.

Die Leute, die dicht gedrängt vor der Kirche standen, stellten sich bei näherer Betrachtung als ein Haufen Halbstarker heraus, die offenbar Pause vom Schulunterricht hatten. In ihrer Mitte schien sich irgendetwas zu befinden, das sie faszinierte. Als die beiden Beamten bei der Versammlung ankamen, fiel ihnen auf, dass sich keine einzige weibliche Person in dem Tumult befand. Alles Teenagerburschen, zwischendrin ein paar Erwachsene. War hier vielleicht eine besonders gelungene Rekrutierungsaktion für das katholische Priesteramt im Gange?

Der Hofnoah wollte es genauer wissen und begann, sich einen Weg durch die Menge zu bahnen. Doch lange ließ man ihn nicht gewähren. »He! Nicht vordrängen, Oida!«, befahl ihm einer der Jugendlichen, der einen Kopf größer war als er.

Resignierend musste der Hofnoah wieder einmal feststellen, dass er selbst in Uniform bei Kindern keinen Funken Autorität genoss.

»Genau, hinten anstellen!«, maulte nun auch ganz vorn ein Erwachsener, auf den alle zu hören schienen. Es handelte sich um den Stadtpfarrer, der den Hofnoah nicht kannte, weil der sich seit Ewigkeiten nicht mehr beim Gottesdienst hatte blicken lassen.

Der Hofnoah gab sich nicht so einfach geschlagen. »Im Gegensatz zu euch Negeranten brenn ich regelmäßig meine Kirchensteuer! Also lassts mich durch!«, versuchte er die Kinder an ihrem wunden Punkt, dem fehlenden Erwerbseinkommen, zu treffen. Doch auch der Pfarrer, der zu Beginn seiner Karriere ein Armutsgelübde abgelegt hatte, schaute betreten aus der Wäsche.

Dann hatte der Hintringer Sepp seinen großen Auftritt. »Aus dem Weg!«, rief er, und es gelang ihm nach ewigem Herumgefuchtle endlich, mit dem in die Höhe gehievten Autoschlüssel eine Verbindung zu seinem Fahrzeug herzustellen. Nach dem Klacken der Zentralverriegelung und dem dreimaligen Blinken der Lichter löste sich das Getümmel langsam auf, und der Blick auf das Objekt der Begierde wurde frei.

»Fahr ma, Hofnoah!«, rief er seinem Kollegen zu.

Der befand sich noch mitten unter den Autofans. Als die umliegenden Schüler merkten, dass der Hofnoah zu dem Mann mit dem Autoschlüssel gehörte, machten sie ihm anstandslos den Weg frei. Einige klopften ihm sogar bewundernd auf die Schulter. »Saugeil, Oida!«, sprach ihm ein Bursche mit Flaum an der Oberlippe seinen Respekt aus.

Der Hofnoah traute seinen Augen kaum. Bei dem Fahrzeug, das der Hintringer Sepp per Funk entriegelt hatte, handelte es sich um einen nagelneuen Porsche 911 im Polizeidesign. In ganz Österreich gab es genau ein Exemplar davon. Es war durch sämtliche Medien gegangen, als der Innenminister einige Tage zuvor das Fahrzeug vom Vorstand des Autoherstellers in Empfang genommen hatte. Man wolle damit ein öffentlichkeitswirksames Signal an unverbesserliche Schnellfahrer auf den heimischen Autobahnen senden, hatte es geheißen. Rasen zahle sich nicht aus, die Polizei sei immer schneller.

Keine fünfhundert Kilometer auf dem Tacho später, hatte der Gallneukirchner Polizei-Fuhrpark-Manager Hintringer Sepp den sportlichen Boliden dazu genutzt, um die zweihundert Meter vom Posten zur Kirche zu proletieren. Stolz wie ein Pfau stand er jetzt neben dem Auto. Für den Schüler, der ihm die Tür öffnen durfte, hatte er noch einen Ratschlag parat: »Wennst fleißig lernst, kannst dir später auch mal so einen fetten Schlitten leisten, Oida!«

Der Hofnoah wusste nicht so recht, was er von der Situation halten sollte, und nahm einfach auf dem Beifahrersitz Platz. Der Hintringer Sepp startete den Motor und ließ die Fenster hinunter. Berauscht von dem Trubel, winkte er hinaus. Vom Johlen der Menge aufgehusst, stieg er einmal kräftig aufs Gas. Geistesgegenwärtig trat er sofort wieder auf die Bremse, denn er bemerkte, dass er bereits einen Gang eingelegt und einen Satz nach vorn gemacht hatte.

Doch nicht nur das Auto hatte sich ruckartig bewegt, sondern auch das halbe Mühlviertler XXL-Frühstück im Magen des Hofnoah. »Hör mit den depperten Spompanadeln auf und fahr zum Posten! Mir ist schlecht«, mahnte dieser gegen den akuten Reflux ankämpfend.

Als sie die Fans hinter sich gelassen und bereits nach zwanzig Sekunden die Hälfte des Weges zum Posten zurückgelegt hatten, empfand es der Hintringer Sepp als angebracht, dem kreidebleichen Hofnoah die Herkunft des Porsches zu erklären.

»Nachdem mir der Chef mit dem blauen Brief gedroht hat, hab ich alle Hebel in Bewegung g'setzt. In Linz drunten hat es aber kein einziges freies Auto gegeben, also hab ich mich gleich nach Wien g'wendet«, sagte er nicht ohne Stolz und steuerte den Wagen mit wummerndem Motor auf den Polizeiparkplatz. Dort wurden sie zwar nicht von einer jubelnden Menschenmenge erwartet, aber immerhin von einem entzückten Chef.

»Stimmt es also wirklich, was die Leut reden«, begrüßte er seine beiden Problembeamten, die in diesem Moment nicht nur aus dem Auto, sondern auch in seiner Gunst stiegen. Sofort nahm er hinter dem Steuer Platz. »Wie hast denn das g'macht?«, fragte er den Hintringer Sepp mit strahlenden Augen, das Lenkrad fest umschlungen. Dem Hofnoah schwante Böses. Mit exakt solchen verkrampften Händen war die Mairinger Bettina im Streifenwagen gesessen, als sie die Amokfahrt nach Altenberg gestartet hatte.

Die Antwort auf seine Frage schien den Chef nicht wirklich zu interessieren. Während er den Motor startete, bekannte er hastig: »Ich hab ein paar dringende Sachen zu erledigen«, ob voller Stress oder Vorfreude, war nicht

ganz klar. Er schlug die Tür zu und legte den Retour-
gang ein. Nachdem der Sportwagen mit einem unkon-
trollierten Ruck ausgeparkt war, tastete sich der Postenkommandant, der offenbar über keinerlei Erfahrung mit
schnellen Autos verfügte, zur Ausfahrt. Bei der Straße
angekommen, ließ er noch einige Fahrzeuge passieren,
bevor er sich mit viel zu viel Gas in den Fließverkehr
einreihte.

»Hoffentlich ist er gut versichert«, kommentierte der
Hofnoah das Manöver und ließ offen, ob er den Porsche
oder den Postenkommandanten meinte.

Er zuckte mit den Schultern und begab sich ins Büro.
Für seine Verhältnisse war er hoch motiviert. Vor dem
Wochenende, noch vor seinen eigenen geheimen Ermittlungen, hatten sich schließlich einige Hinweise aufgetan,
die es zu überprüfen galt. Da waren einerseits die beiden
unbekannten Spuren auf der Langhantel und andererseits der Lebensgefährte der Pöttl Uschi, der entgegen
seiner Aussage die Tatnacht am Hof verbracht hatte. Letzteren Aspekt wollte der Hofnoah gegenüber der Mairinger
Bettina unbedingt noch einmal festhalten, obwohl diese
bei der Aussage der Nachbarin ohnehin dabei gewesen
war.

Das verspätete Erscheinen des Hofnoah quittierte
sie lediglich mit einem demonstrativen Blick auf ihre
Armbanduhr. Ein Gruß kam ihr nicht über die Lippen.

»Ja, guten Morgen, Frau Kollegin!«, fiel die Begrüßung
des Hofnoah dafür umso überschwänglicher aus. Er befand sich noch immer im Mühlviertler Überlebensmodus,
dank dem es ihm gelang, die Schmach mit dem ver-
wechselten Wochentag selbstbewusst zu überspielen.

Auch sonst war es hilfreich, dass er in diesem Moment Negatives gut verdrängen konnte. Schließlich hing das Geheimnis seines Trainings am Pöttl-Hof immer noch wie ein Damoklesschwert über ihm. Dennoch konnte es der Hofnoah nicht lassen, seine Kollegin zu provozieren.

»Für der Uschi ihren Hansi wird's jetzt eng. Hast sie schon drauf vorbereitet, dass sie ihn wahrscheinlich bald im Dschumpas besuchen muss?«, zog er sie auf. Dabei war ihm der Hansi ja sogar ein bisschen sympathisch gewesen.

»Ja, ja«, antwortete die Mairinger Bettina nur und untermalte ihre Worte mit einem vieldeutigen Grinsen.

Der Hofnoah wurde unsicher. Ein gegrinstes »Ja, ja« war nicht die Reaktion, die er erwartet hatte. Wo blieb der ungute Untergriff, mit dem sie normalerweise antwortete, wenn er sie ärgerte? Führte sie etwas im Schilde? Wusste sie etwas, das er nicht wusste? Erwartungsvoll wie ein Hunderl, das darauf hoffte, dass das Frauerl endlich das Steckerl warf, blickte er sie an. Aber es kam nichts. Er holte sich eine Tasse des furchtbaren Filterkaffees von der Maschine, die am Fenster stand, um ein patschertes Stolpern simulieren zu können. Er tunkte beim Trinken seine Nase extra tief ein, um sich den Anschiss der Kollegin abzuholen. Doch es war vergebens. Die Mairinger Bettina schien von alldem keine Notiz zu nehmen und grinste weiter nur ihren Bildschirm an. Selbst als sich der Hofnoah direkt neben sie begab, um zu überprüfen, was sie so erheiterte, ließ sie sich nicht aus der Ruhe bringen. Der Bildschirm ihres Computers war nicht einmal eingeschaltet.

Der Hofnoah gab auf und lenkte sich von dem bedrohlichen Grinsen der Kollegin ab, indem er zu den unbekannten Spuren auf der Langhantel recherchierte. Er griff zum Hörer und rief den Zeisl Max von der Spurensicherung an. Das hatte er vor dem Wochenende schon versucht, war dann aber aufgehalten worden. Mittlerweile sollte das Ergebnis des beauftragten Abgleichs mit dem Profil des Exenberger Denis jedenfalls vorliegen. »Servus Max! Wie geht's, wie steht's?«, eröffnete er das Telefonat motiviert.

Es war zunächst nicht klar, ob es daran lag, dass ihm gleich zwei Fragen gestellt worden waren, oder an der für ihn als bekennende Nachteule noch relativ frühen Stunde, jedenfalls schien der Zeisl Max auf dem falschen Fuß erwischt worden zu sein. »Äh ... ja ... eh«, grummelte er.

»Starkes Wochenende g'habt?«, scherzte der Hofnoah, seine eigene Odyssee immer noch komplett ausblendend.

Doch der Zeisl Max schien immer noch nicht richtig warm zu werden: »Äh ... nein ... passt schon«, stammelte er.

Dem Hofnoah blieb nichts anderes übrig, als gleich zum Wesentlichen zu kommen. »Hast schon das Ergebnis von der Hantelstange für mich?«, fragte er ihn erwartungsvoll.

Nun brachte der Zeisl Max überhaupt keinen dem lateinischen Alphabet zuordenbaren Laut mehr heraus. Das Geräusch, das er von sich gab, hörte sich noch am ehesten wie eine lang gezogene Aneinanderreihung aller Vokale an.

Der Hofnoah war ratlos. »Du klingst ja wie die Mairinger Bettina nach einem Seidel Bier«, spielte er auf deren seltsames, weil fast abstinentes Trinkverhalten an und drehte sich zu ihr um.

Ihre Reaktion trieb seine Verunsicherung auf ein ganz neues Niveau, denn sie begann lauthals zu lachen. Nicht spöttisch, sondern wirklich so, als amüsierte sie sich richtig gut über den Witz. Die Mairinger Bettina, die er kannte, würde nie über einen seiner Scherze lachen.

»Ja, weißt du's denn noch nicht?« Der Zeisl Max hatte endlich seine Sprache wiedergefunden.

Nun war es der Hofnoah, der keine verständliche Antwort herausbrachte. Er starrte seine Kollegin an, die so erheitert wie gespannt zurückstarrte. Was war los mit ihr und wovon zum Teufel wusste er noch nichts?

Der Kollege am Telefon konnte beide Fragen auf einmal beantworten, ohne sie überhaupt gestellt bekommen zu haben: »Die eine Spur stammt mit 99,9-prozentiger Wahrscheinlichkeit nicht vom Exenberger Denis, bleibt aber unidentifiziert. Dafür können wir die andere zuordnen.« Er schluckte. »Sie ist von dir, Hofnoah!«

Dem Hofnoah fiel der Hörer aus der Hand. Für einige Sekunden vergaß er zu atmen. Er warf einen Blick auf seine Kollegin, die vor lauter Schadenfreude den schönsten Moment ihres Lebens zu genießen schien. Kurz bevor er wegen Sauerstoffmangels ohnmächtig geworden wäre, begann der Hofnoah doch noch tief ein- und auszuschnaufen.

Er griff wieder nach dem Hörer und presste ihn ans Ohr. Der Zeisl Max befand sich gerade mitten in seinen erklärenden Ausführungen: »...ringer Bettina hat uns dann am Wochenende eine Fingerabdruckprobe von dir zukommen lassen. Mir ist das schon komisch vorgekommen, aber was uns die Kieberei zum Prüfen gibt, prüfen wir halt.«

Gleich als er wieder einen halbwegs klaren Gedanken fassen konnte, versuchte der Hofnoah fieberhaft, eine

Notlüge für den entlarvenden Fund zurechtzuzimmern. Doch ihm fiel keine ein. Für die Behauptung, die Hantelstange am Tatort aus Versehen angefasst zu haben, waren zu viele Leute um ihn herum gewesen, die das beobachtet hätten. Und dass der Pöttl Erwin ihm die Stange einige Zeit zuvor gebraucht abgekauft hatte, war einfach zu weit hergeholt. Es war zwecklos.

Der Hofnoah murmelte noch so etwas wie eine Abschiedsformel in den Hörer und legte auf. Seine Atmung hatte er immer noch nicht im Griff. Also konzentrierte er sich zunächst darauf, genügend Luft in die Nase zu ziehen und durch den Mund wieder auszustoßen.

Die Mairinger Bettina beobachtete ihn einige Zeit dabei. Bald konnte sie sich aber nicht mehr zurückhalten. »Bitte hilf mir kurz auf die Sprünge, Hofnoah«, setzte sie zum bisher schmerzhaftesten Dolchstoß gegen ihren hyperventilierenden Kollegen an. »Wen soll ich noch mal auf den Besuch ihres Liebsten im Häfn vorbereiten? Die Uschi oder doch lieber deine Frau Mama?«

Mit jedem Atemzug, der seine verkrampften Bronchien durchflutete und sein Hirn wieder zum Arbeiten brachte, realisierte der Hofnoah ein Stück mehr, was die Spuren, die er auf der Hantel hinterlassen hatte, für ihn bedeuteten. Von nun an würde es nicht mehr nur darum gehen, seine illegalen Besuche im Fitnessstudio zu verheimlichen, sondern darum, den Mordverdacht von sich zu weisen. Wenn ihm das nicht gelang, würde es nicht lange dauern, bis er als Tatverdächtiger in Untersuchungshaft landete. Als ob eine Versetzung nach Linz nicht schon schlimm genug wäre, stand plötzlich ein Aufenthalt in der dortigen Justizanstalt im Raum.

Die markdurchdringende Angst vor dem Gefängnis: Eine bessere Motivation zur Aufklärung eines Verbrechens konnte es für einen Polizisten nicht geben. Beim Hofnoah begann es innerlich zu brodeln. Alle zur Verfügung stehenden Adrenalinreserven wurden mobilisiert. Im Kopf hatte er plötzlich alles vor sich, was er in der Polizeischule gelernt hatte. Er war mehr als bereit, den wahren Mörder des Pöttl Erwin dingfest zu machen.

Zwar sah es weder bei seinen eigenen noch bei den offiziellen Ermittlungen bislang besonders gut aus. Aber er würde in die Offensive gehen. Es blieb ihm gar nichts anderes übrig. Sein Leben in Freiheit, seine Existenz im Mühlviertel, hing davon ab.

Der Hofnoah musste liefern, sonst war er geliefert.

KAPITEL DREIZEHN

Der Hofnoah marschierte wild entschlossen ins Neben-
büro, wo der Hintringer Sepp konzentriert in die Tastatur
tippte. Schnurstracks steuerte er auf den Gerümpelhaufen
im Eck zu und begann, einige Stücke des Klumperts unsanft zur Seite zu räumen: uralte Handyschachteln, Pokale
von Stockschießmeisterschaften aus den Siebzigerjahren,
Radkappen längst verschrotteter Streifenwagen …

Als ein angeknackster Kleiderständer quer durch
den Raum umkippte und direkt auf dem Schädel des
Hintringer Sepp landete, platzte diesem der Kragen.
»Au!«, schrie er und drehte sich mit schmerzerfülltem
Gesicht um. »Was pfuschst du da in meinem Lager herum,
Hofnoah?« Er riss ihm ein Vierteltelefon aus der Hand.
»Das ist alles sorgsam archivierter Behördenbestand,
auf den offiziell nur ich zugreifen darf«, klärte er den
Revierinspektor auf.

Doch dieser hatte keine Zeit für verschlungene Dienst-
wege. »Gib den Flipchart da hinten her«, befahl er.

Der Hintringer Sepp reagierte überrascht: »Den Flipchart? Den haben wir im Jahr 1999 angeschafft, weil ihn
sich der Chef eingebildet hat. Er ist seither genau einmal in Verwendung gewesen.«

Doch auch für polizeihistorische Abhandlungen hatte der Hofnoah keine Zeit. Sein Blick, aus dem neben
Entschlossenheit auch die Furcht vor dem Häfn in Linz
drunten sprach, ließ dem Hintringer Sepp keine ande-

re Wahl, als das begehrte Stück mühsam nach vorn zu räumen.

Der Hofnoah schnappte sich das schwere Trumm und schob es, begleitet von einem ohrenbetäubenden Quietschen der eingerosteten Räder, zu seinem Schreibtisch. Er nahm einen Filzstift und schlug das einzige beschriebene Blatt Papier des Flipcharts nach hinten, auf dem »1 Euro = 13,7603 Schilling« stand. Dann begann die Show: Flink wie ein Performance-Künstler, aus dem die Ideen nur so sprudelten, tänzelte er um den Ständer herum, schrieb und zeichnete.

Die Mairinger Bettina, die dem Treiben zunächst keine Beachtung schenkte, konnte ihr Interesse irgendwann doch nicht mehr verbergen und begann zu lesen: »Fall Pöttl: Verdächtige«, lautete die Überschrift. Darunter stand in einem Kästchen »Berger Hans«. Es folgten drei Striche, die nach unten führten und bei zwei weiteren Namen endeten: Pöttl Uschi und Mairinger Bettina. Auf gleicher Höhe mit »Berger Hans« befand sich ein zweites Kästchen, in dem »Exenberger Denis« stand. Von dort ging wieder ein Strich weg, der bei »Unbekannte Fingerabdrücke Langhantel« endete. Die steile These des Hofnoah lautete also, dass es offiziell zwei mögliche Täterkreise gab: den Berger Hans unter Mithilfe seiner Uschi und der Mairinger Bettina sowie den Exenberger Denis, bei dem eine unbekannte männliche Person irgendwie mit drinhing.

Der Hofnoah trat einen Schritt zurück und beobachtete sein Werk. Er fand, dass es den aktuellen Ermittlungsstand optimal wiedergab. Alles, was er im Geheimen herausgefunden hatte, dachte er sich dazu, ohne es zu verschriftlichen: den Landesrat Watzinger Stefan, der vom Pöttl Erwin angeblich erpresst worden war. Aber auch den Moser Andi, der laut eigenen Aussagen zum Exenberger Denis auf Distanz gegangen sein soll. Natürlich gefiel der Mairinger Bettina die Skizze überhaupt nicht. Dass sie auf diesem riesigen Schmierzettel als »verdächtig« angeführt wurde, empfand sie als bodenlose Frechheit. Sie sprang auf und lief auf den Hofnoah zu.

»Au!«, schrie dieser wehleidig, noch bevor seine Kollegin überhaupt bei ihm angekommen war. Sie packte seine Hand und versuchte, den Filzstift herauszuschälen.

»Au!«, entfuhr es dem Hofnoah noch einmal, weil die Mairinger Bettina statt am Stift wie verrückt an seinem Ringfinger riss. Als sie ihm das begehrte Stück – nicht den Finger – endlich abgenommen hatte, machte sie sich eiligst daran, die Aufzeichnungen zu korrigieren. Sie strich ihren Namen zweimal durch und fügte neben dem Exenberger Denis ein neues Kästchen hinzu. Dort schrieb sie in Blockbuchstaben »HOFNOAH« hinein.

Während nun die Mairinger Bettina zufrieden in die Hände klatschte, konnte der Hofnoah mit dieser Version überhaupt nichts anfangen. Außerdem stand er wegen des stechenden Schmerzes in seinem Ringfinger unter Schock.

Anstatt in eine neuerliche Schlacht um den Filzstift zu ziehen, versuchte er es mit einem juristischen Argument. »Die Staatsanwaltschaft wird einer gewalttätigen Beamtin, die ihrem Kollegen im Dienst einen Vierundachtziger zufügt, kein Wort glauben!«, beschuldigte er sie der schweren Körperverletzung nach dem Strafgesetzbuch. Dann stapfte er zur Tür hinaus, um sich den mutmaßlichen Knochenbruch umgehend von einem Arzt bestätigen zu lassen.

Praktischerweise befand sich direkt neben der Polizeiinspektion die Ortsstelle des Roten Kreuzes. Kraftlos
stolperte der Hofnoah über den Vorplatz. Seine rechte
Hand trug er mit der linken vor sich her, als ob sie nicht
mehr fix mit seinem Körper verbunden war. Bleich im
Gesicht betrat er den Eingangsbereich der befreundeten
Einsatzorganisation. Es roch nach Desinfektionsmittel und
frisch gemahlenem Arabica-Kaffee, aber es war weit und
breit niemand zu sehen. Anstatt geduldig darauf zu warten, dass jemand am Empfang erscheinen würde, stürmte
der Hofnoah zum Personalraum. Von früheren vermeintlichen Notfällen kannte er sich gut aus. Er war schon
öfter wegen tätlicher Angriffe der Mairinger Bettina zu
den Kollegen vom Roten Kreuz hinübergelaufen.

Erleichtert registrierte er, dass die Belegschaft beim
Vormittagskaffee beisammensaß. Anwesend war auch
der Notarzt Huber Thomas, der, anstatt Menschenleben
zu retten, oft ganze Arbeitstage im Pausenraum mit den
Sanitätern verbrachte. Der gemütliche Endvierziger, der
fitter aussah, als es seine Faulheit vermuten ließ, wurde
von allen nur Hubert genannt, weil auf seiner Uniformjacke »Huber T.« stand.

»Ja, Hofnoah, was ist denn mit dir los?«, begrüßte er
den unangemeldeten Besuch, blieb allerdings sitzen
und nippte vergnügt an seiner winzigen Espressotasse.
Auch die Sanitäterin Ferstl Jennifer zeigte außer einem
schelmischen Grinsen keine Reaktion.

Der dritte im Bunde, ein Zivildiener, war mit dem
Hofnoah noch nicht bekannt. Er sprang auf und steuerte
hektisch auf ihn zu. »Können Sie mich hören?«, fragte er
in ruhigem, aber bestimmtem Tonfall und fasste dem
Hilfesuchenden sanft an die Schulter. Erst in der Früh

hatte er im Theoriekurs gelernt, wie man mit einer verletzten Person richtig Kontakt aufnahm.

Während der Doktor und die Sanitäterin in schallendes Gelächter ausbrachen, hielt der Hofnoah dem hilfsbereiten Zivildiener seinen leicht abstehenden rechten Ringfinger vors Gesicht. »Au!«, machte er seinem Schmerz bereits das dritte Mal an diesem Vormittag demonstrativ Luft. Auch dieses Mal kam der Ausruf ein Eitzerl zu früh, denn der Zivildiener hatte ihn noch gar nicht berührt. Erschrocken wich der junge Mann zurück.

»Ich mach das schon«, rief der Huber Thomas endlich und bequemte sich doch noch zum Hofnoah, der völlig fertig in der Tür stand. »So, was haben wir denn da?«, fragte er halb ernst. Er packte den Hofnoah an der rechten Hand und zog noch gröber als die Mairinger Bettina an seinem Ringfinger.

»Au! Spinnst?«, jaulte der Hofnoah.

Der Huber Thomas antwortete mit einer Gegenfrage: »Hat dich die Mairinger Bettina wieder geärgert, oder?« Er griff noch mal nach der Hand.

Der Hofnoah war überrascht, dass der Notarzt schon Bescheid wusste. Ihm war sein eigener Ruf als Hypochonder nicht bewusst, obwohl er ihn sorgsam pflegte. Alle paar Monate schlug er bei den Nachbarn vom Roten Kreuz im Personalraum auf und begehrte eine professionelle medizinische Erstversorgung.

Der Hofnoah vergaß in diesem Moment ganz darauf, seinem Schmerz Ausdruck zu verleihen. Der Doktor klopfte an dem Finger herum und drehte ihn in alle Richtungen. »Au!«, rief der Hofnoah schließlich doch noch, als der Grobian seinen Ringfinger bis zum Anschlag zurückbog.

»Da ist nix!«, lautete dessen knapper Befund. Der Doktor setzte sich wieder auf seinen Platz und trank den kalten Kaffee aus. »Hau dich doch ein bisserl her zu uns, du alter Simulant!«, gab er sich versöhnlich. »Wie läuft's denn bei eurem Mordfall?«

Über so viel Ignoranz konnte der Hofnoah nur den Kopf schütteln. Mit einer wegwerfenden Handbewegung, die mit einem gebrochenen Finger gar nicht möglich gewesen wäre, verließ er die Rotjackenrunde. Von deren angeblicher Liebe zum Menschen hatte er ganz und gar nichts gespürt.

Doch schon als er durch die Eingangstür ins Freie trat, hatte er die Verletzung wieder komplett vergessen, weil ihm ein wichtiger Gedanke zu seinen Verwicklungen im Fall Pöttl kam.

Ihm fiel ein, warum auf dem Tatwerkzeug ausgerechnet seine Fingerabdrücke nachgewiesen werden konnten: Er war der einzige Misthaufensportler, der damit trainiert hatte. Den anderen Kraftlackeln war die Stange mit den fix montierten Fünf-Kilo-Gewichtscheiben viel zu leicht gewesen. Zum Erschlagen des Pöttl Erwin hatte sie für den Mörder aber offenbar genau das richtige Maß gehabt. »Bingo!«, rief er vergnügt und bekam seine gewohnte Gesichtsfarbe wieder zurück. Diese Erklärung würde ihn vor der Untersuchungshaft in Linz drunten bewahren, war er sicher. Er tapste vergnügt über den Vorplatz und schwang dabei beide Hände schmerzfrei hin und her. Er war geheilt.

Voller Tatendrang wollte er sich daranmachen, die zweite offizielle Spur der vergangenen Woche weiterzuverfolgen: die verheimlichte Anwesenheit des Berger Hans in der Tatnacht am Pöttl-Hof. Das ginge am besten,

wenn er noch mal zum Tatort fahren und sich die Hof-
erben zur Brust nehmen würde, überlegte er.

Am Parkplatz war aber weit und breit kein Streifenwagen zu sehen. Er holte seinen Touran-Schlüssel aus
der Hosentasche und drückte mehrmals den Knopf zur
Türentriegelung, aber das Aufsperr-Klacken blieb aus.

»Sepp!«, schrie der Hofnoah genervt nach dem Fuhrparkmanager, doch dieser bekam davon hinter seinem
dreifach verglasten Bürofenster nichts mit. »Sepp!«, brüllte
er noch mal und trommelte gegen die Scheibe.

Der Hintringer Sepp erschrak. Auf Zehenspitzen tastete er sich über das Gerümpel, das er auf Geheiß des Hofnoah zur Seite geräumt hatte, und öffnete das Fenster
einen Spalt. »Was ist los mit dir? Ich muss arbeiten!«,
ließ er den Störenfried abblitzen.

»Aha, arbeiten«, entgegnete der Hofnoah. »Meines
Wissens wäre es deine Arbeit, unseren Fuhrpark in Schuss
zu halten.«

Der Hintringer Sepp war erbost über so viel Undank-
barkeit. »Moment einmal, wegen mir haben wir in Galli
jetzt den schnellsten Streifenwagen Österreichs!«, stellte
er klar.

Der Hofnoah blieb unbeeindruckt: »Den hat sich aber
der Chef unter den Nagel g'rissen. Also, wo ist der Touran?«

»Abg'holt von der Wartungsstelle. Hast schon vergessen, dass du die Front zerdepscht hast?«, erinnerte der Hintringer Sepp daran, dass die Amokfahrt der
Mairinger Bettina offiziell dem Hofnoah zugeschrieben
wurde. »Übrigens fehlt vom Touran der zweite Schlüssel.
Falls du ihn hast, her damit!«

Mitten in die hitzige Diskussion mischte sich das be-
ruhigende Schnurren eines Sechszylinder-Boxermotors

im Leerlauf. Der Chef kehrte mit dem Porsche zurück und steuerte ihn zielgerichtet in jene Parklücke, aus der er zuvor noch so unsicher herausgefahren war. Es schien, als habe er den Boliden mittlerweile im Griff.

Die Front des Autos ließ allerdings anderes vermuten. Sie wies auf einmal das gleiche Schadensbild wie der zerstörte Touran auf: zahlreiche Kratzer und eine Beule an der rechten Front, die den Scheinwerfer zur Seite drückte. Der Postenkommandant hatte anscheinend ebenfalls die Kehre Richtung Altenberg hinauf zu großzügig genommen.

»Da schau her! Noch ein Streifenwagen mit Kurvenlicht«, kommentierte der Hofnoah den Schaden und grinste den Hintringer Sepp an, dem bei dem Anblick so gar nicht nach Grinsen zumute war.

Als der Chef ausstieg und die beiden Beamten sah, konnte es ihm nicht schnell genug gehen, im Gebäude zu verschwinden.

Der Hintringer Sepp war völlig aufgelöst. »Das gibt's ja nicht! Was ist mit dem Auto passiert? Das gibt's ja nicht!«, rief er so verzweifelt aus dem Fenster, als ob er persönlich für den Schaden aufkommen müsste. Dann drehte er sich um und führte sein Wehklagen im Inneren des Gebäudes fort: »Chef!«, rief er, während dieser unauffällig an seinem Büro vorbeihuschen wollte. »Wir haben ein Problem!«

Doch der Postenkommandant blieb nur kurz beim Hintringer Sepp stehen. »Ich hab gleich ein wichtiges Telefonat«, sagte er und machte damit deutlich, dass er in Ruhe gelassen werden wollte.

»Der Porsche … also …«, stammelte der Hintringer Sepp.

Der Kommandant empfand es als Affront sondergleichen, dass ihn sein Untergebener offenbar wegen des Schadens am Auto bloßzustellen versuchte. »Ruf die Werkstatt an! Die sollen das ausbessern«, befahl er so selbstverständlich, als handelte es sich lediglich um ein kleines Kratzerl im Lack.

»Das ist unmöglich!«, japste der Hintringer Sepp, und man sah, dass beim Chef langsam der Zorn aufstieg. Jetzt widersprach ihm dieser Nichtsnutz auch noch. Kurz bevor er explodierte, rückte der Hintringer Sepp mit der Sprache heraus: »Ich hab den Porsche nur unter der Bedingung bekommen, dass du heut Nachmittag für ein Pressefoto zur Verfügung stehst, auf dem er unserem Posten offiziell übergeben wird.« Dem Chef fiel die Kinnlade herunter, aber die Beichte war noch nicht vorbei: »Zur Übergabe haben sich der Innenminister, der Landespolizeidirektor und der Landesrat angesagt.«

Mit jedem Bonzen, den der Hintringer Sepp aufzählte, kam der Chef einem spontanen Ohnmachtsanfall näher. Geistesgegenwärtig schob ihm sein Mitarbeiter einen Schreibtischsessel unter den Hintern und konnte damit das Schlimmste gerade noch verhindern. Ein Besuch der politischen Elite des Landes beim angeschlagenen Postenkommandanten und seinem demolierten Polizei-Porsche: Der Chef hatte keine Ahnung, wie er da wieder heil herauskommen sollte. »Was machen wir denn jetzt?«, fragte er kleinlaut. Sein sonst so respekteinflößendes Gesicht war kreidebleich vor Schreck, seine Stimme fast schon weinerlich. Ganz gab er sich aber noch nicht geschlagen. »Du musst den Blödsinn absagen!«, fiel er der unrealistischen Vorstellung anheim, man könne mit einem einfachen Anruf die Adabeis der Behördenszene wieder ausladen.

Der Hintringer Sepp ging gar nicht erst darauf ein und versuchte stattdessen, alle Schuld von sich zu weisen. »In ganz Oberösterreich war kein einziges Fahrzeug verfügbar. Ich bin vor der Wahl g'standen: entweder kein Auto und keinen Job mehr oder der Porsche ... « Die beiden seufzten im Chor.

Der Hofnoah hatte von dem Drama um den drohenden Bonzenbesuch nichts mitbekommen und in der Zwischenzeit den Schaden am Porsche aus der Nähe begutachtet. Er war unübersehbar. Nichtsdestotrotz wollte der Hofnoah den Blick auf das Wesentliche nicht aus den Augen verlieren. Das Auto war immer noch fahrbereit, und es gab einen Mordfall aufzuklären.

Entschlossen marschierte er ins Gebäude, um den Schlüssel zu holen. Er wollte endlich zum Pöttl-Hof fahren, um die Uschi samt Hansi zu ihrer Falschaussage zu befragen.

Der Chef kauerte wie ein Häufchen Elend im Sessel, während sich der Hintringer Sepp an der Kante seines Schreibtisches abstützte. Den Hofnoah wunderte zwar der erbärmliche Zustand der beiden, wollte seine Zeit aber nicht als Psychotherapeut vergeuden. »Ich brauch den Porsche-Schlüssel«, gab er entschlossen bekannt und war überrascht, dass der Chef ihn einfach rausrückte, ohne näher nachzufragen. »Bin am Pöttl-Hof«, sagte der Hofnoah knapp und überließ die beiden ihrem Schicksal.

Als er durch sein Büro zum Ausgang marschierte, wurde die Mairinger Bettina misstrauisch. »Fahrst ins Krankenhaus zur Fingeramputation?«, wollte sie wissen. Der Hofnoah zeigte ihr den Mittelfinger. »Der schaut ja wirklich furchtbar aus. Aber ich hätt gedacht, ich hab dir den daneben gebrochen«, gab sie sich ungerührt und schnappte ihre Jacke.

Der Hofnoah war schon zur Tür hinaus verschwunden und bekam nicht mit, dass ihn die Kollegin verfolgte. Als er beim Auto ankam und die Zentralverriegelung entsperrte, huschte die Mairinger Bettina plötzlich an ihm vorbei und riss die Beifahrertür auf. »He!«, machte der Hofnoah seine Kollegin darauf aufmerksam, dass er sie bei der Befragung ihrer Freundin nicht dabeihaben wollte. Gelenkig wie eine Akrobatin schlüpfte sie in den engen, tief liegenden Sportwagen und schloss die Tür hinter sich. Der Hofnoah hatte keine Wahl. Er musste sie wohl oder übel mitnehmen.

Wortlos setzte er sich hinters Steuer und sah sich augenblicklich mit völlig widersprüchlichen Emotionen konfrontiert. Zunächst dominierte Vorfreude: Er war kurz davor, mit einem PS-starken Boliden die Weitrager Bezirksstraße hinaufzubrettern. Das Brettern würde sich beim gemütlichen Fahrstil des Hofnoah natürlich nur in seiner Fantasie abspielen. Aber es handelte sich nun mal um ein Straßenstück, das die Mühlviertler Auto- und Motorradenthusiasten seit jeher faszinierte. Da wollte selbst der Hofnoah einmal die Freiheit von 400 PS unter dem Hintern spüren, anstatt immer nur mit der Radarpistole auf sie zu zielen.

Doch der Hofnoah fühlte auch Enttäuschung: Er hatte gehofft, eine solche Fahrt wenn überhaupt mit einer Beifahrerin, dann mit seiner Traumfrau zu erleben. Ohne den Kopf zu drehen, wanderten seine Augen zur Mairinger Bettina. Sie verstand es, mit ihrer bloßen Anwesenheit jede Situation zu einem Albtraum zu machen. Gefangen zwischen Wunsch und Wirklichkeit konnte er sich nicht mehr bewegen und starrte auf das Lenkrad.

»Brauchst eine Bedienungsanleitung?«, wurde die Mairinger Bettina ungeduldig.

Der Hofnoah fasste sich wieder. Er entschied, die unsägliche Kollegin zu ignorieren. Er würde es auf dieser Fahrt einfach konsequent vermeiden, in ihre Richtung zu schauen. Ähnlich unsicher wie der Chef zuvor startete er den Motor, parkte aus und tastete sich mit unsteter Geschwindigkeit zur Straße. Dort angekommen, stand er schon vor dem nächsten Problem: Wie sollte er ohne Blick nach rechts herausfinden, ob der Weg frei war? Die Mairinger Bettina machte keine Anstalten, ihm dabei zu helfen. Stattdessen hackte sie auf ihrem Smartphone herum.

Als von links kein Auto kam, gab er abrupt Vollgas. Die Mairinger Bettina wurde unsanft in den Sitz gedrückt. Auch der Hofnoah war überrascht. Er hatte den Satz nach vorn so nicht geplant.

»Spinnst?«, rief seine Beifahrerin entsetzt und sah einem von rechts kommenden Fahrzeuglenker direkt in die erschrockenen Augen. Kollisionsgefahr bestand jedoch keine, da der schaulustige Bürger nur Schritttempo fuhr. Er wollte sich den Blick auf den ramponierten Polizeiporsche nicht entgehen lassen.

Der Hofnoah war wild entschlossen, der Mairinger Bettina ihre Amokfahrt heimzuzahlen. Dieses eine Mal wollte er wirklich Gas geben und die verhasste Kollegin am Beifahrersitz das Fürchten lehren.

Dabei gab es allerdings ein Problem: Er hatte keine Ahnung, wie man bei dem Porsche in den zweiten Gang schaltete. Es war weit und breit kein entsprechender Hebel in Sicht, und automatisch passierte auch nichts.

Auf den ersten Metern im Stadtgebiet war das kein Problem. Die 30 km/h, die er innerorts gern fuhr, konnte er im ersten Gang zurücklegen. Doch als er beim Ortsende beschleunigen wollte, wanderte die Drehzahl sofort in den roten Bereich. Während die Lautstärke des Motors einem Eurofighter-Jet an der Schwelle zur Schallgeschwindigkeit gleichkam, verharrte das Tempo auf Pensionistenausflugsniveau.

Mit ohrenbetäubendem Lärm und gemächlicher Geschwindigkeit nahm der Porsche die Linkskurve, in deren Leitplanken der Chef seine Spuren hinterlassen hatte. Auch die Hinterlassenschaft der Mairinger Bettina war bei genauem Hinsehen noch zu erkennen.

Der Hofnoah tippte auf der Suche nach den Einstellungen für die Gangschaltung unbeholfen auf dem Bildschirm des Bordcomputers herum und war dabei so abgelenkt, dass er beinahe die Kontrolle über das Fahrzeug verlor.

Die Mairinger Bettina konnte das Trauerspiel nicht mehr mit ansehen und griff Richtung Lenkrad.

»He!«, wies sie der Hofnoah brüsk zurecht. Nachdem er ihre böswillige Attacke erfolgreich abgewehrt hatte, realisierte er, dass das Getriebe in den zweiten Gang gewechselt hatte. »Wie ist denn das jetzt gegangen?«, fragte er sich selbst erstaunt und stieg aufs Gas.

Als sich die Lautstärke des Motors wieder dem Überschallknall näherte, griff die genervte Beifahrerin noch einmal zum Lenkrad.

»He!«, hielt der bescheidene Wortschatz des Hofnoah immer noch keine passendere Reaktion bereit. »Wenn du nicht sofort damit aufhörst, fahr ich auf der Stelle in den Graben!«, drohte er.

Wirklich furchteinflößend war diese Verwarnung allerdings nicht. Links und rechts der Straße war genügend Platz, um das Auto auf sanft hügeligen Wiesen und Feldern gemächlich ausrollen zu lassen. Der Einzige, der damit ein Problem gehabt hätte, war der Bauer wegen des Flurschadens. Wahrscheinlich nicht einmal der, weil die landwirtschaftlichen Flächen vermutlich dem seligen Pöttl Erwin gehörten.

Baff realisierte der Hofnoah, dass er mittlerweile im dritten Gang fuhr. Die Schaltung des angeblich so hochwertigen Fahrzeugs schien ein Eigenleben zu führen.

»Du da schalten!«, rief die Mairinger Bettina in einfachen Worten, damit es auch der begriffsstutzige Hofnoah verstand. Sie drückte noch einmal demonstrativ auf eine der bei Sportwagen üblichen Schaltwippen hinter dem Lenkrad, und das Getriebe wechselte ohne Verzögerung in den nächsten Gang. Der Hofnoah war begeistert und lebte seine kindliche Freude aus, indem er die Gänge viel zu oft durchschaltete.

Auf halber Strecke zum Pöttl-Hof, kurz vor der Ortschaft Unterweitrag, setzte er endlich sein Vorhaben um, der Mairinger Bettina genauso eine Angst einzujagen wie sie ihm bei ihrer Amokfahrt. Er trat das Gaspedal durch und beschleunigte wie wild. Wenig später zeigte der Tacho bereits 102 km/h. Das waren immerhin zwei mehr als erlaubt.

Der Hofnoah riskierte einen verstohlenen Blick auf seine Beifahrerin und musste sich eingestehen, dass er sich mehr fürchtete als sie. Die Mairinger Bettina hatte doch glatt die Nerven, auf ihrem Handy seelenruhig eine WhatsApp-Nachricht zu tippen. Dabei wirkte sie, als bekäme sie von der Raserei überhaupt nichts mit. Bis zur Ortseinfahrt nach Altenberg drehte der Hofnoah noch auf 110 km/h hoch. Dann sah er ein, dass er der Einzige war, der sich beinahe in die Uniformhose machte. Als die Mairinger Bettina schließlich auch noch einen Anruf entgegennahm und mit ihrem Gatten die Zutaten für das Abendessen durchging, brach er die Eskalation enttäuscht ab.

KAPITEL VIERZEHN

Vom Sound des Sportwagens angelockt, öffnete der Berger Hans erwartungsvoll die Haustür, noch bevor die Beamten überhaupt ausgestiegen waren. Doch als er sah, wer ihm einen Besuch abstattete, kehrte er sofort wieder um. Dabei hatte sich die Mairinger Bettina während der Fahrt noch die Mühe gemacht, ihre Freundin schriftlich vorzuwarnen. Wahrscheinlich war das noch nicht zu ihm durchgedrungen.

Der Hofnoah schälte sich aus dem Auto, marschierte zum prachtvollen Eingangsportal und betätigte die Türklingel.

»Ja?«, meldete sich der Berger Hans über die Sprechanlage, als wäre er erst jetzt auf den Besuch aufmerksam geworden.

»Polizei, wir haben noch ein paar Fragen«, entgegnete der Hofnoah knapp, worauf er mit einem Surren Zutritt erhielt.

»Grüß euch, kommts rein!«, bat der Neo-Altenberger, was der Hofnoah wörtlich nahm und direkt den Weg zur Küche beschritt.

»Hofnoah, Patschen aus!«, keifte die Pöttl Uschi von irgendwo her. Widerwillig tat dieser wie ihm aufgetragen, schlürfte sich ohne Bücken die Schuhe von den Füßen und ließ sie wie ein ungezogenes Kind mitten im Flur liegen. Dann marschierte er weiter. Die Hausherrin saß an der riesigen Tafel beim Mittagessen. Sie sah nicht auf, als der Hofnoah erschien und sich ans andere Ende setzte.

»Was wollts denn trinken?«, fragte der Berger Hans, der nun gefolgt von der Mairinger Bettina ebenfalls den Raum betrat.

Doch der Hofnoah war nicht zum Bürsteln gekommen Er wollte nur seinen Wissensdurst stillen. »Wieso habts ihr uns verschwiegen, dass der Hans in der Tatnacht am Hof war?«, rief er vorwurfsvoll durch die ehrwürdigen pöttlschen Hallen. In deren Weiten verloren sich seine Worte sofort wieder.

Der Berger Hans nahm Platz, ohne mit Getränken aufzuwarten, und stocherte planlos in einer Hascheeknödel-Hälfte herum. Seine Sitznachbarin starrte mit leerem Blick vor sich hin und hörte nicht mehr auf zu kauen. Als der Bissen in ihrem Mund nach menschlichem Ermessen längst restlos zerkleinert war, konnte der Hofnoah nicht mehr zuschauen.

»Bitte um Information, sobald der Wiederkauvorgang abgeschlossen ist«, ersuchte er sie und nannte die Pöttl Uschi damit indirekt ein Rindvieh. Sofort hielt sie inne. Ihr schien etwas auf der Zunge zu liegen. Haschee konnte das allerdings keines mehr sein, war sich der Hofnoah sicher.

Was es auch war, die Pöttl Uschi hielt es stoisch zurück und wandte sich stattdessen mit süßlicher Stimme an ihre Freundin. »Betti, können wir reden?«, fragte sie über den Kopf des Hofnoah hinweg. Die Angesprochene, die noch gar nicht Platz genommen hatte, nickte und setzte sich direkt neben die Pöttl Uschi. Dabei drehte sie dem Hofnoah am anderen Ende der Tafel den Rücken zu. Er wurde aus der Dreierrunde demonstrativ ausgeschlossen.

»Also, wir haben bei dem Plausch letzte Woche im Schock ein bisserl was verwechselt«, eröffnete die Pöttl Uschi zerknirscht. Die Mairinger Bettina nickte noch einmal verständnisvoll, während der Hofnoah seit dem Wort »Plausch« innerlich auf hundertachtzig war. »Der Hansi hat die Nacht, in der mein Erwin …«, sie stockte gekünstelt, »… also, er hat bei mir übernachtet, der Hansi.«

Der Hofnoah stieß ein triumphierendes »Aha!« aus, während die Mairinger Bettina ihr verständnisvolles Nicken fortsetzte.

»Aber wir sind wirklich gleich, nachdem wir heimgekommen sind, schlafen gegangen. Ehrlich!«, bemühte sich die Pöttl Uschi alle Ungereimtheiten zu beseitigen.

Die ungenierte Lüge wirkte beim Hofnoah bis tief ins Unterbewusstsein hinein. Sein Gedächtnisverlust vom Wochenende erfuhr eine jähe Besserung. Auf einmal fiel ihm sein nächtliches Telefonat mit der Nachbarin wieder ein. Sie hatte ihm erzählt, dass der Berger Hans noch um 23:35 Uhr zur Traktorgarage marschiert war. »Und der Hansi schläft immer in der Garage drüben, goi!«, tat der Hofnoah sein Insiderwissen kund.

»Hofnoah, aus!«, zischte die Mairinger Bettina, die nichts über die Beobachtung der Zeugin wusste.

Doch dem Berger Hans war im Gesicht anzusehen, dass der Hofnoah einen wunden Punkt getroffen hatte. »Ich bin wirklich noch mal in die Traktorgarage gegangen«, gab er schließlich zähneknirschend zu. Die Pöttl Uschi gab ihm mit einem einzigen Blick zu verstehen, dass sie ihm jedes weitere Wort verbot.

Nachdem die Mairinger Bettina keine Anstalten machte, irgendetwas zu sagen, setzte der Hofnoah das Verhör fort: »Um deinen Schwiegersohn in spe abzumurksen?«

Der Berger Hans zögerte. So wie er dasaß, den Kopf mit der akkurat glänzenden Gelfrisur leicht eingezogen und den Dackelblick nach unten gerichtet, war ihm ein Mord nicht zuzutrauen. »Ich hab den Erwin nicht umgebracht!«, verstieß er gegen das Sprechverbot seiner Uschi.

Der Hofnoah wurde ungeduldig. »Jetzt lass dir doch nicht alles aus der Nase ziehen!«, rief er. »Was hast am Tatort mit ihm aufg'führt?«

»Als ich bei ihm g'wesen bin, hat er noch g'lebt«, bemühte sich der Berger Hans festzustellen.

»Und als du gegangen bist, nicht mehr, goi!«, trieb es der Hofnoah auf die Spitze.

»Ich hab mit dem Mord nichts am Hut!«, insistierte der Befragte gekränkt.

Die beiden Frauen am Tisch gaben sich seltsam unbeteiligt. Dass die Mairinger Bettina nichts unternahm, um ihrem Kollegen das Wort zu verbieten, und die Pöttl Uschi keinen blöden Kommentar einwarf, motivierte den Hofnoah ungemein.

»Du bist g'sehen worden, wie du um 23:35 Uhr rüber in die Garage gegangen bist und zehn Minuten später wieder zurück. Wenn du mir dafür nicht gleich eine plausible Erklärung lieferst, nehm ich dich mit aufs Revier«, drohte er dem Berger Hans.

Für einen Moment blitzte es in dessen Augen seltsam auf. Dann sah er den Hofnoah an: »Euer Porsche ist ja nur ein Zweisitzer. Da hab ich gar keinen Platz!« Als niemand sein Lächeln erwiderte, zog er seinen polierten Kopf wieder ein und wandte den Blick zum Tisch. »Also, es war so«, sagte er schließlich. »Ich wollt mir vorm Einschlafen noch ein Bier aus dem Kühlschrank in der Garage holen. Ich hab g'laubt, der Erwin ist nicht daheim, aber als ich rein bin, war er grad am Pumpen.« Alle im Raum hörten gespannt zu. Die Mairinger Bettina hatte endlich zu nicken aufgehört, die Pöttl Uschi das Kauen eingestellt. »Er hat sofort wieder mit der alten Leier ang'fangen: dass ich mich am Hof wie ein ungebetenes Schwalberl einnisten würd, dass ich mich schleichen soll und so weiter. Er ist dann auch richtig rabiat g'worden.«

Der Hofnoah glaubte fest darar, dass gleich das Geständnis folgen würde, und versuchte den Befragten darauf hinzuleiten. »Und dann habts ihr g'rauft, goi!«, warf er ein.

»Nein«, entgegnete der Berger Hans im Reflex. »Also, er hat mir eine Watschn gegeben. Daraufhin hab ich z'rückg'haut. Mehr war da nicht.«

Der Hofnoah wollte es genauer wissen: »Womit hast du z'rückg'haut? Mit der Hantelstange?«

Der Berger Hans blickte ihn entgeistert an: »Bist du wahnsinnig? Natürlich nicht! Ich hab ihm ganz normal mit der flachen Hand eine Watschn aufs Wangerl 'geben. Dann bin ich gegangen.«

Der Hofnoah wollte ihn nicht aus der Verantwortung lassen. »Hat der Erwin noch g'lebt, nachdem du ihm die Watschn 'geben hast?«, fragte er.

Der Berger Hans schüttelte den Kopf. Nicht um zu verneinen, sondern um seine Verwunderung über die blöde Frage auszudrücken.

Endlich kam ihm seine Uschi zu Hilfe. »Betti, der Punkt ist doch«, warf sie in Richtung ihrer Freundin ein, »dass der Hansi nichts mit dem Tod vom Erwin zu tun hat. Er hat mir danach gleich von dem Streit erzählt, und wir sind schlafen gegangen. Als ich meinen Erwin am nächsten Tag g'funden hab, haben der Hansi und ich gemeinsam beschlossen, dass wir den kleinen Wickel vom Vorabend für uns behalten.« Sie machte eine kurze Pause. »Damit keine Missverständnisse aufkommen, verstehst?« Die Mairinger Bettina fing wieder zu nicken an, machte aber sonst keinen Mucks. Also fuhr der Hofnoah aus seinem vier Meter entfernten Exil mit dem Verhör fort: »Somit hast du, Uschi, nicht im Schock über die Ereignisse bei dem ›Plausch‹ letzte Woche was verwechselt«, zitierte er ihre Aussage mit rollenden Augen, »sondern vorsätzlich gelogen. Damit kriegen wir dich wegen falscher Beweisaussage dran.«

Nun wachte die Mairinger Bettina doch noch auf und legte der Pöttl Uschi mit einer Suggestivfrage die passenden Worte in den Mund: »Nachdem ihr dann schlafen gegangen seids, habts ihr nichts Verdächtiges mehr g'hört, richtig? Kein Auto, das vorg'fahren ist, keinen Traktor, der g'startet worden ist.«

»Ja, genau«, antwortete ihre Freundin erwartungsgemäß. »Du weißt doch, dass wir beide beim Schlafen Ohrstöpsel verwenden.«

Die Mairinger Bettina machte wieder einen auf Wackeldackel und nickte verständnisvoll.

Der Hofnoah glaubte weder der Uschi noch dem Hansi, dass sie nichts mit dem Tod vom Erwin zu tun hatten. Erstens verfügte der frisch Zugezogene über ein klares Motiv. Mit einem lebendigen Pöttl Erwin junior am Hof hätte er nie nach Altenberg ziehen können. Und zweitens verhielt sich die Pöttl Uschi seiner Meinung nach nicht wie eine Mutter, die ihren Sohn verloren hatte. Über ihre wahre Rolle beim Tod ihres Mannes zwanzig Jahre zuvor wollte er gar nicht erst nachdenken. Da konnte ihm der Hamedinger Roland im Wirtshaus hundertmal erzählen, dass die Motivlage bei den beiden nicht ausreichend sei. Irgendetwas war da faul.

Der Hofnoah hatte vor, bei diesem Besuch noch zwei Dinge zu klären: Erstens wollte er wissen, ob der Berger Hans Traktor fahren konnte. Wenn nicht, musste er bei der Platzierung der Leiche auf dem Misthaufen Unterstützung von einer zweiten Person gehabt haben. Zweitens wollte er ihn zu einer Fingerabdruckprobe auf den Posten nach Gallneukirchen beordern, um prüfen zu lassen, ob diese mit der unbekannten Spur auf dem Tatwerkzeug zusammenpasste. Der Hofnoah wusste zwar aus eigener Erfahrung nur zu gut, dass eine solche Spur noch keinen Mord nachwies, aber es musste trotzdem herausgefunden werden, wer die Hantel zuletzt noch in der Hand gehabt hatte.

Gerade als er mit dem Verhör weitermachen wollte, fuhr an der Küchenfensterfront eine dunkle Limousine mit Blaulicht vor. Der Hansi und seine Uschi warfen sich einen nervösen Blick zu. Auch der Hofnoah und die Mairinger Bettina waren irritiert ob des unangemeldeten Besuchs. Das Auto gehörte den Kollegen vom Landeskriminalamt, die in normalen Zeiten für den Mord zuständig gewesen wären. Der Hofnoah konnte sich den Besuch in diesem Moment nur damit erklären, dass sie in Linz drunten ungeduldig geworden waren. Vielleicht würden sie den Berger Hans verhaften, um der Öffentlichkeit einen Verdächtigen präsentieren zu können. Die Aktenlage hätte zumindest eine vorübergehende Festnahme durchaus hergegeben. So würde man gegenüber den Medien etwas Zeit gewinnen, um in Ruhe weiterarbeiten zu können.

Der Hofnoah fand diese Maßnahme allerdings übertrieben. Und das, obwohl er mit der telefonischen Aussage der Nachbarin vom Wochenende mehr wusste, als das Landeskriminalamt bisher in den Akten zum Fall lesen konnte.

Es dauerte keine halbe Minute, bis es an der Haustür Sturm läutete. Diesmal stand die Uschi auf, um die Gäste in Empfang zu nehmen. Als sie öffnete, blickte sie in die Gesichter zweier männlicher Beamter in Zivil. Sie wirkten, als seien sie bei der letzten »Tatort«-Folge übrig geblieben.

»Guten Tag, Landeskriminalamt«, eröffnete die grau melierte linke Hälfte des Duos und wedelte mit einer Dienstmarke.

»Dürfen wir reinkommen?«, kam es vom milchgesichtigen Kompagnon.

»Bitte«, erwiderte die sonst so redegewandte Pöttl Uschi und deutete zum Gang mit den vielen Türen.

Als die ungebetenen Gäste die Küche betraten, fiel dem Hofnoah sofort auf, dass sie ihre Schuhe nicht ausgezogen hatten. Nichts ärgerte ihn mehr, als wenn sich die Großkopferten aus Linz drunten unfaire Privilegien anmaßten. Das war schon bei der letzten Weihnachtsfeier so gewesen, bei der sie à la carte habern durften, während er sich am Buffet anstellen musste.

»Patschen aus!«, äffte der Hofnoah die Pöttl Uschi nach, doch die beiden Kollegen verzogen keine Miene und marschierten auf ihn zu. »Also, wenn ihr mich fragts, ist euer Auftritt schon ein bisserl …«, sagte der Hofnoah und wollte ein, zwei Argumente darlegen, warum die Festnahme des Berger Hans in diesem Stadium des Falls nicht angebracht war.

Doch er kam nicht mehr dazu, weil ihm der ältere der beiden Möchtegern-Fernsehkommissare ohne Genierer ins Wort fiel. »Hofnoah, du stehst unter Verdacht, am Mord des Pöttl Erwin beteiligt g'wesen zu sein. Wir bitten dich, mit uns mitzukommen.«

Der Dreierrunde am anderen Ende der Tafel standen die Münder offen.

»Seids ihr wahnsinnig?«, war das Einzige, was der überrumpelte Hofnoah hervorbrachte, während die Kollegen ihm bedeuteten aufzustehen.

»Mach jetzt keine Szene, sonst kommen wir mit einer Festnahmeanordnung vom Staatsanwalt wieder«, sagte der Jüngere ruhig.

Die Mairinger Bettina hatte die Fassung wieder gewonnen und ihrem Bürositznachbarn am Tiefpunkt seiner Karriere nur eins zu sagen: »Hofnoah, den Autoschlüssel lasst aber da!«

Wie in Trance griff er in die Hosentasche und legte ihn auf den Tisch. Dann ließ er sich widerstandslos abführen. »Das ist doch lächerlich, einfach nur lächerlich!«, grummelte er vor sich hin, während ihm der junge Landeskriminaler beim Einsteigen ins Auto den Kopf nach unten drückte. Dann machte es sich der Hofnoah, so gut es ging, auf der Rückbank bequem, und als die beiden Kollegen vorn Platz genommen hatten, fuhren sie sofort los. Anstatt den Wagen zu wenden und den direkten Weg zur Hauptstraße zu nehmen, drehten sie eine Runde um das Anwesen.

»Wird das jetzt eine Sightseeing-Tour?«, fragte der Hofnoah genervt, aber er erhielt keine Antwort.

Der Jüngere saß auf dem Beifahrersitz und blätterte in einer Unterlage. »So lächerlich find ich das gar nicht,

Hofnoah«, meinte er trocken. »Deine Fingerabdrücke auf dem Tatwerkzeug mitsamt deinen Besuchen am Pöttl-Hof im Corona-Lockdown – das ist kein Bemmerl!«, resümierte er.

Der Hofnoah war nicht wirklich überrascht, dass seine Trainings beim Landeskriminalamt bereits aktenkundig waren. Wahrscheinlich hatte ihn die Mairinger Bettina verpetzt.

»Seit dich der Pöttl in Form gebracht hat, schaust aber auch wirklich zum Anbeißen aus!«, meldete sich der Fahrer süffisant zu Wort. Er lachte schallend, und sein Sitznachbar stimmte mit ein.

»Wirklich?«, fragte der Hofnoah unsicher. Er tat sich schwer dabei, seine Attraktivität richtig einzuschätzen.

Als die Umrundung des Pöttl-Hofs endlich abgeschlossen war, bog das Zivilfahrzeug auf die Hauptstraße Richtung Linz ein. Keine zwei Kilometer später ertönte ein Klingelton über die Autolautsprecher.

»Servus Chef«, begrüßte der Fahrer seinen Gesprächspartner lässig.

»Habts ihr den Hofnoah bei euch?«, tönte es latent-aggressiv durch die Boxen. Von Begrüßungen, anständigen Umgangsformen oder einer erträglichen Lautstärke beim Sprechen schien der Polizeibonze wenig zu halten.

Der Fahrer drehte umgehend den Ton leiser und antwortete genüsslich: »Allerdings.« Dann setzte wieder das schallende Lachen ein, mit dem er auch seinen Co-Piloten ansteckte.

Der Hofnoah kannte die Stimme des Anrufers. Sie gehörte dem Landespolizeidirektor, dem obersten Kieberer Oberösterreichs. Es war ihm unbegreiflich, dass dieser ihn nicht nur kannte, sondern auch über seinen Spitznamen Bescheid wusste. Er war ihm noch nie persönlich begegnet. Selbst bei den alljährlichen Polizei-Weihnachtsfeiern in Linz drunten saß der Hofnoah immer so weit von der Bühne weg, dass er die Rede des Oberchefs nur auf einer Leinwand verfolgen konnte.

»Habens euch ins Hirn g'schiss'n?«, echauffierte sich der leitende Beamte, und der Fahrer musste die Lautstärke noch einmal ein ganzes Stück drosseln, um keinen Hörsturz zu erleiden. Den beiden Kriminalern fror das Grinsen ein. »In einer Stunde bin ich mit dem Minister, dem Landesrat und weiß Gott noch welchen anderen Hanseln in Galli für einen Pressetermin. Wie, glaubts ihr denn, schaut das aus, wenn ihr einen aus der dortigen Belegschaft einfach zum Verhör abführts?«, plärrte er.

Spätestens jetzt hatten die beiden »Tatort«-Kommissare jeden Rest von Glamour verloren. Sie sahen sich entgeistert an und schluckten gleichzeitig. Keiner von ihnen schien dem Chef antworten zu wollen, was diesem aber ohnehin lieber war.

»Ihr drehts um und bringts den Hofnoah zurück nach Galli, und zwar dalli!«, blazte der Landespolizeidirektor ein letztes Mal ins Telefon.

»Jawohl!«, rief der Fahrer untertänig.

»Jawohl!«, tat es ihm der Beifahrer gleich.

Der grantige Anrufer hatte längst aufgelegt.

Der Hofnoah streckte seinen Kopf zwischen Fahrer- und Beifahrersitz durch. Er konnte es sich nicht verkneifen, seiner Schadenfreude Ausdruck zu verleihen. »Einen unbescholtenen Kollegen verhaften, der von der Polizei- und Politprominenz erwartet wird – das ist kein Bemmerl!«, kommentierte er die Situation trocken. Dann lehnte er sich zufrieden zurück.

Umgehend sprang der Kommissar in die Eisen und drehte den Wagen mitten auf der Hauptstraße um hundertachtzig Grad. Den Hofnoah warf es einmal kräftig nach rechts. Ein entgegenkommender Autofahrer, der durch das waghalsige Manöver zu einer Vollbremsung genötigt worden war, stimmte ein spontanes Hupkonzert an. Doch als das Blaulicht samt Folgetonhorn aktiviert wurde, verstummte es sofort wieder.

Die Polizeilimousine jagte die Straße bergauf zurück Richtung Altenberg. Von dort nahm sie den direkten Weg nach Gallneukirchen hinunter. Mit der Ausführung des erteilten Befehls übertrieb es der Fahrer etwas. Und von der Geschwindigkeitsphobie des Hofnoah wusste er auch nichts. Dessen Gesichtsfarbe war auf Höhe Oberweitrag am ehesten mit jener des verstorbenen Pöttl Erwin zu vergleichen, nachdem er auf dem Misthaufen platziert worden war. Körperlich schwer gezeichnet versuchte der Hofnoah seine Angst mit positiven Gedanken zu unterdrücken: an den Anschiss, den die beiden Landeskriminaler soeben bekommen hatten, und die Tatsache, dass sie ihn wie einen Staatsgast zu einem Termin mit dem Innenminister chauffieren mussten. Das waren die mentalen Freuden, mit denen er die Fahrt zu überstehen versuchte.

»Hofnoah, was ist mit dir?«, fragte der Beifahrer schockiert, als er den Gallneukirchner Kollegen kreidebleich im Sicherheitsgurt hängen sah.

Der Hofnoah registrierte, dass dem überheblichen Kommissar gehörig der Reis ging. Schließlich wäre es auch auf ihn zurückgefallen, wenn sie den Hofnoah blass wie ein Gespenst beim Fototermin abgeliefert hätten. »Runter vom Gas!«, rief er betont gequält. »Sonst kann ich für nix garantieren.«

Der Fahrer reduzierte umgehend das Tempo. Mit jedem Kilometer in normaler Geschwindigkeit fand der Hofnoah schrittweise ins Leben zurück. Sogar die legendäre Kurve beim Hotel Waldgeist, in der sich die Mairinger Bettina und der Chef verewigt hatten, passierte das Trio ohne Zwischenfall.

Beim Posten angekommen, wurde der Hofnoah körperlich fit und geistig wieder auf der Höhe abgeliefert. »Danke fürs Mitnehmen!«, sagte er höflich und öffnete die Tür. Dann musste er noch etwas loswerden. »Gleich zum Vormerken für euch«, sagte er, als er schon draußen war. »Morgen um halb zwölf brauch ich wieder ein Taxi. Da gibt's Schweinsbraten bei der Mama!« Er warf die Tür zu, und das Auto raste los, als gäbe es das erwähnte Bratl in diesem Moment irgendwo umsonst.

KAPITEL FUCHZEHN

Der Hofnoah drehte sich um und bemerkte erst jetzt, dass zwei Meter hinter ihm ein Mann stand, der ihm den Rücken zudrehte. Es musste sich um den Pressefotografen handeln, da er den Polizeiposten durch eine Spiegelreflexkamera ins Visier nahm. Der Hofnoah folgte seinem Blick und sah den Chef, die Mairinger Bettina und den Hintringer Sepp wie Perlen an einer Schnur fein säuberlich aufgereiht vor dem Eingang stehen. Direkt neben ihnen befand sich der Porsche, der so geschickt geparkt war, dass der zerkratzte und verbeulte rechte Teil der Front nicht zu sehen war und nur die linke Längsseite zur Kamera schaute.

»Hofnoah, her mit dir! Wir proben gerade für das Pressefoto«, kommandierte der Chef. »Heut muss alles perfekt sein!«

Der Hofnoah schlurfte zum Eingang.

»Bitte rechts neben die Dame!«, rief der Fotograf.

Widerwillig platzierte sich der Hofnoah an ihrer rechten Seite, hielt aber fast anderthalb Meter Abstand.

»Geh, muss sich der Ungustl wirklich neben mich stellen? Das verstößt gegen meine Menschenrechte! Im Häfn in Linz drunten haben sie ihn anscheinend auch nicht wollen«, konnte es die Mairinger Bettina wieder einmal nicht lassen, gegen ihren Kollegen zu frotzeln.

»Und jetzt alle noch einmal ein Stück zusammenrücken!«, ordnete der Fotograf unbeeindruckt an.

Das Mühlviertler Einsatzkommando bewegte sich aufeinander zu. Die Gesichter des Hofnoah und der Mairinger Bettina drückten dabei nichts als Ekel aus.

»Super! Perfekt!«, log der Fotograf, während sein Apparat ratterte. »Bitte merkt euch eure Positionen für später«, sagte er schließlich, »ich werde dann die anderen Herrschaften zu euch dazustellen.« Damit war die Probe vorbei, und das Warten auf die Polizei- und Politprominenz begann.

Sofort nahm der Chef den Hofnoah zur Seite und machte einen gequälten Gesichtsausdruck. »Hofnoah!«, eröffnete er und begann aufzuzählen: »Deine Griffelabdrücke auf dem Tatwerkzeug, deine illegalen Besuche beim Pöttl im Fitnessstudio, der demolierte Streifenw…« Beim letzten Punkt stockte er. Dem Hofnoah den Schaden am Touran vorzuwerfen, während er selbst einen Porsche auf dem Gewissen hatte, kam sogar ihm seltsam vor. Er legte den Arm um den Hofnoah. Nicht freundschaftlich. Eher so, als wollte er ihn in den Schwitzkasten nehmen. »Was soll man mit dir denn anderes machen, als dich in ein Schreibkammerl in Linz drunten zu verräumen?«, zischte er.

Der Hofnoah wusste, dass es auf diese Frage keine für ihn vorteilhafte Antwort geben konnte. Den Fakten nach musste er bestraft werden. Selbst wenn in einem Gerichtsverfahren gegen ihn schnell klar würde, dass er nicht der Mörder war, stellte der bloße Verdacht in Kombination mit den illegalen Trainings am Pöttl-Hof einen einwandfreien Grund für eine Strafversetzung dar. »Ich lass mir was einfallen«, antwortete der Hofnoah spontan, während er sich aus der Umarmung löste, ohne eine Ahnung davon zu haben, was das sein könnte.

Doch der Chef war mit den Gedanken ohnehin längst bei den Ehrengästen. Er wischte sich mit einem Taschentuch die Schweißperlen von der Stirn und zupfte nervös an seiner Krawatte herum. Die nächsten Minuten waren für seine berufliche Zukunft von großer Bedeutung.

Nach einigen weiteren Augenblicken, in denen die vier Beamten samt Fotograf wie bestellt und nicht abgeholt vor dem Posten standen, ging es endlich los: Eine silberne und eine schwarze Limousine bogen gefolgt von zwei Streifenwagen in die Zufahrt ein. Danach dauerte es einen Moment, bevor aus den Autos eine ganze Reihe von Leuten ausstieg, hauptsächlich Männer im Anzug.

Der Hofnoah musste sich zu seiner Schande eingestehen, dass er in dem Rudel an Nadelstreifenindianern nicht identifizieren konnte, wer wichtig war und wer nicht. Geistesgegenwärtig versteckte er sich hinter dem Chef. Schließlich würde der schon wissen, wem zuerst die Hand gereicht werden musste.

»Grüß dich, Herr Minister!«, hörte er, wie sein Vorgesetzter den ersten Ehrengast gekonnt mühlviertlerisch mit Titel, aber per Du ansprach. Das strenge Gesicht des Angesprochenen verformte sich bei der Begrüßung durch den Chef zu einem selbstgefälligen Lächeln. Dieses war allen Anwesenden, außer dem Hofnoah, aus dem Fernsehen wohlbekannt. Der Chef hatte zu dem Politiker sogar eine persönliche Verbindung, schließlich war man in derselben Partei engagiert. Im Polizeiapparat galt das als der seidene Faden, der den Chef trotz aller Widrigkeiten in den vergangenen Monaten in seinem Job gehalten hatte. Die beiden wechselten ein paar unverständliche freundliche Wort, bevor der Postenkommandant zur Begrüßung des nächsten Ehrengasts, des Landesrats, überging.

Nun war der Hofnoah beim Minister dran. »Grüß dich, Herr Minister!«, plapperte er dem Chef den vertrauten Gruß unter Freunden völlig unpassend nach und schüttelte die Hand des Politikers. Das heitere Gemurmel der gesamten Delegation verstummte sofort. Der Minister schnitt eine angewiderte Grimasse. Er musterte den Hofnoah von unten nach oben. Sein Blick blieb am Kragen der Uniform hängen, bei dem er an den zwei Sternen erkennen konnte, dass es sich um einen gewöhnlichen Revierinspektor handelte, und schaute noch angewiderter. Einer der Gäste in der Einser-Panier flüsterte dem Minister etwas zu. Der löste umgehend den Händedruck und richtete seinen Blick auf die direkt hinter dem Hofnoah wartende Mairinger Bettina. Der Hofnoah senkte verschämt den Kopf und reihte sich wieder hinter seinem Chef ein.

»Geschätzter Herr Minister, darf ich mich im Namen der Polizeiinspektion Gallneukirchen für das Benehmen meines minderbemittelten Kollegen entschuldigen?«, hörte der Hofnoah die Mairinger Bettina noch säuseln, bevor sich ihr Small Talk im wieder aufbrandenden allgemeinen Gemurmel verlor.

Der nächste im Bonzenaufmarsch war der Landesrat Watzinger Stefan, der in der Landesregierung neben Gesundheit auch das Thema Sicherheit betreute. Ihm war anzusehen, dass er sich immer unwohler fühlte, je näher er auf den Hofnoah zusteuerte. Nicht nur, dass sie gemeinsam am Pöttl-Hof illegal trainiert hatten. Nun stocherte dieser Revierinspektor auch noch bei seinen Grundstücksdeals mit dem Pöttl Erwin herum. In dieser Angelegenheit war der Hofnoah seit ihrer letzten Begegnung zwar kein bisschen weitergekommen, aber das wusste der

Landesrat nicht. Ihm standen die Schweißperlen auf der Stirn, als er dem Hofnoah gegenübertrat. »Guten Tag, Herr Revierinspektor!«, rief er ihm hastig entgegen, begleitet von einem demonstrativen »Wir kennen uns nicht«-Blick.

Der Hofnoah verstand sofort. Er bemerkte diesen Gesichtsausdruck laufend bei Ex-Sträflingen, die er hinter Gitter gebracht hatte. Wenn er sie nach dem Absitzen ihrer Haft zufällig auf der Straße oder beim Einkaufen traf, schauten sie genauso drein.

»Grüß Gott, Herr Landesrat!«, bestach der Hofnoah diesmal mit ungewohnter Seriosität.

Normalerweise gehörte es zum Einmaleins eines Politikers, in Sekundenschnelle einen Small Talk vom Zaun brechen zu können. Doch der Watzinger Stefan war in diesem Moment komplett schmähstad. Hilflos blickte er zu seinem Vordermann, dem Innenminister. Dieser war mit der nächsten Beamtin in der Reihe, der Mairinger Bettina, allerdings immer noch nicht fertig. Die beiden schienen sich prächtig zu amüsieren. Wie es aussah, hing der oberste Chef der österreichischen Polizeibeamten geradezu an den Lippen der Mairinger Bettina.

Der Hofnoah war schon kurz davor, das Schweigen zu brechen und den Landesrat nach dem Status des Schweinsbratens in der Landesverfassung zu fragen. Schließlich hatte ihm der Politiker versprochen, sich dafür einzusetzen. Doch der Watzinger Stefan las ihm den drohenden Fauxpas von der Nase ab und schob den Hofnoah mit aller Kraft ein Stück zur Seite. Damit dies nicht auffiel, lächelte er dabei in alle Himmelsrichtungen und nickte jedem freundlich zu, der Blickkontakt mit ihm aufnahm.

Wie der Chef zuvor zwang er den Hofnoah schließlich in eine Schwitzkasten-Umarmung. »Den Blödsinn, den du dir mit meinem Grund ausgedacht hast, vergisst wieder! Hast mich?«, flüsterte der Politiker und warf dem Hofnoah einen scharfen Blick zu.

Der Hofnoah konnte die Angst des Landesrats förmlich riechen. Einmal mehr sah er sich bestätigt, die Drohung vom Wochenende – wonach ihn der Landesrat wegen dem illegalen Training am Pöttl-Hof verpetzen könnte – cool zu nehmen. Der Politiker hatte mehr zu verlieren als er. »Ich überleg's mir«, antwortete er und war selbst überrascht, wie gelassen er dabei klang.

Der Landesrat hatte keine Zeit mehr zu reagieren, denn die Mairinger Bettina war mittlerweile frei und beobachtete die beiden misstrauisch. »Ja grüß Gott, Frau Revierinspektorin!«, ging der Politiker mit gespielter Freude auf sie zu. Der Rest der Unterhaltung war nicht mehr zu verstehen.

In dem heiteren Ehrengäste-Begrüßungsreigen folgten noch der Landespolizeidirektor, der wie der Zwilling des Innenministers, nur in Uniform, aussah, und die Entourage. Für den Hofnoah kam es zu keinen Peinlichkeiten mehr, weil sich alle restlichen Ankömmlinge auf ein schnelles Händeschütteln mit ihm beschränkten.

Die Stimmung drohte allerdings noch einmal zu kippen, als sich der Innenminister dem Trubel für ein wichtiges Handytelefonat entziehen musste. Er stellte sich dazu ein paar Meter weg, direkt zur Front des Porsche. Vertieft in sein Gespräch erblickte er plötzlich den zuvor so gut verheimlichten Schaden. »Ja, bist du deppert!«, entfleuchte es dem Spitzenpolitiker, der niemand Geringeren als den Bundespräsidenten in der Leitung hatte, für alle gut hörbar.

Der Landespolizeidirektor lief pflichtbewusst zum Minister, der das Telefonat abrupt beendete und ihm etwas ins Ohr flüsterte. Währenddessen kam noch der Postenkommandant als nächstes Glied in der Befehlskette dazu und versuchte ebenso, den Worten des aufgeschreckten Ministers zu lauschen. Auch der Hofnoah reihte sich nach seinem Chef hierarchisch korrekt noch in die Runde ein, worauf er von den drei Bonzen wieder nur kopfschüttelnd angestarrt wurde.

»Falls es um den Porsche geht«, entzog der Hofnoah dem Minister das Wort. »Es ist mir bewusst, dass ich mit dem Unfall einen großen Schaden ang'richtet hab. Ich werd natürlich alles tun, um das im Rahmen meiner bescheidenen Möglichkeiten wiedergutzumachen.«

Die Männer schauten ihn überrascht an.

Am größten war die Verwunderung bei seinem Chef. Doch die Chance, sich aus der Verantwortung zu ziehen, wollte sich der Postenkommandant keinesfalls entgehen lassen. »Wieso hast du den Unfall nicht ordnungsgemäß g'meldet, Hofnoah?«, fragte er streng und legte alle Verachtung, die er aufbringen konnte, in seinen Tonfall. »Das wird Konsequenzen haben, das versprech ich dir!«

Der Minister und der Polizeidirektor nickten ihm voller Anerkennung für sein hartes Durchgreifen zu.

»Darf ich die Herrschaften zum Shooting bitten?«, meldete sich im selben Moment der Fotograf, woraufhin der Minister und der Polizeidirektor begannen, sich ihre schiefen Krawatten zurechtzuzupfen. Der Postenkommandant griff hingegen instinktiv zum Waffenholster, bevor auch er verstand, dass es lediglich um ein Foto-Shooting ging. Schließlich marschierten die vier zum Eingang des Gebäudes.

Die Mairinger Bettina und der Hintringer Sepp standen bereits wie geprobt auf ihren Plätzen. Auch der Watzinger Stefan war vom Fotografen schon platziert worden, wechselte aber noch mal seinen Standort, als sich der Hofnoah direkt neben ihn stellte. Als endlich alle im Bild waren und der Minister dem Postenkommandanten anlässlich der Übergabe des Autos feierlich die Hand schüttelte, legte der Fotograf los. »Perfekt! Super!«, log er noch begeisterter als bei der Probe und nahm mit seiner Spiegelreflexkamera ein Bild nach dem anderen auf. Er wechselte unaufhörlich die Position, bückte sich, legte sich flach auf den Bauch. Jedes Mal schoss er eine ganze Reihe von Fotos. Er machte keine Anstalten, in absehbarer Zeit zu einem Ende zu kommen.

»Nach dem nächsten Purzelbaum ist aber Schluss, goi!«, mahnte der Postenkommandant schließlich, während er mit dem grinsenden Minister immer noch Händchen hielt. Der Fotograf verstand sofort, sprang auf, rief »Danke, das war's!«, und die Auto-Übergaberunde löste sich wieder auf.

Es war nicht klar, ob die Ehrengäste wirklich dringend zum nächsten Termin mussten oder einfach nur schnell von dem beschädigten Boliden wegwollten. Jedenfalls hatten sie nicht einmal mehr für das obligatorische Abschiedshändeschütteln Zeit. Ein freundliches Grinsen, ein entschuldigendes Murmeln, und alle Besucher waren wieder in den Autos verschwunden.

Der Chef stand am Vorplatz und winkte ihnen mit einem treuherzigen Lächeln so lange nach, bis der Konvoi außer Sichtweite war. Dann verfinsterte sich sein Gesicht. »Sepp, park den Porsche um!«, brüllte er, und: »Hofnoah! Mairinger! Auf ein Wort in mein Büro!«

Die zwei marschierten dem Postenkommandanten im Gänsemarsch hinterher. Dieser schloss die Tür hinter ihnen und machte sich wie gewohnt in seinem gepolsterten Schreibtischsessel breit. Dann schaute er stumm auf seine beiden Untergebenen in den kargen Besucherstühlen herab. Es war ihm anzusehen, dass er jeden Moment zu einer empfindlichen Standpauke ansetzen würde.

»Als Erstes zu dir, Mairinger!«, begann er und blickte die überraschte Revierinspektorin an, die sich so gern als Vorbildbeamtin präsentierte. Der Hofnoah frohlockte innerlich. »Ich bin wirklich, wirklich schwer enttäuscht von dir«, drückte er auf die Tränendrüse. »Ich hab geglaubt, dir brauch ich über unseren Verhaltenskodex nichts erzählen, weil du ihn mindestens so gut kennst wie ich.« Er machte eine Pause, und weder die Mairinger Bettina noch der Hofnoah wussten, worauf er hinauswollte. »Als der Hofnoah g'sagt hat, du hättest was mit dem Pöttl Erwin g'habt, hab ich das für einen blöden Scherz g'halten. Ich bin mir sicher g'wesen, dass du weißt, was Befangenheit bedeutet und dass du eine solche sofort g'meldet hättest.« Er hielt wieder inne und blickte gedankenverloren aus dem Fenster. »Mittlerweile werd ich aber überall auf dein Verhältnis mit ihm angesprochen: im Wirtshaus, beim Kegeln, in der Partei, ja sogar beim Urologen, verdammt noch mal!« Er biss die Zähne zusammen, als schösse ihm ein unerträglicher Schmerz in die Prostata.

Plötzlich ging die Bürotür auf. Der Hintringer Sepp streckte seinen Schädel durch den Spalt. »Mag wer ein Leberkas-Semmerl?«, fragte er aufmunternd. »Die Mittagspause ist heut ja ausg'fallen wegen dem Fototermin!«

Der Chef gab ihm mit einem einzigen Blick zu verstehen, dass er sich schleichen solle. Auch die Mairinger Bettina verspürte keinen Hunger.

Nur der Hofnoah war sofort Feuer und Flamme. »Her damit!«, rief er. »Hast auch eins mit Kasleberkas oder mit einem pikanten?«

»Hofnoah!«, brüllte der Chef, und der Hintringer Sepp verzupfte sich, gleich nachdem er seinem Kollegen mit einem gezielten Wurf ein aluminiumverpacktes Semmerl zukommen hatte lassen.

»Noch dazu«, setzte der Chef unvermittelt seine Strafpredigt fort, »hör ich überall, dass du die beste Freundin von der Uschi bist. Das muss man sich mal vorstellen: Eine ermittelnde Beamtin ist die beste Freundin der Mutter eines Opfers, die gemeinsam mit ihrem Lebensgefährten unter Mordverdacht steht. Ich werd mir für dich eine besondere Strafe einfallen lassen müssen.«

Doch die Standpauke des Chefs verfehlte ihre Wirkung bei der Mairinger Bettina. Sie kniff ihre Augen zu winzig kleinen Schlitzen zusammen. Es schien unmöglich, durch sie hindurch noch etwas sehen zu können. Wahrscheinlich rückte sie auch deswegen näher an den Chef heran. »Das sagst ausgerechnet du«, pfauchte sie. »Ausgerechnet derjenige, der das letzte Gspusi von der Uschi g'wesen ist, bevor sie endlich einen seriösen Haberer g'funden hat.« Sie schaffte es, in einem Satz das außereheliche Verhältnis ihres Chefs zu offenbaren und ihn gleichzeitig als unseriös zu bezeichnen.

Der Postenkommandant lockerte seine Krawatte. »Es geht jetzt nicht um mich!«, verlor er mit einer einzigen ungeschickten Antwort jegliche Autorität. Er befand sich nun eindeutig in der Defensive.

Das bemerkte auch die Mairinger Bettina. »Dann schauen wir halt mal, ob das deine Frau auch so sieht«, legte sie nach. »Ich glaub, die silberne Hochzeit, die ihr heuer feierts, und das Gspusi mit der Uschi letztes Jahr vertragen sich zeitlich nicht ganz miteinander.« Als der Chef starr vor Schreck nichts erwiderte, setzte seine Mitarbeiterin ihn matt: »Aber was weiß ich schon«, sagte sie, »ich bin ja befangen!«

Der Hofnoah hätte es nicht besser erwischen können. Fand zumindest er. Er wähnte sich außerhalb der Schusslinie und hatte ein phänomenales Käseleberkäse-Semmerl in der Hand. Vergnügt biss er ein Stück nach dem anderen ab und verfolgte den Schlagabtausch. Als er nach dem Verweis seiner Kollegin auf ihre Befangenheit in die Augen des Chefs blickte, fiel ihm das Semmerl allerdings aus der Hand. Sein Vorgesetzter wirkte, als sei er auf der Suche nach einem unbeteiligten Freiwilligen, an dem er seine Wut abreagieren konnte.

»Jetzt zu dir, Hofnoah«, sagte er mühevoll beherrscht. Der Hofnoah hoffte einfach nur, mit dem nackten Leben davonzukommen. »Du hast im Lockdown am Pöttl-Hof trainiert. Das ist eine nicht zu tolerierende Verwaltungsübertretung«, sagte er und schaute den Hofnoah streng an. Es war nur noch eine Frage von Sekunden bis zum Wutausbruch. Doch schlimmer als jeder Tobsuchtsanfall traf den Hofnoah, was sein Vorgesetzter als Nächstes sagte: »Es ist meine Pflicht, sofort deine unverzügliche Strafversetzung nach Linz in die Wege zu leiten.« Dem dicklichen Gesicht des Chefs war plötzlich keine Emotion mehr zu entnehmen. Die Aggression schien sich durch die bloße Aussprache der drastischen Worte entladen zu haben.

Der Hofnoah brauchte einen Moment, um die Situation zu realisieren. Seine große Sorge war wahr geworden. Seine Gedanken drehten sich im Kreis. Die ganze Arbeit, seine Ermittlungen in Eigenregie, alles war umsonst gewesen.

Niemals hätte der Hofnoah geglaubt, dass seine Zeit am Posten Gallneukirchen wirklich so enden würde. Er war der erste Polizeibeamte in Gallneukirchen, der sich nicht erst nach Jahrzehnten in den wohlverdienten Ruhestand verabschiedete. Stattdessen würde er sich ein Auto kaufen müssen, um damit jeden Tag aufs Neue nach Linz und wieder retour zu gondeln. Anstelle von Buffet, Torte und wehmütigen Kollegen hatte er eine triumphierende Mairinger Bettina und ein angebissenes Käseleberkäse-Semmerl neben sich. Er stand auf, um seine Sachen zu packen.

»Hofnoah, bleib sitzen«, fand der Chef seine Stimme wieder. Er hatte dem Hofnoah noch etwas Wichtiges zu sagen. »Du hast vorhin den Unfall mit dem Porsche auf dich g'nommen und bist damit ein großes persönliches Risiko eingegangen. Dank dir sitz ich jetzt noch in diesem Sessel.« Er blickte auf die rechte Armlehne und umgriff sie fest. »Ich werd dafür sorgen, dass die Angelegenheit für dich mit einer Nachschulung in Verkehrssicherheit erledigt ist. Und was dein Training am Pöttl-Hof angeht: Das vergessen wir ganz schnell wieder.« Er blickte den Hofnoah anerkennend in die Augen: »Ich dank dir für deine Loyalität.«

Der Hofnoah war hin- und hergerissen. Vom künftigen Linz-Pendler zum Lieblings-Revierinspektor des Chefs in einer Minute – das musste er erst mal verdauen. Beinahe wäre er seinem Vorgesetzten um den Hals gefallen, aber das traute er sich dann doch nicht. Stattdessen griff er peinlich berührt nach dem fallen gelassenen Semmerl am Boden und nahm einen kleinen Bissen.

Es dauerte freilich keine zwei Sekunden, bis die Mairinger Bettina wieder ihre Augen zu winzig kleinen Schlitzen zusammenkniff und lautstark Einspruch erhob. »Der Lauch neben mir hat sich im Corona-Lockdown am Pöttl-Hof die Wampe wegtrainiert. Jetzt sind seine schmierigen Kasleberkas-Griffelabdrücke auf der Tatwaffe. Und du dankst ihm für seine Loyalität? Ja, wo sind wir denn?«

Je aufgebrachter die Mairinger Bettina wurde, desto ruhiger gab sich der Chef. »Das LKA interessieren keine uralten Lockdown-G'schichten, und die Staatsanwaltschaft schon gar nicht. Die haben Wichtigeres zu tun. Ich übrigens auch«, stellte er klar. »Außerdem«, legte er nach, »zu seinen Fingerabdrücken auf der Hantel hast dir grad selber die Erklärung dafür gegeben, warum die gegen ihn erlassene Festnahmeanordnung schon wieder fallen g'lassen worden ist: Er hat im Lockdown am Pöttl-Hof trainiert. Natürlich sind dann Spuren von ihm am Tatort.«

Begeistert verfolgte der Hofnoah die Verteidigungsrede, die der Chef vom Stapel ließ. Seine Freude darüber, dass sich für ihn alles zum Besten gewendet hatte, kannte keine Grenzen. »Genau!«, frohlockte er und schob sich den letzten Bissen seines Käseleberkäse-Semmerls in den Mund. »Außerdem ist es mir hoch anzurechnen, dass ich mich in der dienstfreien Zeit fit halt. Goi, Chef?«

Der Angesprochene senkte den Blick und klatschte sich gegen die Stirn. »Übertreib's nicht, Hofnoah, übertreibe es nicht!«, zischte er. Dann hatte er noch etwas zu verkünden. »Auch wenn wir uns alle in diesem Fall nicht mit Ruhm bekleckert haben«, eröffnete er zögerlich, »müssen wir jetzt zusammenhalten und zeigen, was in uns steckt.«

Der Hofnoah hielt das für einen Nullachtfünfzehn-Motivationsspruch zum Abschluss der Standpauke. »Jawohl«, quittierte er mechanisch und wollte schon gehen.

»Bitte bleib noch kurz da«, sagte der Chef ruhig.

Das »Bitte« beunruhigte den Hofnoah genauso wie die Mairinger Bettina. Dieses Wort hatten sie in diesem Büro noch nie gehört. Eine Weisung des Vorgesetzten war zu befolgen. Für ein Bitte gab es gar keine rechtliche Grundlage.

»Zuerst die gute Nachricht«, sagte der Postenkommandant. »Die Kollegen vom LKA haben vorhin den Berger Hans wegen Mordverdacht verhaftet. Damit ist gegenüber der Öffentlichkeit ein bisserl Zeit g'wonnen.«

Der Hofnoah, noch voller Glückshormone, war enttäuscht. Die Mairinger Bettina sowieso. Wenn das die gute Nachricht war, was würde dann die schlechte sein?

»Jetzt zur schlechten Nachricht«, fuhr der Chef fort. »Der Ober-Chef hat uns vorhin ein Ultimatum g'stellt. Wir haben vierundzwanzig Stunden Zeit, den Mordfall Pöttl zu lösen. Schaffen wir es nicht, war es das für uns in Galli. Dann müssen wir drei unsere Koffer packen und in den Innendienst nach Linz runter!«

Dem Hofnoah stand der Mund offen. Auf seinen Schneidezähnen klebte noch etwas Semmelteig. Auf einmal musste er wieder um seinen Job fürchten. Das Hin und Her machte ihn fertig. Auch die Mairinger Bettina war perplex, sagte aber nichts.

Die beiden Revierinspektoren verließen das Chefbüro. Sie sahen sich schon im morgendlichen Stau auf der Voest-Brücke in Linz drunten hinterm Steuer sitzen.

KAPITEL SECHZEHN

Noch schlechter als die Mairinger Bettina und der Hofnoah konnte man die ersten Stunden eines eintägigen Ultimatums nicht nutzen. Sie verbrachten den Nachmittag in Schockstarre am Schreibtisch, ohne etwas Produktives zu unternehmen. Anstatt sich zusammenzutun, einen professionellen Plan zur Lösung des Falls zu schmieden und damit ihre Jobs zu retten, starrten sie vor sich hin. Mitten in ihrem Büro stand noch der Flipchart, auf dem sie sich gegenseitig als Mordverdächtige eingetragen hatten.

Der Hofnoah hatte keine Ahnung, wie er seine eigenen Ermittlungen weiter vorantreiben sollte. Zudem beschlich ihn das Gefühl, beim Landesrat und seinen Immobiliendeals in einer Sackgasse gelandet zu sein. Abgesehen von der Aussage des Schladerer Mandi hatte er nichts gegen ihn in der Hand. Das Einzige, was den Politiker schlagartig zum offiziellen Verdächtigen machen würde, wären dessen Fingerabdrücke auf dem Tatwerkzeug. Die unbekannten Spuren auf der Hantel konnten bisher nicht identifiziert werden. Der Hofnoah ging zwar davon aus, dass er als Einziger die Hantelstange mit den mickrigen Fünf-Kilo-Scheiben verwendet hatte. Sie war für die Muskelberge, die sonst beim Pöttl Erwin ein und aus gingen, einfach viel zu leicht. Doch der Landesrat hatte eine durchschnittlich wamperte Statur. Für ihn wäre die Stange zum Trainieren eigentlich genau richtig gewesen. Zumindest überprüfen sollte man die Fingerabdrücke des Politikers deshalb schon, dachte der Hofnoah. Doch wie konnte er unbemerkt an die Pratzen des Landesrats gelangen? Anstatt weiter über unlösbare Probleme zu grübeln, rief er den Zeisl Max von der Spurensicherung an. Er wollte in Erfahrung bringen, ob das Landeskriminalamt den Abgleich der Fingerabdrücke des Berger Hans mit jenen auf der Hantel schon in Auftrag gegeben hatte. Schließlich mischten sich die Wichtigtuer aus Linz drunten nun anscheinend doch wieder in den Mordfall ein, der in normalen Zeiten ohnehin ihrer gewesen wäre. Der Zeisl Max bejahte das und kündigte ein Ergebnis für den folgenden Vormittag an. Bevor er auflegte, musste der Hofnoah noch mindestens drei schlechte Scherze über seine Festnahme am Pöttl-Hof über sich ergehen lassen.

Einen kurzen Moment überlegte er, die ermittelnden Linzer Kollegen zu kontaktieren, um die nächsten Schritte gemeinsam zu planen. Doch dann fiel ihm wieder sein letztes Gespräch mit ihnen ein: Er hatte sie beim Aussteigen aus dem Auto angewiesen, ihn am folgenden Tag zum Bratlessen bei seiner Mutter zu chauffieren. Sie würden sicher kein Wort mit ihm reden wollen. Der Hofnoah saß die restliche Arbeitszeit bis zum frühen Abend also tatenlos ab, genauso wie die Mairinger Bettina, die vermeintliche Vorbildbeamtin.

Irgendwann zwischendurch verabschiedete sich der Chef. »Pfiat euch und gebts Gas!«, raunte er ihnen als lauwarme Anfeuerungsfloskel zu, an die er selbst nicht zu glauben wagte. Die Tage in der Polizeiinspektion Gallneukirchen schienen endgültig gezählt für das glücklose Trio.

Der Einzige, der übrig bleiben würde, war der Hintringer Sepp.

Nach Dienstschluss fiel dem Hofnoah nichts Besseres ein, als noch ins Wirtshaus zu gehen. Schließlich war dieser Feierabend die vorletzte Gelegenheit dazu. Schon in wenigen Tagen würde er um diese Zeit anstatt mit einem Bier am Stammtisch mit Radio Oberösterreich im Auto sitzen.

Als der Hofnoah die Gaststube betrat, war lediglich eine Handvoll Montagstrinker versammelt. Außer dem Hamedinger Roland handelte es sich dabei um Leute, die mit dem Hofnoah nichts zu tun haben wollten, weil er sie alle schon einmal beamtshandelt hatte.

Da war der Pointner Martin, ein grantiger Altbauer, dem Jahre zuvor der Führerschein gezupft worden war. Trotzdem fuhr er über Schleichwegerl auf seinem Grund mit dem Auto ins Wirtshaus. Als der Hofnoah Platz nahm, drehte er sich demonstrativ weg.

Ebenso der Zeitlinger Severin, ein pensionierter EDV-Nerd, dem die Überwachungskameras konfisziert worden waren, weil er damit seine Nachbarn ausspioniert hatte. Auch er verspürte plötzlich das Bedürfnis, seinen Blick zum Fenster hinauszurichten und die Auslage des Modegeschäfts auf der anderen Straßenseite zu betrachten.

»Wollen sich die beiden trendbewussten Herrschaften leicht neu einkleiden?«, startete der Hofnoah einen Annäherungsversuch, aber es war zwecklos. Sie ignorierten ihn einfach.

So blieb nur der Hamedinger Roland als Gesprächspartner übrig. Der Hofnoah erzählte ihm die neuesten Entwicklungen im Fall Pöttl, inklusive dem vierundzwanzigstündigen Ultimatum. Die Ergebnisse seiner eigenen Ermittlungen ließ er wie immer sicherheitshalber weg. Dennoch hoffte er insgeheim auf einen brauchbaren Tipp.

»Du kennst meine Meinung«, sagte der Hamedinger Roland, »dem Hansi und der Uschi fehlt das Motiv.«

Der Hofnoah nickte enttäuscht und nahm einen Schluck von dem Bier, das ihm der Lehner Sepp mit einem freundschaftlichen Tapperl auf die Schulter hingestellt hatte. Er wollte nicht glauben, dass die Pöttl Uschi und ihr Hansi nichts mit dem Mord zu tun hatten. Es passte einfach zu gut: der Erwin, der den Hansi als Stiefvater nicht anerkannt hatte. Der verheimlichte Streit samt Ohrfeige in der Tatnacht. Und natürlich die Abneigung des Hofnoah gegenüber der Uschi, die er so gern zumindest als Beitragstäterin hinter Gitter gebracht hätte.

Der Hofnoah stellte fest, dass der Hamedinger Roland nicht ganz bei der Sache war. Ständig suchte er Blickkontakt zum Lehner Sepp, der Bier zapfend hinterm Tresen stand. Mal nickten sie sich hektisch zu, mal tippte der Hamedinger Roland demonstrativ auf seine Armbanduhr, woraufhin der Wirt theatralisch mit den Schultern zuckte.

Der Hofnoah war genervt. »Du, wenn du, statt mit mir zu plaudern, lieber mit dem Sepp *Activity* spielen willst, dann sag's halt!«, fuhr er ihn an.

Sein Gesprächspartner reagierte beleidigt. »Jetzt sei doch nicht immer gleich so anbrennt«, zischte er. »Wir wollen dir ja nur helfen.« Er griff fürsorglich nach der Hand des Hofnoah.

»Was wird das jetzt?«, erschrak dieser und wich zurück.

In dem Moment kam der Lehner Sepp gemeinsam mit einer dem Hofnoah unbekannten Frau zum Tisch. Sie war Mitte zwanzig und wirkte genauso überrumpelt wie er.

»Hofnoah, darf ich vorstellen? Das ist die Anna!«

Die beiden reichten sich wortlos die Hand, der Lehner Sepp zwang die Frau mit einem sanften Druck auf die Schulter zum Hinsetzen, und der Hamedinger Roland verließ aufmunternd grinsend den Tisch.

»Das ist meine Nichte. Sie ist eine ganz eine Nette und rein zufällig Single«, flüsterte der Lehner Sepp dem Hofnoah noch mit einem Augenzwinkern zu und verschwand.

Die Anna und der Hofnoah saßen sich peinlich berührt gegenüber und schauten aneinander vorbei.

Unterdessen tauchte der Lehner Sepp am anderen Ende des Stammtischs auf, wo der Pointner Martin und der Zeitlinger Severin noch angeregt miteinander diskutierten. Der Wirt flüsterte den beiden Gästen etwas zu.

»Aber das ist mein Stammplatz – seit dreißig Jahren!«, protestierte der Pointner Martin lautstark. Der Lehner Sepp flüsterte noch einmal. Dann erhoben sich die zwei Stammgäste. »Freibier bis Mitternacht, das lass ich mir einreden«, murmelte der grantige Altbauer jetzt für seine Verhältnisse fast schon fröhlich. Gemeinsam mit dem Zeitlinger Severin zog er sich zu dem am weitesten entfernten Ecktisch zurück.

»Bist du ein Polizist?«, brach die Anna schließlich das Schweigen.

Der Hofnoah sah an sich hinunter. Er trug seine Uniform: dunkelblau, mit einem »Polizei«-Schriftzug auf der linken Brust. »Nein, Faschingskostümtester«, stellte er sein fehlendes Talent zum Flirten unter Beweis.

»Aha, als Clown wärst du authentischer«, war auch bei der Anna der Funken nicht übergesprungen.

Der Lehner Sepp trat zu ihnen an den Tisch. »Wie ich sehe, habt ihr euch einiges zu erzählen«, sagte er und grinste genauso belämmert wie der Hamedinger Roland zuvor. »Lasst euch von mir nicht stören. Tut einfach so, als ob ich nicht da wär.« Er stellte eine Kerze auf den Tisch. Die Staubschicht neben dem Docht ließ vermuten, dass sie in diesem Jahrtausend noch nicht zum Einsatz gekommen war. Der Schriftzug »Prosit 1997« an der Seite lieferte die Bestätigung.

»Onkel Sepp, kannst du mir erklären, warum du mich so dringend zum Helfen herb'stellst, wenn das Lokal eh fast leer ist?«, fragte die Anna aufgebracht.

Die romantische Stimmung drohte zu kippen.

Der Wirt ließ sich nicht aus der Ruhe bringen. Sanft entzündete er ein Streichholz und führte es zur Kerze. »Geh, Anna«, säuselte er und blies das Zündholz aus. »Du hast da einen aufregenden jungen Mann vor dir sitzen. Nütz die einmalige Gelegenheit, ihn kennenzulernen!«

Der jungen Frau reichte es endgültig. »Sorry, aber ein Clown namens Hofnoah entspricht nun wirklich nicht meinem Beuteschema«, stellte sie klar und erhob sich erbost. »Außerdem steh ich im Halteverbot.« Sie warf dem Hofnoah einen herablassenden Blick zu und verschwand.

»Dafür brennst du dreißig Euro!«, rief ihr der abservierte Revierinspektor den Tarif fürs Falschparken noch nach.

Der Lehner Sepp war enttäuscht. »Ich weiß nicht, was sie hat«, sagte er, dämpfte die staubige Kerze aus und verzupfte sich in die Küche.

Der Hofnoah blieb allein mit seiner halb leeren Halben zurück. Er trank sie in einem Zug aus. Danach sah er keinen Grund mehr, auch nur eine Minute länger zu bleiben. Er stand auf und ging. Dass er nach diesem Affentheater die Zeche prellte, verstand sich von selbst. Der Hofnoah war an diesem Tag wegen Mordverdacht festgenommen worden, hatte sich beim obersten Polizeibonzen Österreichs blamiert, hatte eine Versetzung in den Innendienst nach Linz in Aussicht gestellt bekommen und war zum Opfer eines missglückten Verkuppelungsversuchs geworden. Wie konnte es also anders sein, als dass er an diesem Abend vor dem Schlafengehen noch in das nächste Schlamassel geriet?

Als er im zweiten Stock seines Wohnhauses aus dem Lift stieg und in freudiger Erwartung aufs Bett zur Tür schlurfte, wartete ein besonderes Empfangskomitee auf ihn.

»Ja, wen haben wir denn da?«, fragte die Mutter, und ihr Tonfall verriet ihm, dass er irgendeinen Bock geschossen haben musste. Auch die nebenstehende Person wirkte, als habe sie ein Hühnchen mit ihm zu rupfen.

»Ja, genau! Wen haben wir denn da?«, plapperte der Meier Fredi nach und setzte den gleichen hämischen Grinser wie die Mutter auf.

»Mutter und Muttersöhnchen, wie es scheint«, antwortete der Hofnoah müde, schob die beiden zur Seite und steckte den Schlüssel ins Schloss. Als er die Tür öffnete und die Wohnung betrat, schwänzelten ihm die ungebetenen Gäste einfach hinterher.

»Was hat mir denn dein netter Nachbar da erzählt?«, stellte die Mutter wieder so eine Frage, die nur Unheil bedeuten konnte.

Der Hofnoah holte sich ein Glas aus dem Chaos in seinem Küchenkasten, schob auf der Abwasch ein paar vertrocknete Teller zur Seite und schenkte sich Leitungswasser ein. Seinen Gästen, die direkt hinter ihm standen, bot er nichts an. Er dachte auch nicht daran, der Mutter eine Antwort auf ihre Frage zu geben. Das würde sie ohnehin gleich selbst erledigen.

»Jetzt hast so einen netten und talentierten Nachbarn, und dann lässt ihn nicht üben«, hielt ihm die Mutter vor. »Ich bin wirklich schwer enttäuscht von dir.«

Der Hofnoah entlarvte ihre Strategie sofort. Sie drückte auf die Tränendrüse, weil sie wusste, dass er es nicht sehen konnte, wenn sie traurig war. Doch dieses Mal würde sie nicht damit durchkommen, nahm er sich vor. Er blieb stumm und trank sein Wasser.

»Das bisserl Zeugl spielen tut doch keinem weh«, gab die Mutter nicht auf.

Nun musste der Hofnoah einschreiten. »Doch, mir! Und zwar in den Ohrwascheln«, protestierte er.

Die Mutter konnte das nicht so stehen lassen und griff zur schärfsten Waffe, die Mütter zu bieten haben: Uralt-Geschichten aus der Kindheit ihrer Sprösslinge. »Glaubst, für mich war das damals ein Genuss, wie du als Siebenjähriger für die Flötenstund g'übt hast?«, wollte sie wissen.

»Jedenfalls war mein Repertoire schon nach der ersten Stund größer als seins bis heute.« Der Hofnoah blickte nun direkt den Meier Fredi an, der sich beleidigt abwandte. »Vorschlag zur Güte«, leitete er ein, weil er endlich seine Ruhe haben wollte, »er soll einmal pro Woche zum Posten kommen und sich meinen Dienstplan abschreiben. Dann weiß er, wann ich nicht da bin, und kann in der Zeit den Mercury Freddie schänden, so viel er will.« Während er den Vorschlag aussprach, schoss ihm zwar durch den Kopf, dass er wahrscheinlich bald gar nicht mehr in Gallneukirchen arbeiten würde. Aber das behielt er für sich.

Die Mutter war jedenfalls begeistert von dem Vorschlag. »Siehst, ich hab ja g'wusst, dass ich einen vernünftigen Buben hab«, frohlockte sie und tätschelte ihrem Noah mit der linken und dem Fredi mit der rechten Hand die Schulter.

Doch Letzterer war mit der Lösung nicht zufrieden. »Das heißt, ich soll jede Woche zum Posten hinüberhatschen, damit ich weiß, wann ich in meinen eigenen vier Wänden Zeuglspielen darf?«, murrte er.

»Keine Widerrede! So machen wir's!«, schloss die Mutter die Mediation ab, während der Hofnoah die beiden Eindringlinge bereits verlassen hatte.

Er war ins Wohnzimmer gegangen und zog das Uniformhemd aus. Er wollte sich endlich bettfertig machen, egal ob mit oder ohne Zuschauer. »Was verschafft mir eigentlich die Ehre zu diesem Hausfriedensbruch?«, rief er in die Küche hinüber.

»Nichts Besonderes«, antwortete die Mutter und kam mit dem Meier Fredi im Schlepptau zu ihm. »Ich war in der Nähe und wollt mir meine Tupperdose abholen.«

Der Hofnoah hatte Glück, dass er in diesem Moment sein Pyjamahemd über den Kopf gezogen hatte. So wurde sein Gesicht verdeckt, dem abzulesen war, dass mit der kostbaren Dose etwas Schlimmes passiert sein musste. »Aha«, antwortete er mit selbstbewusster Stimme und leitete sogleich ein Ablenkungsmanöver ein. »Und was ist mit ihm?« Er wandte sich dem Meier Fredi zu.

Dieser hatte im Hausflur nur zufällig die Mutter des Hofnoah getroffen und die Chance genutzt, ihren unmusikalischen Sohn zu verpetzen. Einen anderen Grund dafür, jetzt hier im Wohnzimmer zu stehen, hatte er nicht. Er sah den Hofnoah unsicher an. Dessen seltsam starrer Blick machte ihn nervös.

Dabei war der mit den Gedanken ganz woanders: Er musste sich dringend eine Ausrede für die verschwundene Tupperdose einfallen lassen.

Eilig drehte sich der Meier Fredi um und verschwand mit einem hastigen »Pfiat euch!« zur offenen Wohnungstür hinaus.

»Tür zu!«, schrie ihm der Hofnoah zufrieden nach, bevor sie ins Schloss knallte.

»Ich glaub, mich trifft der Schlag!«, rief die Mutter vom Schlafzimmer herüber. Sie hatte das Mühlviertler XXL-Frühstück entdeckt, das seit der Früh im Bett verstreut lag. Außerdem hatte sie einen der vier Kaffeebecher, die am Boden standen, versehentlich mit dem Fuß umgestoßen.

»Raus aus meinem Schlafzimmer!«, befahl der Hofnoah, motiviert vom schnellen Verschwinden des Meier Fredi. Tatsächlich verließ die Mutter eine Sekunde später den Raum. Aber nur, um sich aus der Küche ein paar Reinigungsutensilien zu holen. »Geh, lass das! Ich erledige das schon«, sagte der Hofnoah, als sie sich mit einem Kübel auf den Weg ins Bad machte, um ihn mit Wasser zu befüllen. Er versuchte ihr das Putzzeug zu entreißen, aber die resolute Pensionistin packte seine Hand und verdrehte sie in einem ungesunden Winkel. »Au!«, rief der Hofnoah wehleidig. Er hatte sich gerade erst von dem Beinah-Bruch seines Fingers durch die

Mairinger Bettina erholt. »Wenn du immer meine Wohnung putzt, werd ich's selber nie lernen!«, appellierte der Hofnoah an ihren Mutterinstinkt. Überraschenderweise drang er damit zu ihr durch.

Sie drückte ihm Kübel und Fetzen in die Hand. »Da! Dann mach du«, befahl sie.

»Ja, nachher«, wiegelte der Hofnoah ab und schwenkte zu dem Versuch einer Verabschiedung: »Fahr vorsichtig!«

»Nix da! Du räumst jetzt die Sauerei auf, wischst den Boden, und ich schau, ob du es richtig machst.«

»Mama, ich bin achtunddreißig Jahre alt.«

»Umso trauriger, dass du das noch nicht ohne Aufsicht hinkriegst.«

»Mama, schleich dich!«

Die Mutter wich schockiert zurück. So eine Unverschämtheit verlangte nach einer Sanktion. Als ihr Bub sie das letzte Mal aus der Wohnung werfen wollte, hatte sie ihn zu einer Woche Fernsehverbot verdonnert, auch wenn es nicht leicht gewesen war, das gegenüber einem Anfang-Dreißigjährigen durchzusetzen. Nun, Jahre später, sah sie ein, dass ein Fernsehverbot keine zeitgemäße Strafe mehr war. Sie würde ihm den WLAN-Router wegnehmen müssen.

Doch zuvor versuchte sie es noch pädagogisch korrekt: »Wenn du jetzt brav aufwischst und zusammenräumst, sag ich dir, wer der Mörder vom Pöttl Erwin ist«, bot sie dem Hofnoah einen positiven Anreiz zum Putzen.

Sie ahnte nicht, dass sie damit ins Schwarze traf. Genau diese Information war es nämlich, die ihn vor dem Aktenschlichter-Job in Linz drunten bewahren würde.

»Du machst dich strafbar, wenn du in einem Mord-fall etwas weißt und nicht zur Polizei gehst«, belehrte sie der Hofnoah.

»Ja, und?«, antwortete die Mutter gleichgültig. »Du machst dich strafbar, wenn du deiner Mutter – jener Frau, dank der du hier in Pyjamahemd und Uniformho-se stehen kannst – sagst, dass sie sich schleichen soll!«

Der Hofnoah marschierte ins Bad und befüllte den Kübel. Dann ging er ins Schlafzimmer, tunkte den Fetzen ins Wasser und begann am Boden kniend die Kaffeelatsche aufzuwischen. Die Mutter stand mit einem halben Meter Abstand hinter ihm und überwachte jede Bewegung.

»Also, wer ist der Mörder?«, fragte der Hofnoah und drückte den Lappen im Kübel aus.

»Zuerst sauber machen, dann sag ich's dir«, antwor-tete die Mutter streng.

Der Hofnoah reinigte wortlos den Boden fertig. Dann nahm er die Reste vom Mühlviertler XXL-Frühstück, trug sie in die Küche und portionierte sie in mehrere Plastikdosen. Den Verpackungsmüll stopfte er in seinen Mistkübel, der daraufhin überging.

»Also, wer ist der Mörder?«, fragte der Hofnoah noch mal.

»Den Mistkübel gehst jetzt aber schon noch ausleeren, goi!«, antwortete die Mutter.

Dem Hofnoah blieb nichts anderes übrig, als ihn zu schnappen, die Wohnung zu verlassen und mit dem Lift hinunter zu den Mülltonnen zu fahren.

Als er zurückkehrte, fragte er keuchend ein weiteres Mal nach: »Wer ist der Mörder, Mama?«

»Jetzt gibst mir noch meine Tupperdose zurück, und dann sag ich's dir!«

Gott sei Dank hatte sich der Hofnoah für dieses heikle Thema in der Zwischenzeit eine Ausrede zurechtgelegt. »Die hab ich im Büro«, log er. »Ich bring sie dir morgen zum Mittagessen mit.« Zufrieden stellte er fest, dass ihm die Mutter die Lüge anstandslos abkaufte.

»Also gut …«, machte sie es noch einmal spannend und blickte sich um, als ob sie sichergehen wollte, dass niemand anderer zuhörte. »Die Teller da hätten aber längst einmal abg'waschen g'hört, goi!«, lenkte sie schon wieder vom Thema ab.

»Mama, wenn du es mir nicht gleich sagst, dann fahr ich aus der Haut!«, drohte der Hofnoah.

»Der Exenberger Denis war's!«, beeilte sich die Mutter, den aufgebrachten Sohn zu beruhigen.

»Woher weißt du das?«, fragte der Hofnoah.

»Seine Mutter hat's mir gestern beim Friseur erzählt.« Sie fuhr sich mit einem Lächeln durch die Haare. »Schön, goi?«, hoffte sie auf ein Kompliment für die neue Dauerwelle.

»Die gesteht dir unter der Trockenhaube einen von ihrem Sohn begangenen Mord?!«, konnte es der Hofnoah nicht fassen.

»Ja mei, sie ist halt eine ehrliche und grundanständige Frau«, erklärte die Mutter.

»Aha, und woher kennst du sie überhaupt?« Der Hofnoah war immer wieder überrascht, wie gut seine Mama im Mühlviertel vernetzt war.

»Eh vom Friseur«, antwortete sie und zuckte mit den Schultern.

Der Hofnoah sah die Mutter eine Zeit lang mit unbewegter Miene an. Er fragte sich, ob bei ihr geistig noch alles im Lot war. Hatte sie gerade ernsthaft behauptet, beim Friseur einen Mord gebeichtet bekommen zu haben? »Hast einen Beweis dafür?«, fragte er schließlich betont sachlich.

»Ja, die Aussage seiner Mutter.«

»Mama, dass er am Tatort g'wesen ist, wissen wir schon längst, aber wir haben nichts gegen ihn in der Hand. Es gibt von ihm keine Spuren.«

»Also, die Bürokratie musst schon du als Beamter erledigen. Ich liefere nur die entscheidenden Infos dazu.«

»Deine entscheidenden Infos kenn ich. Laut dir ist der Berger Hans ein Internetaktienhändler aus Linz drunten.« Der Hofnoah klatschte sich mit der flachen Hand auf die Stirn. Die Schande, sich mit dieser Fehlinformation beim Chef blamiert zu haben, saß tief. »Ich kann mir schon denken, wie verlässlich es ist, wenn dir beim Glatzentischler der Name eines Mörders genannt wird«, fügte er skeptisch hinzu.

Der Mutter reichte es. Sie fühlte sich in ihrer Informantinnenehre gekränkt und verließ die winzige Küche. Zielgerichtet steuerte sie zum Wohnzimmerkasten, öffnete ihn und grub darin herum. »Zwei Wochen Internetverbot!«, schnaubte sie und hielt triumphierend den WLAN-Router in die Höhe. »Eine Woche dafür, dass ich mich schleichen soll, und eine Woche dafür, dass du mich als Informantin beleidigt hast.«

Der Hofnoah konnte ihr nur noch dabei zuschauen, wie sie zur Wohnungstür ging und sie schwungvoll öffnete. »Ich schleich mich jetzt!«, bekundete die Mutter und trat ab.

Der Hofnoah blieb grübelnd zurück. Hatte er die Lösung des Falls die ganze Zeit vor der Nase gehabt? War der Mörder wirklich der amtsbekannte Schläger, der nicht lange nach der Tat vom Pöttl-Hof davongerast war? Stellten dessen angebliche Schulden tatsächlich das entscheidende Tatmotiv dar? Seine geheimen Ermittlungen in diese Richtung hatten ihn nicht weitergebracht. Im Gegenteil: Der Moser Andi von der Post hatte mit einer Geschichte über einen Todfeind des Pöttl Erwin namens Hubinger Kevin von den illegalen Misthaufensportlern abzulenken versucht. Und der Schladerer Mandi von der Raiffeisenbank war ihm mit dem Grundstücksdeal zwischen dem Pöttl Erwin und dem Watzinger Stefan gekommen, bei dem er keine Fortschritte machte.

Gleich am nächsten Morgen, seinem möglicherweise letzten am Posten Gallneukirchen, wollte sich der Hofnoah den Exenberger Denis noch einmal vorknöpfen.

KAPITEL SIEBZEHN

Es war eine unruhige Nacht für den Hofnoah. Schweiß-
gebadet kippte er von einem Albtraum in den nächsten.
Einige seiner tiefsten Ängste tauchten in furchterregenden
Fantasien vor ihm auf: der drohende Job in dem riesigen
Betonbunker in Linz drunten. Der herbstliche Nebel der
Großstadt, bei dem man nie genau wusste, ob es ein
Wetterphänomen oder eine Abgaswolke war. Schwindlige
Burger-Buden und einfallslose Kebab-Stände, die überall
dort ihren Einheitsbrei servierten, wo früher einmal urige
Wirtshäuser und bodenständige Würstelstände Schnitzel
und Bosna gezaubert hatten. Überfüllte Straßen mit ge-
stressten Speckfechtern im Auto, denen die Mühlviertler
Easyrider-Mentalität ein Dorn im Auge war. Als er sich
in der Mittagspause beim Schachtelwirt am Linzer Tauben-
markt einen »Big Mac« bestellte, wachte er mit einem
Puls von 120 auf. Es war Punkt sechs Uhr morgens.
Erleichtert stellte er fest, dass alles nur ein Traum gewesen war. Doch die Ruhe währte nicht lange. Schlagartig wurde dem Hofnoah klar, dass er in der Nacht
eine Vorschau auf sein künftiges Leben präsentiert bekommen hatte – sofern in den folgenden Stunden der
verdammte Mordfall Pöttl nicht gelöst würde.

Angetrieben vom letzten vorhandenen Funken Zu-
kunftshoffnung, stieg er aus dem Bett und machte sich für
die Arbeit fertig. Er wollte seinen Job in Gallneukirchen
nicht kampflos aufgeben. Das stand für ihn nach dieser

Horrornacht fest. Als er das schweißnasse Hemd des Pyjamas gegen das zerknüllte der Uniform tauschte, bemerkte er erfreut, dass er am Vorabend vergessen hatte, die Uniformhose auszuziehen. Ein morgendlicher Handgriff weniger, der ihn von der Lösung des Falls abhielt. Recht umfangreiche Maßnahmen setzte er allerdings ohnehin nicht ein, um sich fürs Büro zurechtzumachen.

Er verließ die Wohnung mit einer Frisur wie geschaffen für einen besonderen Tag wie diesen: Der Wirbel auf seinem Hinterkopf hob sich kunstvoll eingedreht wie der Ringelschwanz eines Mühlviertler Mangalitza-Schweins vom restlichen Haupthaar ab. Hundert Prozent nachhaltig und biologisch im nächtlichen Schlaf erzeugt, ohne Einsatz künstlicher Haarpflegeprodukte.

Auf dem Weg ins Büro kehrte er noch kurz im Café auf einen Cappuccino ein. So viel Zeit musste auch an diesem Tag sein. Der Kellner erkannte den Stammgast kaum wieder, orderte dieser doch bereits beim Betreten des Lokals sein Getränk, anstatt wie gewohnt mindestens zehn Minuten auf der Karte danach zu suchen.

Als der Hofnoah den Muntermacher serviert bekam, stellte er zufrieden fest, dass der Milchschaum nicht mit Kakaopulver entwürdigt worden war. Schlürfend wie ein Weinkenner nahm er einen Schluck, während der Maestro neben ihm gespannt auf das Qualitätsurteil wartete.

»Darf ich gleich zahlen, bitte?«, machte der Hofnoah stattdessen wieder Tempo.

Der Kellner grinste wissend. »Wir haben ein Problem mit der Kassa. Ich kann keinen Beleg ausstellen.«

»Ich will heut wirklich zahlen, Gerhard! Bitte keine Sonderbehandlung mehr«, erklärte der Hofnoah, der diesen denkwürdigen Arbeitstag mit einer weißen Weste begehen wollte. Er fühlte sich wie ein neuer Mensch. Sein Ziel war es, sich absolut nichts mehr zuschulden kommen zu lassen. Er wollte als vorbildlicher Beamter gelten und sich am Posten Gallneukirchen langfristig unentbehrlich machen.

Doch der Kellner blieb dabei. »Ich mein es ernst: Die Kassa wird gerade repariert. Ich kann und darf in den nächsten drei Stunden kein Geld annehmen. Deshalb sperren wir heut eigentlich auch erst später auf.«

Der Hofnoah blickte sich um. Abgesehen von einer Technikerin hinter der Theke war er tatsächlich der einzige Gast im Lokal. Auch Laufkundschaft war keine da.

»Das … das gibt's ja nicht«, stotterte der Hofnoah. Er hatte unterschätzt, wie aufwendig es war, gesetzestreu zu leben. »Wieso hast mir das denn nicht früher g'sagt?«, fragte er überfordert.

»Na ja, weil ich bei dir die Kassa eh nie brauch.«

Wo er recht hatte, hatte er recht, musste der Hofnoah zugeben. Doch wie konnte er jetzt die Angelegenheit regeln, ohne gegen das amtliche Geschenkannahmeverbot zu verstoßen? »Stellst mir halt schnell in eurem Büro am Computer eine Rechnung aus, dann überweis ich dir die Zech«, wies er den Kellner an.

»Wegen den drei Euro sechzig? Nein, das passt schon. Bist eing'laden. Rechnungen ausm Büro gibt's nur für Großkunden«, erwiderte der Kellner und klopfte dem Hofnoah freundschaftlich auf die Schulter.

Der Hofnoah wurde unrund. Es gab Regeln, an die er sich nun kompromisslos halten wollte. Dazu gehörte, sich im Dienst nicht auf einen Cappuccino einladen zu lassen. Warum war das so schwer zu verstehen? »Wenn du mir nicht sofort eine Rechnung, einen Lieferschein oder sonst einen rechtskonformen Beleg ausstellst, auf dem eine Kontonummer steht, nehm ich dich mit auf den Posten, und du kriegst eine Anzeige wegen Beamtenbestechung!«

Der Kellner machte große Augen. »Dort müsste ich dann aber auch unsere bisherige Abmachung zu Protokoll geben, goi!«, merkte er an und ging.

Der Hofnoah nahm einen Schluck von seinem Cappuccino. Mit den Altlasten von früher musste er umgehen lernen, sagte er sich. Das gute Gefühl, Dienst nach Vorschrift zu machen, würde ihm sicher dabei helfen. »Compliance« nannten sie das bei den Schulungen in Linz drunten immer. Sie hatten recht: Man kam sich als Beamter gleich viel unabhängiger vor, wenn man die Gewissheit hatte, niemandem etwas schuldig zu sein. Beim Gedanken an die Unmengen an gratis Cappuccino, die er im Café in Galli in den Jahren zuvor vertilgt hatte, war ihm in den Seminaren immer ganz anders geworden.

Als die Kaffeetasse geleert war, kam der Kellner mit einem A4-Blatt zurück, das er auf einem kleinen Silbertablett drapiert hatte. »Bitte. Die gewünschte Rechnung«, sagte er emotionslos. Der Hofnoah nahm das Schriftstück an sich und überflog es kurz. Alle Bestandteile einer ordnungsgemäßen Rechnung waren vorhanden, inklusive der gewünschten Kontonummer. Der Schock saß allerdings tief, als er den Rechnungsbetrag sah: 53,60 Euro.

»Passt prinzipiell«, bemerkte er beherrscht. »Aber bei der Summe ist dir ein Fünfer reing'rutscht, goi!«

Der Kellner nahm das Blatt mit überraschtem Gesicht wieder an sich und schaute nach. »Nein, das stimmt schon so«, meinte er gleichgültig.

»Ich hatte einen Cappuccino, keinen Château Lafite Rothschild«, machte der Hofnoah einen auf Sommelier. »Ich muss bei den Rechnungen für die Großkunden fünfzig Euro Bearbeitungsgebühr aufschlagen. Das ist Vorschrift«, erklärte der Kellner trocken.

»Dann tust die Gebühr halt wieder weg. Ich bin ja kein Großkunde.«

»Aber du wolltest eine ausführliche Rechnung wie die Großkunden.«

»Da hast die Rechnung aber ohne den Wirt g'macht!«, verlor der Hofnoah die Geduld. »Tu die fünfzig Euro weg, und gut is'! Ich muss weiter!«

Der Kellner fühlte sich im Kreis geschickt. »Gut, also wenn du das wünschst, lass ich dir die fünfzig Euro als Sonderrabatt nach«, lenkte er ein.

»Nein, dann sind wir ja wieder bei einem unerlaubten Vorteil, den du mir gewährst!« Der Hofnoah raufte sich die Haare. Er konnte es einfach nicht glauben, dass vorschriftsmäßiges Kaffeetrinken so schwierig war. Ihm lief die Zeit davon. Entnervt zerknüllte er die Rechnung. Der Dienst nach Vorschrift musste warten. »Vergiss, was in den letzten zehn Minuten passiert ist! Ich krieg den Kaffee gratis«, lautete seine pragmatische Lösung. Er stand auf, verabschiedete sich mit einem Nicken und eilte davon. Der Kellner stand damit vor einem technischen Problem.

»Jetzt bring ich die Rechnung aber nicht mehr so einfach aus dem Computersystem raus!«, rief er dem Hofnoah hinterher, doch dieser war gedanklich schon längst ganz woanders.

Als er das Büro betrat, saß die Mairinger Bettina schon an ihrem Schreibtisch und telefonierte. Ein Zeichen dafür, dass sie wie der Hofnoah alles versuchen wollte, um ihren Job zu retten. Doch das Gespräch, das sie führte, klang nicht danach. »Mir ist es wurscht, ja«, hörte der Hofnoah sie sagen. Sie redete unbeirrt weiter, ohne näher Notiz von ihm zu nehmen. »Wochenenddienste muss ich dann keine mehr machen. Das ist mit den Kindern schon lässig.« Und weiter: »Sie bauen ja eh grad die neue Autobahn, den Westring, in Linz drunten. Wenn der erst mal fertig ist, wird sich der Verkehr besser verteilen. Dann ist das Pendeln auch kein Problem mehr.«

Der Hofnoah war überrascht, seine Kollegin so reden zu hören. Zuvor hatte sie die drohende Versetzung in die Stadt noch wie er entschieden abgelehnt.

Für die Ermittlungen in den kommenden Stunden war für ihn somit sofort klar, dass er auf sich allein gestellt sein würde. Die Mairinger Bettina würde keinen Finger mehr rühren. Darüber war er einerseits alles andere als unglücklich. Endlich konnte er ohne die Anstandsdame an seiner Seite in Ruhe ermitteln. Andererseits sahen vier Augen mehr als zwei. So lästig ihm die Mairinger Bettina auch war, die Chancen, den Fall doch noch zu lösen, schwanden mit ihrem Ausfall.

Die Mairinger Bettina beendete ihr Telefonat.

»Dann wünsch ich der neuen städtischen Chef-Aktenschlichterin viel Erfolg und alles Gute!«, ätzte der Hofnoah. Er setzte sich hinter die Zettelwirtschaft, unter der sich wahrscheinlich sein Schreibtisch befand.

»Bei dem Chaos, das du immer veranstaltest, wirst du auch den neuen Job in Linz drunten in Kürze verlieren«, prophezeite die Mairinger Bettina süffisant.

Der Hofnoah hatte keine Lust, seiner Kollegin zu erklären, dass er vorhatte, den Fall an diesem Tag noch zu lösen und damit seinen Arbeitsplatz in Gallneukirchen zu behalten. Er durchwühlte den Papierberg vor sich, um die Akte des Exenberger Denis zu finden. Er wollte noch einmal alles durchgehen, bevor er ihm einen Besuch abstattete. Die Hoffnung war, ihn doch noch des Mordes überführen zu können.

Die Suche blieb erfolglos, und der Hofnoah entschied, sofort nach Katsdorf zu fahren. Nachdem der demolierte Porsche immer noch der einzige fahrbare Untersatz war, den der Posten zur Verfügung hatte, machte er sich zunächst auf den Weg zum Chef, um den Schlüssel zu holen. Auch der war zu so früher Stunde bereits im Dienst.

Als der Hofnoah sein Zimmer betrat, wurde er freudig, ja fast schon sehnsüchtig empfangen. Der Chef setzte offenbar all seine Hoffnungen, den Job doch noch behalten zu dürfen, in die Ermittlungskünste seines Revierinspektors. »Hofnoah! Super, dass du da bist! Wie laufen die Ermittlungen? Gibt's was Neues?«, fragte er aufgeregt.

Der Hofnoah wiegelte ab. »Nicht wirklich. Ich brauch den Porsche-Schlüssel, um mir in Katsdorf den Exenberger Denis noch einmal vorzuknöpfen. Vielleicht hat er ja doch Dreck am Stecken.«

Der Chef war begeistert. »Super! Geh bitte jeder Spur nach! Ich zähl auf meinen besten Mann!« Er gab ihm den Schlüssel. »Aja, übrigens: Das LKA hat den Berger Hans mangels Beweisen laufen lassen.« Sein Blick wanderte über den Schreibtisch. »Hast heut eigentlich schon g'frühstückt?« Ohne die Antwort abzuwarten, überreichte er ihm das vor ihm liegende Sackerl mit den zwei Croissants von der Bäckerei in Altenberg droben, das er sich zur Arbeit mitgebracht hatte.

Selbst der Hofnoah bemerkte nun, dass die Verzweiflung des Postenkommandanten keine Grenzen kannte. Deshalb probierte er etwas, das er sich unter normalen Umständen nie getraut hätte. Die Lage war ernst. Deshalb war er bereit, sich ungewöhnlich weit aus seiner Komfortzone herauszuwagen. »Könntest du eventuell auch noch mal über den Fall drüberschauen?«, fragte er zögerlich. »Vielleicht fällt dir ja was auf, das ich nicht bedacht habe.« Seine Überlegung war, dass der Chef ebenso gern in Gallneukirchen bleiben wollte. Da würde er vielleicht über seinen Schatten springen und ihm bei der Aufklärung des Falls helfen. »Super wär's, wenn du vielleicht in der Nachbarschaft ein paar Zeugen fra…«

Doch der spontane Versuch, den Ausfall der Mairinger Bettina durch die Mithilfe des Chefs zu kompensieren, scheiterte kläglich. Dessen Verzweiflung war zwar grenzenlos. Aber in die Niederungen der operativen Ermittlungsarbeit hätte sich der Kommandant auch unter vorgehaltener Dienstwaffe nicht begeben.

Er starrte den Hofnoah komplett baff an: »Puh, du …«, schnaufte er ihm entschuldigend ins Wort, »ich bin leider bis oben hin mit Papierkram voll, aber wenn du etwas brauchst, bin ich natürlich jederzeit für dich da!«

Sein Gestammel war ein einziger Widerspruch. Ängstlich, den Job zu verlieren, aber nicht ängstlich genug, dass er am Fall selbst Hand angelegt hätte. Verbindlich im Ton, aber nicht verbindlich genug, dass er für seinen besten, weil einzigen Mann irgendetwas anderes als warme Worte parat gehabt hätte. Außerdem musste der Hofnoah an der angeblich so drückenden Arbeitslast schon sehr zweifeln, als er auf dem PC-Bildschirm einen Onlineshop für Golfzubehör und eine Google-Suchanfrage für eine Thailand-Reise sah. Ihn fraß beinahe der Neid. Er war selbst urlaubsreif, seit sein Job in Gallneukirchen nichts mehr mit der Gemütlichkeit von früher zu tun hatte. Sobald das alles vorbei war, wollte er auch eine Weile ausspannen. Zwar nicht in Thailand, das war ihm viel zu weit weg. Das Salzkammergut würde es auch tun. Doch die Sehnsucht des Chefs nach Ruhe teilte er mit jeder Faser seines geschundenen Körpers.

Beim Rausgehen drehte er sich noch mal um. »Übrigens, Chef«, sagte er, »die Insel Ko Samui soll ganz fesch sein.«

Der Postenkommandant fühlte sich zunächst ertappt, fand aber sofort wieder in seine scheißfreundliche Rolle des gleichzeitig liebenswürdigen und faulen Chefs zurück: »Dank dir recht schön für den Tipp, Hofnoah! Und toi, toi, toi!«

Es verstand sich von selbst, dass der Hofnoah die sieben Kilometer nach Katsdorf mit Blaulicht zurücklegte. Ebenso logisch war, dass er dabei eines der beiden Croissants verdrückte, was das Fahrtempo aber auch ohne Probleme zuließ.

Am Ziel angekommen, stellte er erleichtert fest, dass der Mercedes mit dem Wunschkennzeichen am Parkplatz stand. Die Zielperson war also wahrscheinlich zu Hause. Ebenso anwesend war wieder der freundliche Herr am Balkon neben dem Eingang des Mehrfamilienhauses. Aufgescheucht vom Lärm des Sechszylinder-Boxermotors und vom Blinken des Blaulichts, traten nach und nach immer mehr Leute auf ihre Balkone heraus.

»Lässige Hütte!«, rief der bereits bekannte Nachbar anerkennend herunter und deutete auf das Auto. Ein anderer hatte eine technische Frage:»Ist der Depscher auf der Seite serienmäßig oder ein Souvenir von der letzten Verfolgungsjagd?« Ein dritter wollte umweltpolitische Kritik loswerden:»Komplett unnötig, diese Benzinschleuder! Schnelle Autos gibt's auch in Elektro. Wissts ihr das bei der Kieberei denn nicht?« Der Hofnoah hatte keine Zeit für Bürgeranfragen. Es gab zwar die Weisung, immer freundlich und zuvorkommend zu sein. Während eines laufenden Einsatzes war es aber erlaubt, ausnahmsweise von der Regel abzuweichen. Wortlos marschierte er also zum Eingang und läutete bei»Exenberger/Gruber«.

»Ja?«, meldete sich eine Frauenstimme.

Der Hofnoah schaltete sofort. Dieses Mal würde es wegen dem außergewöhnlich hohen Organ des Exenberger zu keinen Peinlichkeiten kommen.»Guten Morgen, Herr Exenberger«, rief er in die Sprechanlage,»Revierinspektor Hofer. Ich hätte noch ein paar Fragen an Sie.«

Am anderen Ende der Leitung blieb es wie beim ersten Besuch unüblich lange still.»Ich bin die Gruber Vera, seine Freundin«, erhielt er schließlich eine überraschende Antwort.»Aber bitte kommen S' rein. Er ist eh da.«

Der Hofnoah betrat das Haus und spurtete die Stiege hinauf.

Der Exenberger Denis wartete an der Wohnungstür bereits auf ihn. Wieder im selben ärmellosen Trainingsshirt mit dem tiefen Ausschnitt und den Trägern, die nicht breiter als ein Faden waren.

»Hätten Sie mich auch gebraucht? Ich müsste dringend zur Arbeit«, kam es aus seiner Richtung. Der Hofnoah war irritiert. Wen, außer ihn, sollte er denn sonst verhören wollen?

Erst als der Hüne seinen linken Arm in die Höhe hievte, um sich am Kopf zu kratzen, zeigte sich, dass nicht der Exenberger Denis die Frage gestellt hatte. Es war dessen Freundin gewesen, die von der Mensch gewordenen Schrankwand vollständig verdeckt gewesen war.

Auch sie schien top in Form und dem Bodybuilding nicht abgeneigt. Ungerechterweise kam die harte Arbeit, die hinter ihrer muskulösen Statur stecken musste, neben ihrem Freund kaum zur Geltung. Auffällig war ihre gebräunte Haut, dank der man ihren Hauptwohnsitz im südspanischen Marbella anstatt im südmühlviertlerischen Katsdorf verortet hätte. Die blond gefärbten schulterlangen Haare und die schwarzen Augenbrauen ließen hingegen keine weiteren geografischen Schlüsse zu.

»Bleiben S' bitte kurz da! Es dauert nicht lang«, bestand der Hofnoah auf ihre Anwesenheit. Daraufhin wurde er wieder ins Wohnzimmer geführt, wo er sich auf der bekannten schwarzen Ledersitzgruppe niederließ.

»Ich hab nicht viel Zeit, ich muss ins Training nach Linz«, mahnte der Exenberger Denis wie beim ersten Besuch zur Eile. Sein Blick kam dem Hofnoah noch grimmiger als sonst vor.

»Wann nicht?«, versuchte er deshalb mit einer nicht ganz gelungenen ironischen Antwort das Eis zu brechen.

Doch den Exenberger Denis ließ das kalt. »Ich muss ins Training«, wiederholte er monoton.

Der Hofnoah beeilte sich, gleich zur Sache zu kommen. »Herr Exenberger, Sie haben uns erzählt, dass Sie die Leiche des Pöttl Erwin am späten Mittwochabend g'funden haben und dann im Schock wegg'fahren sind.«

»Ja, wieso?«, piepste er mit einer Mischung aus Überraschung und Aggressivität. Sein linker Brustmuskel zuckte, als verberge sich ein wildes Tier hinter der rasierten Haut. Der Hofnoah schluckte gequält und überlegte, wie er seinem Gegenüber am schonendsten beibringen konnte, dass er ihn am liebsten des Mordes überführen und hinter Gitter bringen würde.

Im Nebenraum telefonierte die Freundin so laut, dass er alles mitbekam und kurz innehielt. »Ja, ich komm heut später«, sagte sie, »ja, der unnötige Kieberer ist wieder da.« Auch bei ihr war die Aggression nicht zu überhören. Die beiden gaben dadurch ein stimmiges Paar ab, fand der Hofnoah. »Dann soll sich der Justin den Buckel mit der Bräunungscreme halt selber einschmieren!«, brüllte sie.

Der Hofnoah wandte sich wieder an den Exenberger: »Was arbeitet Ihre Freundin eigentlich?« Die Frage bot eine willkommene Gelegenheit, um sich beim eigentlichen, für ihn potenziell lebensgefährlichen Thema kurz Luft zu verschaffen.

»Bodybuilding-Branche«, antwortete der Exenberger Denis knapp.

»Voi lässig!«, flötete der Hofnoah, bevor er allen Mut zusammennahm, um zum Wesentlichen zu kommen. »Sie haben beim letzten Mal etwas von Schulden erwähnt, die der Pöttl Erwin bei Ihnen g'habt ...«

»Ja, wieso?«, fiel ihm der Exenberger Denis ins Wort. Er hasste es, sein tägliches Training unpünktlich zu starten.

»Wieso und in welcher Höhe hatte er Schulden bei Ihnen?«, fragte der Hofnoah, so wertfrei es ging. Er empfand es als komplett abwegig, in diesem Moment angeblich einem Gläubiger des g'stopften Mühlviertler »Glamour-Bauern« gegenüberzusitzen.

»Trainingsschulden«, erklärte der Exenberger Denis gewohnt ausschweifend.

Der Hofnoah bemerkte zufrieden, dass er mit seiner Vermutung am richtigen Dampfer gewesen war. Der Exenberger Denis hatte sich wahrscheinlich das Geld für die überteuerten Trainings im Corona-Lockdown zurückholen wollen. Dass er von den damals illegalen Aktivitäten am Pöttl-Hof wusste, behielt der Hofnoah zunächst aber für sich. Aus Sicherheitsgründen. »Was meinen Sie mit Trainingsschulden?«, gab er den Ahnungslosen. Der Exenberger Denis überlegte.

»Getränke, Proteinpulver, solche Sachen«, zählte er auf.

»Mineralwasser um fünfzehn Euro?«, ergänzte der Hofnoah spontan, womit er bei seinem Gegenüber unerwartet einen Nerv traf.

»Dafür hätt ich ihn mit bloßen Händen erwürgen können!«, kreischte der Exenberger Denis wie von der Tarantel gestochen, legte beide Hände aneinander und formte mit aller Kraft zwei Fäuste. Sein gebräuntes Gesicht errötete ungesund.

Aufgescheucht von dem Schrei, platzte die Gruber Vera ins Wohnzimmer, setzte sich neben ihren Freund und strich ihm einige Male zärtlich über den Rücken. Dabei gab sie einen beruhigenden Zischlaut von sich, der auch den erschrockenen Hofnoah langsam wieder herunterkommen ließ. »Der Denis ist ein ganz ein Lieber. Der kann keiner Fliege was zuleide tun«, erklärte sie dem Hofnoah, während das in der Brust ihres Freundes eingesperrte Tier weiterhin erfolglos um seine Freiheit kämpfte.

Der Hofnoah erinnerte sich an die Geschichten, die er über den angeblich so lieben Exenberger Denis gehört hatte. Unzähligen Leuten hatte er ein blaues Auge verpasst. Von Attacken gegen Fliegen war ihm hingegen nichts bekannt. Da hatte die Gruber Vera schon recht.

Der Hofnoah war froh, mit dem Exenberger Denis nicht mehr allein im Raum zu sein, und fuhr mit dem Verhör fort. »Wie hat der Pöttl Erwin reagiert, als Sie ihn mit den Schulden konfrontiert haben?«, hakte er nach.

Die Frage gefiel dem Exenberger Denis ganz und gar nicht. »Hörst du mir überhaupt zu? Er ist schon tot g'wesen, als ich bei ihm angekommen bin«, fiepte er wütend.

»Und früher haben Sie ihn nie drauf ang'sprochen?«, entgegnete der Hofnoah, der tunlichst darauf achtete, einen interessierten, aber keinesfalls vorwurfsvollen Ton zu wählen.

»Nein, wieso?«, lautete die Antwort.

Der Hofnoah resignierte und wandte sich an die Freundin. »Wie haben Sie den Abend erlebt?«, fragte er.

»Ganz normal«, leitete sie ähnlich wortgewandt wie ihr Freund ein. »Wir haben uns *Desperate Farmers* im Fernsehen ang'schaut. Danach bin ich ins Bett 'gangen, und der Denis ist noch aufblieben.« Der Hofnoah wurde hellhörig.

»Da ist der Pöttl Erwin zu sehen g'wesen, oder?«

»Ja, sicher. Alle haben das g'schaut. Ich kenn keinen, der das nicht g'schaut hat.«

Der Hofnoah verkniff es sich, über den seltsamen Bekanntenkreis der Zeugin näher nachzudenken. »Haben Sie mitbekommen, dass Ihr Freund noch einmal wegg'fahren ist? Und haben Sie mit ihm g'sprochen, als er zurückgekehrt ist?«

»Nein, ich bin vorher ins Bett gegangen. Er hat mir später alles erzählt. Ich mein, ist doch verständlich, dass er den Erwin zur Rede stellen will, nachdem er ihm im Lockdown das Geld so aus der Tasche gezogen hat.« Ihr Freund zwickte sie in den Oberarm. »Au!«, plärrte sie und stieß mit der Faust zurück. Sie sah dabei wie ein Schlauchbootfahrer aus, der mit dem Ruder auf ein Kreuzfahrtschiff einschlug. »Ist doch wahr!«, beharrte sie. »Das soll er ruhig wissen. Der Pöttl hat im Lockdown viele Sportler, die bei ihm trainiert haben, fast in den Ruin getrieben.«

Der Hofnoah setzte eine überraschte Miene auf. »Können Sie das nachher am Posten zu Protokoll geben?«, fragte er. Er wollte, dass ihm die Mairinger Bettina live dabei zusah, wie er den Fall ganz allein löste.

Wie selbstverständlich bekam er ein Nicken zur Antwort. Der jungen Frau war nicht klar, dass sie mit dieser Aussage ihrem Freund ein eindeutiges Motiv für den Mord verlieh, das für eine Festnahme noch am selben Tag reichen würde.

Die offenen Fragen, warum sich die Fingerabdrücke des Exenberger Denis nicht auf dem Tatwerkzeug befanden und wem die unbekannte Spur gehörte, blendete der Hofnoah zunächst aus. Ebenso verkam all das zur Nebensache, was er bei seinen geheimen Ermittlungen an weiteren Lösungsansätzen gewonnen hatte. Wichtig für ihn und seinen Job war, vor Ablauf des Ultimatums den nach allen bekannten Umständen wahrscheinlichsten Mörder des Pöttl Erwin präsentieren zu können. Für den Beweis, dass der Exenberger Denis die Tat tatsächlich begangen hatte, waren dann ohnehin die Gerichte zuständig. Der Hofnoah frohlockte innerlich. »Passt!«, sagte er und stand auf. Er ließ sich seine grenzenlose Freude nicht anmerken. »Kommen S' bitte gegen zehn Uhr am Posten vorbei, dann nehmen wir Ihre Aussage auf.« Er bedankte sich und schüttelte beiden die Hand. Der Exenberger Denis tat ihm dabei fast ein bisschen leid. Dessen erleichtertes Grinsen zeigte nämlich, dass er keine Ahnung davon hatte, an diesem Vormittag sein letztes Training in Freiheit zu absolvieren.

Als der Hofnoah das Haus verließ, fand er an dem Platz, wo er den Porsche abgestellt hatte, eine Menschentraube vor. Immer noch voller Euphorie marschierte er auf sie zu. »Zur Seite mit euch, die nächste Verbrecherjagd wartet nicht!«, rief er und genoss die Blicke der Leute.

Bereitwillig öffnete sich die Menge, um den Hofnoah zur Fahrertür durchzulassen.

»Wie schnell geht denn der?«, fragte ein rotwangiger blonder Knirps.

»Schneller als die Polizei erlaubt«, antwortete der Hofnoah.

Der Bub war entzückt. »Papa, wenn ich groß bin, will ich auch zur Polizei!«, rief er dem Erwachsenen neben sich zu, der sich als der Elektroauto-Fan vom Balkon entpuppte.

»Nein, du lernst was G'scheit's«, hielt dieser mit seiner Meinung über den Gesetzeshüter-Beruf nicht hinter dem Berg.

Der Hofnoah lächelte die Bemerkung großzügig weg. Nichts konnte ihn aus der Ruhe bringen. Auch nicht der nächste Schaulustige, der eine Forderung an ihn stellte. »Gib den Schlüssel her und lass mich mal fahren! Ich hab dir den Porsche mit meinen Strafen finanziert.« Der Körperbau des Mannes, der es dem entschlossenen Gesichtsausdruck zufolge ernst meinte, erinnerte den Hofnoah an jenen des Exenberger Denis. Eiligst stieg er ins Auto und schloss die Tür hinter sich. Sicherheitshalber drückte er auf den Schalter der Zentralverriegelung.

Noch eine Stunde zuvor hätte er nicht im Traum daran gedacht, dass es so einfach sein würde, den Fall zu lösen. Alles, was er jetzt noch tun musste, war die Aussage der Gruber Vera aufzunehmen und danach vom Chef einen Haftbefehl organisieren zu lassen. Der Hofnoah schaute auf die Uhr. Es war mit halb neun zwar noch etwas früh am Tag. Aber man sollte die Feste feiern, wie sie fielen, fand er. Er entschied, ins Wirtshaus zu fahren, um mit dem Hamedinger Roland auf den gelösten Fall anzustoßen. Schließlich war er es gewesen, der ihm intensivere Ermittlungen zu den angeblichen Schulden des Pöttl Erwin empfohlen hatte. Über die misslungene Verkuppelungsaktion mit der Wirtsnichte vom Vorabend konnte er an diesem Freudentag leicht hinwegsehen.

Der Hofnoah startete den Motor und schaltete das Blaulicht ein. Ganze drei Mal gab er zur Freude des Buben neben dem Auto Vollgas. Sein Vater zeigte dem Hofnoah den Vogel, bevor dieser den Gang einlegte und in seinem Wohlfühltempo davonkroch. Auf der Rückfahrt verspeiste er gierig das zweite Croissant – zumindest jenen Teil, der nicht als Brösel auf der Mittelkonsole und am Beifahrersitz landete.

KAPITEL OCHTZEHN

Zurück in Gallneukirchen, stellte der Hofnoah den Porsche direkt vor dem Wirtshaus in der Halteverbotszone ab, die er bei Bedarf immer als seinen persönlichen VIP-Parkplatz nutzte. Wie erwartet traf er in der ansonsten leeren Gaststube an der Bar neben dem Lehner Sepp auch den Hamedinger Roland.

»Aha, noch ein Kaffeehaus-Flüchtling«, folgerte dieser zur Begrüßung. »Aber bei dir brauchen sie die Kassa ja eigentlich eh nicht.«

Der Hofnoah ging gar nicht erst auf das Compliance-Desaster vom frühen Morgen ein und gab stattdessen eine Bestellung auf. »Sepp, drei Bier! Du trinkst eins mit.«

Der Wirt war über eine solche Bestellung um diese Uhrzeit nicht überrascht. Er hatte wie an jedem anderen Tag auch an diesem Morgen bereits in aller Herrgottsfrüh einige Hopfenkaltschalen ausgeschenkt. »Gibt's was zum Feiern oder zum Runterspülen?«, fragte er nur.

»Na ja …«, machte es der Hofnoah spannend, »… ich bleib euch in Galli erhalten.« Er strahlte die beiden an und war jederzeit bereit, eine Umarmung entgegenzunehmen, doch seine Kumpane zogen die Mundwinkel nach unten.

»Also zum Runterspülen«, beantwortete der Wirt seine eigene Frage und griff nach einem Bierglas.

»Der Piepsi wird heut noch verhaftet«, setzte der Hofnoah unbeirrt nach.

»Oho!«, sprang der Hamedinger Roland endlich an und pfiff anerkennend. »Wie hast ihn denn überführt?«

»Seine Freundin hat zugegeben, dass er im Lockdown illegal am Hof in Altenberg droben trainiert hat. Außerdem ist ihm selber fast der Schädel geplatzt, als ich die g'schmalzenen Preise vom Pöttl ang'sprochen hab.«

Der Hamedinger Roland war nicht überzeugt. »Mehr nicht?«, blaffte er. »Gibt er die Tat nicht einmal zu? Und was ist mit der unbekannten Spur auf der Hantel, die du erwähnt hast?«

»Die bleibt unbekannt«, antwortete der Hofnoah gelassen.

»Das ist aber schon etwas dünn«, meinte der Hamedinger Roland.

»Was?!«, keifte der Lehner Sepp über die Budel. Er glaubte, der Hamedinger Roland sprach von dem frisch gezapften Freistädter, das er ihm gerade hingestellt hatte.

»Der Exenberger Denis war zur ungefähren Tatzeit am Tatort und gibt das auch zu«, bekräftigte der Hofnoah. »Außerdem hat er ein Motiv. Auch das gibt er zu. Das reicht garantiert für eine Anklage. Für alles Weitere ist das Gericht zuständig.«

»Und was ist mit der Unschuldsvermutung?«, grunzte der Hamedinger Roland. »Es weiß doch ein jeder, dass die so lange gilt, bis einem Verdächtigen eine Tat nachgewiesen werden kann.«

Nun reichte es dem Hofnoah. Er war gekommen, um auf die Lösung des Mordfalls anzustoßen. Nicht, um über juristische Spitzfindigkeiten zu diskutieren. Mit nur einem Schluck leerte er die Hälfte seiner Halben. Danach knallte er einen Zehneuroschein auf den Tisch. »Stimmt so!«, rief er unwirsch und wollte gehen.

»He!«, hielt ihn der Lehner Sepp zurück. »Damit kommst für drei Bier aber höchstens in der Tschechei droben aus.«

»Deins wirst ja wohl unter Marketingaufwand verbuchen können«, meinte der Hofnoah nur und verließ das Wirtshaus.

Er stieg in den Porsche und tuckerte den umständlichen Weg über das Gallneukirchner Einbahnsystem zurück zum Posten.

Im Büro angekommen, traute er seinen Augen nicht. Der Chef lümmelte bei der Mairinger Bettina am Besuchersessel und warf einen Zwanzigeuroschein neben einen umgedrehten Aschenbecher auf den Schreibtisch. Aus dem Radio, das der Hofnoah im Dienst nie hatte einschalten dürfen, bevor der Mairinger Bettina alles wurscht gewesen war, dudelte eine mit Blasinstrumenten vergewaltigte Coverversion des Bob-Marley-Klassikers »I shot the Sheriff«.

»Bei dem Loch da kommts raus, oder ich fress einen Besen!«, rief der Postenkommandant seiner Mitarbeiterin aufgekratzt zu. So wie er sich verhielt, war zu bezweifeln, dass er nüchtern war.

Die Mairinger Bettina stand ihm in ihrem Zustand um nichts nach. »Dann sag ich schon einmal Mahlzeit und setz meinen Zwanziger auf den Nebenausgang!«, sprach's und knallte den Schein auf den Tisch.

»Ja, in welchem Irrenhaus bin ich denn hier g'landet?«, polterte der Hofnoah. Er hatte in diesem Moment jeden Respekt vor dem Chef verloren. Dieser fuhr erschrocken hoch, während die Mairinger Bettina ihren spaßbremsenden Kollegen mit einem Händewacheln anwies, nicht zu stören.

»Ser… servus Hofnoah«, stotterte der peinlich berührte Postenkommandant. »Wir machen grad ein bisserl Pause und spielen eine Runde *Mühlviertler Roulette*.«

Plötzlich ließ die Mairinger Bettina einen schrillen Juchzer vom Stapel, der sich anhörte, als hätte der SV Gallneukirchen im Cupfinale gegen den FC Red Bull Salzburg gewonnen. Grund dafür war die Stubenfliege, die unter dem Aschenbecher aus jenem Loch herausgekrochen kam, auf das sie ihr Geld gesetzt hatte. Der Zwanzigeuroschein des Chefs gehörte somit nun seiner Mitarbeiterin.

Der Chef erhob sich enttäuscht und nahm den Hofnoah zur Seite. »Und?«, fragte er ungeduldig. »Gibt's was Neues?«

Dem Hofnoah war es zutiefst zuwider, seinem Vorgesetzten nach dieser Aktion mit der Bekanntgabe der Lösung des Falls einen Gefallen zu tun. »Vielleicht«, sagte er nur, um ihn noch eine Weile zittern zu lassen.

»Ach ja, bevor ich's vergess«, sagte der Chef. »Der Porsche wird nachher gegen einen neuen Touran ausgetauscht. Gib mir bitte den Schlüssel.« Der Hofnoah tat wie ihm aufgetragen und ging zu seinem Platz.

»Was ist jetzt?«, herrschte die Mairinger Bettina den Chef an. »Noch eine Runde oder bist schon pleite?«

In dem Moment fuhr draußen ein Transporter mit einem funkelnagelneuen Streifenwagen auf der Ladefläche vor.

»Wo ist denn der Hintringer Sepp heut?«, fragte der Postenkommandant, der nicht einmal mehr einen Überblick über die Urlaubstage seiner drei Mitarbeiter hatte. Auch die Mairinger Bettina war gedanklich seit der Früh schon im neuen Job in Linz drunten und bereitete, anstatt dem Chef zu antworten, die Stubenfliege für eine weitere Runde vor.

»Urlaub«, antwortete der Hofnoah, der es nicht glauben konnte, dass er einmal als Einziger im Team enden würde, der noch alle Latten am Zaun hatte.

Der Chef verließ stumm das Büro, um in Vertretung des abwesenden Fuhrpark-Managers den Austausch des Dienstwagens vorzunehmen. Seine Motivation, diese niedere Aufgabe zu übernehmen, hielt sich in Grenzen. Er drückte dem Lkw-Fahrer einfach den Porsche-Schlüssel in die Hand und stapfte am Hofnoah und der Mairinger Bettina vorbei zurück in sein Büro.

Nur wenige Minuten später betrat der Streifenwagen-Übersteller die Amtsstube. Man sah es dem korpulenten Mittfünfziger mit Sieben-Tage-Bart und nichts als Verachtung im Gesicht sofort an, dass er für Polizeibeamte nicht gerade den größten Respekt übrighatte. »Ich weiß ja nicht, welches Eichkatzerl in dem Porsche sein Unwesen getrieben hat«, eröffnete er grußlos, »aber ich putz die zweieinhalb Kilo Brösel da drin sicher nicht weg.«

Der Hofnoah hatte keine Lust, jetzt auch noch das Auto zu säubern, und delegierte die Reinigungsarbeiten einfach an seinen Vorgesetzten. »Das verantwortliche Eichkatzerl sitzt in seinem Kobel zwei Zimmer weiter«, sagte er und deutete Richtung Chefbüro.

Der Mann nickte und machte sich auf die Jagd. Es dauerte nicht lange, da marschierte er wieder zum Ausgang. Im Schlepptau hatte er tatsächlich den Postenkommandanten, der den Handstaubsauger des Hirtringer Sepp mit sich führte. Immerhin war der Chef offenbar noch so klar im Kopf, um einzusehen, dass er das Wegsaugen der Brösel angesichts der Umstände nicht auf das anwesende Personal abwälzen konnte. Zufrieden beobachtete der Hofnoah durch das Fenster, wie nur die Beine und das Hinterteil des Chefs aus dem Porsche ragten, während er die Reste des Croissants im Innenraum wegsaugte. Das Büroradio spielte einen Klassiker von Rainhard Fendrich: »Es tuat so weh, wenn man verliert«.

Als die Zehn-Uhr-Nachrichten begannen, registrierte der Hofnoah ungeduldig, dass die Gruber Vera noch nicht zur geplanten Protokollierung erschienen war. Hatte sie es sich anders überlegt? Hatte sie durchschaut, was die Aussage für die Zukunft ihres Freundes bedeutete?

Bevor sich der Hofnoah weiter in seine belastenden Gedanken hineinsteigern konnte, ging die Eingangstür auf. Herein kam nicht nur der Chef mit dem Staubsauger, sondern auch die Gruber Vera mit dem Exenberger Denis.

»So, da bin ich«, grüßte sie, und der Hofnoah bot den beiden einen Platz an seinem Schreibtisch an. Die Zeugin setzte sich. Seltsamerweise blieb ihr Freund wie ein Personenschützer hinter ihr stehen.

»Wollen S' nicht auch Platz nehmen?«, fragte ihn der Hofnoah freundlich.

»Nein. Leg Day«, verwies der disziplinierte Sportler auf sein Beintraining an diesem Tag, wodurch ihm Sitzen offenbar nicht ins Konzept passte. Der Hofnoah verstand zwar nicht, aber vermied jede Nachfrage, die den Hobby-Sicherheitsmann mit dem ärmellosen Leiberl hätte verärgern können. Er verzichtete sogar darauf, ihn zu bitten, einen Schritt zur Seite zu gehen. Und das, obwohl sich sein Platz abgedunkelt hatte, seit der Exenberger Denis direkt vor der zum Fenster hereinscheinenden Sonne stand. Da der Hofnoah deshalb sein Notizbuch nicht fand, ging er zum Lichtschalter neben der Tür.

»Wollen Sie Ihre Aussage so zu Protokoll geben, wie wir es in der Früh besprochen haben?«, fragte er die Gruber Vera am Weg zurück. Wieder versuchte er möglichst emotionslos zu wirken. Dass sein Job und die Freiheit des Exenberger Denis von der Antwort abhängig waren, musste unbedingt geheim bleiben.

»Nein«, gab sie überraschend zur Antwort. Der Hofnoah zuckte beinahe so zusammen wie letztens, als ihm seine Mutter offenbart hatte, veganes Essen serviert zu haben.

»Ich möcht zu meiner Aussage noch etwas hinzufügen, und zwar dass der Erwin vom Denis das viele Geld verlangt hat, obwohl er gewusst hat, dass der Denis kurz vorm Privatkonkurs steht. Rechtlich hat der Pöttl damit ...« – sie holte ihr Smartphone aus der Jackentasche und wischte über den Bildschirm – »... Paragraf 157 StGB, Schädigung fremder Gläubiger, begangen. Das steht auf Google!« Wie zum Beweis hielt sie dem Hofnoah das Handy vor die Nase.

Dieser nickte anerkennend. »Aha, das ist ja interessant«, nahm er den überflüssigen Hinweis auf die Straftat eines Toten entgegen. »Ich werd selbstverständlich einen Aktenvermerk verfassen und ihn an das Jüngste Gericht weiterleiten.«

»Super, danke!«, schaltete sich der Exenberger Denis ein, dem dieser Aspekt des Sachverhalts offenbar besonders wichtig war.

Als der Hofnoah die Tastatur seines Computers endlich von den darüberliegenden Aktenstapeln befreit hatte, begann er, der Gruber Vera noch mal dieselben Fragen wie beim morgendlichen Verhör zu stellen. Zu seiner Erleichterung gab diese ihre Aussage, die er direkt mittippte, in nahezu gleichen Worten wieder. Binnen Minuten war sie verschriftlicht, und der Hofnoah klickte zufrieden auf »Drucken«. Jetzt fehlte nur noch die Unterschrift der Befragten auf dem Protokoll, um seinen Job zu retten und den Exenberger Denis hinter Gitter zu bringen.

Doch bevor es dazu kam, öffnete sich die Eingangstür, und es marschierte genau jene Person energischen Schrittes herein, die der Hofnoah in diesem Moment am wenigsten brauchte.

»Grüß euch!«, rief die Mutter und verlor keine Zeit, ihr dringendes Anliegen zu formulieren: »Ich hol mir meine Tupperdose. Du vergisst sie zu Mittag ja doch wieder!«

Während die Mairinger Bettina, die zuvor still auf ihrem Platz geknotzt war, einen spontanen Lacharfall bekam, schlug der Hofnoah beide Arme über dem Kopf zusammen. »Ich hab jetzt wirklich keine Zeit für dein blödes G'schirr, Mama!«, wies er sie zurecht, stand auf und ging zum Drucker.

»Blödes G'schirr?«, fuhr ihn die Mutter an. »Für das ›Bratl to go‹ ist es dir grad gut genug g'wesen.« Die Mutter stampfte an den verdutzten Befragten vorbei zu dem kleinen Kühlschrank, der sich hinter den Schreibtischen neben dem Drucker befand. Den Hofnoah, der nur Augen für das in Entstehung begriffene Dokument hatte, rempelte sie dabei demonstrativ an.

»Au! Pass doch auf«, wies er sie zurecht.

»Ich nehm mir die Dose schnell. Dann kannst wieder in Ruhe amtshandeln.« Sie öffnete die Kühlschranktür, fand das gesuchte Objekt aber nicht. Als sie sich umdrehte, um den an seinen Platz zurückgekehrten Hofnoah zur Rede zu stellen, fiel ihr Blick auf den Exenberger

Denis. »Aha!«, rief sie wissend. »Nicht nur beim Bratl ist auf die Mama Verlass, sondern auch bei der Überführung eines Mörders!«

Der Exenberger Denis riss die Augen auf und schnaufte. Das wilde Tier in seiner linken Brust erwachte wieder zum Leben, während der Hofnoah um seines fürchtete. Die Mairinger Bettina hielt sich mittlerweile den Bauch, weil ihr das permanente Abpecken fürchterliche Schmerzen bereitete.

»Wenn du nicht augenblicklich die Amtsstube verlässt, wird hier gleich ein Mord passieren!«, drohte der Hofnoah der Mutter.

»Vielleicht sogar zwei!«, rief die Mairinger Bettina belustigt und zeigte auf den Exenberger Denis, bei dem nun auch noch das rhythmische Malmen der Backenknochen eingesetzt hatte. Seine Freundin versuchte zwar, ihn zurückzuhalten. Doch ihre Bemühungen wirkten, als ob die Freiwillige Feuerwehr Schweinbach im Alleingang den Vulkan Ätna auf Sizilien löschen müsste. Der 1,95 Meter große Lackel setzte seine brodelnde Körpermasse in Bewegung und stürmte auf die Mairinger Bettina zu. Er glaubte, sie lachte ihn aus.

»Untersteh dich!«, pfauchte die Revierinspektorin wie eine Wildkatze, die einem Elefanten Paroli bieten wollte. »Wenn du mir etwas antust, wirst heut noch eing'sperrt.«

Es war ihr Glück, dass der Exenberger Denis nichts von seiner ohnehin bevorstehenden Festnahme wusste. So schien ihre spontane Drohung durchaus Eindruck auf ihn zu machen. Er hielt plötzlich inne und schien zu überlegen, wie er sich abreagieren konnte, ohne jemanden zu verletzen. In diesem Moment kroch die Stubenfliege aus einem der Löcher des Aschenbechers, der immer noch umgekippt auf dem Schreibtisch der Mairinger Bettina stand. Der Exenberger Denis erhob seinen rechten Arm und drosch wie ein Wahnsinniger auf das arme Insekt ein. Neben dessen Ableben produzierte er damit nicht nur einen deutlich erkennbaren Riss in der Tischplatte, sondern auch einen messbaren Ausschlag auf der Richterskala.

»Haben Sie mir heut früh nicht erzählt, er kann keiner Fliege was zuleide tun?«, flüsterte der Hofnoah der Gruber Vera zu. Diese schüttelte verschämt den Kopf.

Der Exenberger Denis schien jedenfalls zufrieden damit, wie er seine Wut abreagiert hatte. Sein linker Brustmuskel hatte sich genauso wieder entspannt wie seine malmenden Backenknochen. Und das, ohne jemanden zu verletzen – von der Stubenfliege, die als solche nicht mehr zu erkennen war, einmal abgesehen. Er marschierte zurück auf den Platz hinter seiner Freundin und tat, als ob nichts passiert wäre.

Der Hofnoah registrierte erfreut, dass mit dem Ausbruch des Exenberger Denis vorerst auch das Tupperdosen-Problem gelöst war, denn die Mutter hatte kurz vor dem Fliegenmord samt Erdbeben Hals über Kopf Reißaus genommen.

Endlich konnte der Hofnoah der Gruber Vera das Protokoll zur Unterschrift vorlegen. Diese fackelte nicht lange und setzte den Kugelschreiber an. Sie wurde zwar noch kurz von ihrem Freund zurückgehalten, weil dieser kontrollieren wollte, ob die Weiterleitung des Sachverhalts an das Jüngste Gericht ordnungsgemäß vermerkt worden war. Aber als dieser die Passage wie erhofft vorfand, stand der Unterfertigung des Dokuments nichts mehr im Wege.

Wieder ging die Tür auf, und der Hofnoah befürchtete, erneut wegen der Tupperdose terrorisiert zu werden. Stattdessen huschte eine unbekannte junge Frau herein, bei der für die Beamten sofort klar war, dass es sich um eine weitere Verflossene des Pöttl Erwin handeln musste. Sie trat unsicher zu den Schreibtischen der Beamten vor. Es war unverkennbar, dass sie lieber zur Mairinger Bettina an den Tisch kommen wollte als zum Hofnoah, der immer noch einen massiven Security-Mann vor sich stehen hatte.

Der gedanklich in Linz drunten weilenden Mairinger Bettina blieb nichts anderes übrig, als die Aussage der Zeugin aufzunehmen. »Kommen S' her! Setzen Sie sich«, kommandierte sie widerwillig, und die junge Frau näherte sich zögerlich.

Unterdessen nahm der Hofnoah das unterschriebene Protokoll der Gruber Vera an sich. »Herzlichen Dank«, sagte er überschwänglich und ließ offen, ob er sich in diesem Moment bei der Zeugin oder einer höheren Instanz bedankte.

Der Mairinger Bettina dämmerte schön langsam, wie der Hofnoah seinen Job retten wollte.

»Können wir jetzt gehen?«, zwitscherte der Exenberger Denis, woraufhin ihm der Hofnoah das Okay gab, sich ein letztes Mal frei wie ein Vogel zu fühlen. Er verabschiedete das illustre Paar und schickte das Protokoll sofort an den Chef hinüber, damit dieser vom Staatsanwalt einen Haftbefehl besorgen konnte. Um dem Postenkommandanten die vollständige Lektüre des gesamten Protokolls zu ersparen, fasste der Hofnoah den Inhalt für ihn im Textfeld der E-Mail folgendermaßen zusammen: »Pöttl-Mörder = Exenberger Denis«.

Endlich hatte sich die mutmaßliche Pöttl-Ex zur Mairinger Bettina an den Tisch gesetzt. Anstatt sie nach ihrem Anliegen zu fragen, startete die lustlose Revierinspektorin sofort mit der Protokollierung der Aussage. »Name?«, fragte sie.

»Doppler Lisa«, kam die zögerliche Antwort.

»Wie lang sind S' mit ihm beinand g'wesen?«, machte die Mairinger Bettina mit der Befragung weiter und hatte Mühe, sich zu beherrschen.

Die junge Frau schien überrascht über die Frage. »Na ja, also ...«, sie stockte kurz. »So seit der Oberstufe.«

»Und was möchten Sie uns mitteilen?«, fragte die Mairinger Bettina.

Die Doppler Lisa schien sich zunächst nicht ganz sicher zu sein, ob sie überhaupt etwas zu sagen hatte. Dann platzte es doch aus ihr heraus. »Der Kevin hat den Pöttl Erwin mit der Hantelstange erschlagen!«

Während der Hofnoah gar nicht hinhörte, wurde die Mairinger Bettina stutzig. Sie hatte die Medienberichte über den Fall genau verfolgt. Deshalb war sie sicher, dass nirgends erwähnt wurde, wie genau der Pöttl Erwin von seinem Mörder getötet worden war. Warum wusste dann die Frau davon? Bevor sie dieser drängenden Frage nachging, stellte sie noch eine andere: »Und wer ist jetzt der Kevin?«

Der Frau, die sich zuvor noch so schüchtern gab, entfleuchte eine patzige Antwort: »Was ist denn das jetzt für eine depperte Frag? Der Hubinger Kevin, mein Freund halt. Gerade wollten S' doch wissen, wie lang ich mit ihm schon beinand bin.«

Peinlich berührt bemerkte die sonst so resolute Mairinger Bettina die Verwechslung, die ihr passiert war.

Der Hofnoah klickte hingegen planlos im Internet herum. Für ihn war alles, was jetzt noch passierte, so etwas wie der Abspann im bereits zu Ende geschriebenen Pöttl-Erwin-Krimi. Er wartete darauf, dass der Chef sich endlich aus seinem Büro bequemte, um ihn zu loben. Er träumte schon von einer Beförderung.

»Erzählen S' mir alles, was am Mittwochabend passiert ist«, sagte die Mairinger Bettina, die wieder voll im Saft war.

»Also, ich bin allein daheim g'wesen und hab mir *Desperate Farmers* ang'schaut. Als der Kevin heimkommen ist und den Erwin im Fernsehen g'sehen hat, ist er komplett aus'zuckt.«

»Was hat er denn gegen ihn?«, fragte die Mairinger Bettina gespannt.

»Na ja, zwischen den beiden ist noch eine alte Rechnung offen.«

Nun spürte sogar der Hofnoah, dass sich neben ihm etwas zusammenbraute. Besorgt hörte er mit einem Ohr hin.

»Damals bei der Wahl zum schönsten Mann Oberösterreichs, als der Pöttl Erwin den ersten Platz g'wonnen hat ...«, begann die Doppler Lisa von einem der erfolgreichsten Tage im Leben des »Glamour-Bauern« zu erzählen, »da hat der Erwin dem Kevin in der allerletzten Runde den Titel einfach g'fladert.«

Die Mairinger Bettina runzelte die Stirn. »Was soll das heißen?«, fragte sie.

»Der Kevin ist von Anfang an der haushohe Favorit g'wesen. Am Schluss hat er aber aufgeben müssen, weil ihm jemand Pech in die Bräunungscreme g'mischt hat. Das ist eine Sauerei g'wesen, das können Sie sich nicht vorstellen!«

Der Hofnoah konnte nicht länger an sich halten. Er hatte gerade den Exenberger Denis als Mörder des Pöttl Erwin dingfest gemacht und damit nicht nur sich selbst, sondern auch dem Chef und der Mairinger Bettina den Job gerettet. An dieser Erzählung, die ihn zum Helden der Polizei Gallneukirchen machen würde, wollte er keinesfalls mehr herumdoktern lassen. Dass ihn der Moser Andi von der Post auf den Hubinger Kevin aufmerksam gemacht und ihm sogar dessen Mordmotiv erklärt hatte, wollte er nicht wahrhaben.

»Und das Märchen von der Pechmarie sollen wir jetzt einfach so glauben, oder was?«, blazte er die Frau an, als säße eine Mörderin neben ihm, die ihre Tat leugnete.

Die Mairinger Bettina schritt sofort ein. »Hören S' nicht auf diesen Wahnsinnigen«, nahm sie die Doppler Lisa in Schutz. »Erzählen S' bitte einfach in Ruhe, was am Mittwoch g'wesen ist.«

Die junge Frau zögerte verunsichert und redete erst weiter, als ihr die Mairinger Bettina aufmunternd zunickte. »Ich hab mich dann mit dem Kevin furchtbar g'stritten. Er hat mir verboten, die Sendung weiterzuschauen. Als ich dann im Zorn g'meint hab, dass er auf den Erfolg vom Erwin doch nur eifersüchtig sei, ist er fuchsteufelswild g'worden. ›Den mach ich kalt!‹, hat er g'schrien und ist davon.«

»Und um sich diese G'schicht auszudenken, haben Sie so lang braucht?«, keppelte der Hofnoah von der Seite. Er war nicht bereit, auch nur ein Wort zu glauben. »Sie wissen schon, dass bei einer falschen Beweisaussage nicht Ihr Freund, sondern Sie im Häfn landen?«, setzte er nach.

»Beachten Sie den Affen nicht«, wiederholte sich die Mairinger Bettina und tippte die Aussage nieder. »Um wie viel Uhr ist denn Ihr Freund an diesem Abend verschwunden?«, wollte sie wissen.

»So gegen dreiviertel elf«, antwortete die Zeugin.

Die Mairinger Bettina überlegte, ob das zeitlich ins Bild passte. »Wo wohnen Sie noch mal?«, erkundigte sie sich, ohne das schon einmal gefragt zu haben.

»In Sankt Georgen drüben«, antwortete die Frau.

Die Gemeinde Sankt Georgen an der Gusen lag eine zwanzigminütige Autofahrt vom Tatort entfernt. Auf direktem Weg um 22:45 Uhr losgefahren, wäre der Hubinger Kevin viel zu bald beim Pöttl-Hof angekommen. Die geschätzte Tatzeit lag bei kurz vor Mitternacht. Der Hofnoah schoss sich sofort auf diesen Widerspruch ein.

»Das passt zeitlich ja hinten und vorne nicht! Ist er vor dem Mord noch gemütlich in Galli auf ein Bierchen eingekehrt, oder was?«

Können Sie diesen Idioten nicht einfach rausschmeißen?, schien sich die Zeugin bei der Mairinger Bettina nonverbal zu erkundigen. Diese verstand den Blick sofort, stand auf und stürmte auf den Hofnoah zu.

»Au!«, gab dieser den gewohnten vorsorglichen Schmerzensschrei von sich. Seine Finger formte er instinktiv zur Faust, damit seine brutale Kollegin ihm sie nicht wieder brach. Kopfschüttelnd beendete diese ihren Angriff und begab sich zurück an ihren Platz.

»Ihre Story geht sich zeitlich nicht aus, und g'sehen hat Ihren Haberer am Tatort auch niemand«, gab sich der Hofnoah noch nicht geschlagen. Als die Mairinger Bettina einen erneuten Angriff antäuschte, ging er sofort wieder in Deckung.

»Können Sie zu dem angeblichen Widerspruch, den der Kasperl da drüben aufgedeckt haben will, etwas sagen?«, gab sie der Zeugin schließlich Gelegenheit zur Gegendarstellung.

»Ja, es ist eigentlich leicht erklärt«, antwortete diese, als sie endlich überzeugt schien, dass man sich vor dem Hofnoah nicht zu fürchten brauchte. »Der Kevin ist mit dem Radl nach Altenberg g'fahren. Wir haben kein Auto.«

Die Mairinger Bettina zählte blitzschnell eins und eins zusammen, während der Hofnoah immer stiller wurde. Ihm fiel plötzlich der Schaulustige mit dem Rennrad vom Tatort ein, der dem Pöttl Erwin wie aus dem Gesicht geschnitten war. Wenn ihn nicht alles täuschte, hatte dieser doch »Hubinger Kevin« gemumpfelt, als er ihn mit »Erwin« angesprochen hatte. Handelte es sich am Ende um denselben Kerl, in den er auch am Marktplatz gelaufen war? Das erschrockene Gesicht war ihm gleich komisch vorgekommen. Dem Hofnoah fiel die Kinnlade herunter.

»Na bitte, das Radl erklärt die lange Fahrzeit«, resümierte die Mairinger Bettina. »Und es erklärt auch, warum er unbemerkt vom Tatort fliehen können hat.« Sie tippte wieder in die Tasten, bevor sie noch einmal nachhakte. Die ehrgeizige Vorzeigepolizistin war wieder in ihrem Element. »Wieso kommen Sie damit erst jetzt zu uns?« Diese Frage hatte zuvor zwar der Hofnoah schon als Vorwurf aufgebracht. Bei der Mairinger Bettina klang es aber so, als fragte sie aus Interesse nach und nicht, um die Zeugin bloßzustellen.

»Es war so: Ich hab von dem Mord am nächsten Tag im Radio g'hört und mir gleich gedacht, dass der Kevin was damit zu tun haben muss. Seit dem Schönheitswettbewerb damals hat er nicht nur einmal fallen g'lassen, dass der Pöttl Erwin auf seinen Misthaufen drapiert g'hört. Er hat mir dann alles erzählt und mir eingebläut, dass ich den Mund halten soll. Als er g'merkt hat, dass sein Geheimnis bei mir vielleicht nicht sicher ist, hat er zu drohen begonnen. ›Du bist die Nächste, wennst nicht aufpasst!‹, hat er g'sagt. Das hab ich nicht länger ausg'halten.«

»Eine letzte Frage noch«, wollte die Mairinger Bettina zum Ende des Verhörs kommen. »Kann Ihr Freund einen Traktor mit Frontlader bedienen?«

»Ja, sicher! Welcher Mann kann das nicht?«, antwortete die Doppler Lisa verwirrt, und die Mairinger Bettina warf dem Hofnoah einen herablassenden Blick zu. »Der Kevin hilft jedes Wochenende in Alberndorf droben am Hof seiner Eltern«, ergänzte die Zeugin.

Noch einmal ratterte die Tastatur der Mairinger Bettina wie eine wild gewordene mechanische Schreibmaschine, bevor sich der Drucker aktivierte und drei vollbeschriebene A4-Seiten ausspuckte. Die Beamtin nahm die Blätter an sich und legte sie der Zeugin vor. »Einmal durchlesen und unterschreiben, bitte!«, beorderte sie.

Die junge Frau wollte sich anscheinend nicht unnötig lange mit dem Sachverhalt beschäftigen. Sie überflog das Dokument und setzte ihren Sanktus darunter, während es die Mairinger Bettina bereits digital an den Chef weiterleitete.

Der Postenkommandant hatte somit auf einmal zwei alternative Lösungen des Mordfalls Pöttl in seinem E-Mail-Postfach: einmal jene des Hofnoah, der den Exenberger Denis aufgrund von Indizien zum Täter erklärte. Und einmal jene der Mairinger Bettina, die eine Zeugenaussage zulasten des Hubinger Kevin vorlegte.

Dem Hofnoah schwante Böses.

Tatsächlich dauerte es keine fünf Minuten, bis sich sein ungutes Gefühl als richtig herausstellen sollte.

»Das gibt's ja nicht!«, tönte die altbekannte jähzornige Stimme des Chefs plötzlich aus dessen Büro herüber. »Hofnoah, ich reiß dir den Arsch auf!«

Dem Hofnoah wurde schlagartig bewusst, dass der Pöttl-Erwin-Krimi nun wirklich eine überraschende Wendung genommen haben musste. Schließlich war es nicht einmal eine Stunde her, dass ihm der Postenkommandant buchstäblich den Hintern geküsst hatte. Jetzt wollte er ihn auf einmal gewaltsam öffnen. Ob das mit der vom Hofnoah gelieferten Lösung des Falls zu tun hatte? Hätte er doch den Hinweis vom Moser Andi von der Post damals ernst genommen und die Spur zum Hubinger Kevin verfolgt. Dann wäre er jetzt wirklich der Held.

Die Zeugin Doppler Lisa saß immer noch bei den zwei Beamten im Büro. Sie hatte gerade auf Nachfrage der Mairinger Bettina erzählt, dass der Hubinger Kevin nichts von ihrem Besuch bei der Polizei wusste und nach dem nächtlichen Schichtdienst momentan seelenruhig in seinem Bett in der gemeinsamen Wohnung schlummerte. Als der Chef hereinstürzte, erstarrte die Zeugin vor Schreck. Dabei galt dessen Wut nicht ihr, sondern dem Hofnoah.

Der Postenkommandant bäumte sich wie ein wild gewordenes Pferd vor ihm auf und holte tief Luft. »Bist du von allen guten Geistern verlassen?«, wieherte er gequält. »Wegen deinem Mail hab ich vorhin den Staatsanwalt ang'rufen und einen Haftbefehl für den Exenberger verlangt.« Er schluckte. »Weißt, was er drauf g'sagt hat?«

Der Hofnoah schüttelte den Kopf. Alles, was er von sich gegeben hätte, wäre gegen ihn verwendet worden. So viel war sicher.

»Ich soll scheißen gehen. Das hat er g'sagt!«

Es war extrem unpassend und für den Hofnoah potenziell lebensbedrohlich, aber er konnte nicht anders, als bei den derben Worten des Chefs einmal drauflos zu kudern. Völlig entgeistert holte dieser mit der rechten Hand aus, überlegte es sich im letzten Moment aber doch noch mal anders und deutete die Ohrfeige nur an. Auch der Hofnoah schaffte es, sich wieder zu beruhigen.

»Wann hast das letzte Mal in deinen E-Mail-Posteingang g'schaut, ha?«, fragte der Chef mit strengem Blick.

Der Hofnoah musste überlegen. Je länger er sich dafür Zeit nahm, desto klarer wurde ihm, dass er die Wahrheit lieber für sich behielt. Der Chef hatte ihn schon öfters angewiesen, seine Mails besser im Blick zu haben. Der Hofnoah war trotzdem bei seiner Meinung geblieben, dass elektronische Post ein unnötiger Zeiträuber war. Bei wirklich wichtigen Angelegenheiten rief man an und schrieb keine Mails. Glaubte zumindest er.

»Der Zeisl Max von der Spurensicherung hat dir und dem LKA gestern Abend anscheinend noch g'mailt, dass die unbekannten Spuren auf dem Tatwerkzeug vom Hubinger Kevin stammen.«

Der Hofnoah sah nicht ein, warum das sein Fehler sein sollte. Gerade mit dem Zeisl Max hatte er in den vergangenen Tagen mehrmals telefoniert und sich abgestimmt. Da hätte der eine so wesentliche Information ruhig einmal erwähnen können. »Aha, und wieso rückt der Blitzgneißer damit überhaupt erst so spät raus?«, echauffierte sich der Hofnoah. Schließlich wurden Fingerabdrücke auf einem Tatwerkzeug standardmäßig sofort mit der Datenbank abgeglichen.

»Weil die Spuren vom Hubinger Kevin zwar nicht bei uns, aber in der Tschechei drüben zu einem Treffer in der Datenbank g'führt haben«, antwortete der Chef. »Der Hubinger Kevin ist dort vor ein paar Jahren bei einer Polterei im Suff ausg'flippt und aktenkundig g'worden. Bis die Daten da sind, dauert's halt ein bisserl länger«, fügte er hinzu und musste seinem Ärger über den Hofnoah noch einmal freien Lauf lassen: »Das ist doch das Einmaleins der Polizeiarbeit. So was weiß man doch! Ich frag mich echt, wie du durch die Polizeischule gekommen bist.«

Der Chef zeterte und zeterte, und der Hofnoah hörte gar nicht mehr richtig hin. Er war aufgeschmissen, so viel hatte er verstanden.

Ein Lob hatte der Postenkommandant dann aber doch noch parat, nur nicht für den Hofnoah. »Wenigstens hab ich dem Staatsanwalt zur Schadensbegrenzung jetzt noch das Protokoll von der Mairinger Bettina nachschicken können. Damit er sieht, dass zumindest deine Kollegin auf dem richtigen Dampfer gewesen ist.« Er warf seiner Mitarbeiterin – wie ein Lehrer der Klassenstreberin – einen anerkennenden Blick zu. Dass diese zu der Zeugenaussage wie die Jungfrau zum Kind gekommen war, wusste er nicht.

Erst jetzt bemerkte der Postenkommandant, dass er mit seinem Team nicht allein war. »Äh … Grüß Gott«, raunte er der Freundin des Mörders zu und flüchtete in sein Büro.

Zurück blieben neben einer verwirrten Zeugin, deren Respekt vor der Polizei massiv erschüttert worden war: der Hofnoah, der vom vermeintlichen Helden wieder in die Rolle des Sündenbocks für eh alles geschlüpft war, und die Mairinger Bettina, die mit mehr Glück als Verstand für das entscheidende Puzzlestück im Mordfall Pöttl Erwin gesorgt hatte.

Der Pöttl-Erwin-Krimi war zu Ende geschrieben, stellte der Hofnoah enttäuscht fest. Er würde als Depp und die Mairinger Bettina als Heldin in die Geschichtsbücher eingehen. Und auch wenn der Fall nun gelöst war, schien ungewiss, ob er seinen Job in Gallneukirchen behalten würde. Den Chef hatte er als seinen persönlichen Fürsprecher jedenfalls verloren.

In diesem schweren Moment hielt den Hofnoah nichts mehr in seinem Büro. Er wollte bei dem Menschen sein, der ihn so nahm, wie er war, und immer zu ihm gehalten hatte: beim Hamedinger Roland.

Mit gesenktem Haupt verließ der glücklose Revierinspektor das Büro und trottete zum Wirtshaus hinüber. Er hoffte auf Geborgenheit, tröstende Worte und ein Seidel Bier.

Der Hamedinger Roland war zwar anwesend, aber schwer beschäftigt. Er saß als einziger Gast am Stammtisch und tüftelte am dritten Stock eines Bierdeckel-Hauses herum. Die Karton-Konstruktion befand sich in kritischem Zustand. Sie sah aus, als würde sie jeden Moment zusammenbrechen. »Schau dir das an«, begrüßte er den Hofnoah aus den Augenwinkeln. »Ich bau grad die Lösung deines Mordfalls nach, mit dem Piepsi als Täter. Siehst, wie wackelig das ist?« Er finalisierte mit zwei weiteren

Deckeln den dritten Stock. Es grenzte an ein Wunder, dass das Gebilde hielt.

Der Hofnoah sagte nichts. Er setzte sich an den Tisch und starrte vor sich hin. »Der Hubinger Kevin war's«, verlautete er nach einiger Zeit.

Allzu groß schien die Überraschung bei seinem Gegenüber nicht auszufallen. »Der Eifersuchtler vom Schönheitswettbewerb?«, fragte er, ohne das Kartenhaus aus den Augen zu lassen. »Ja, das ergibt Sinn, jedenfalls mehr als der Piepsi.« Er nahm zwei frische Bierdeckel in die Hand.

Die Worte des Hamedinger Roland zogen den Hofnoah nur noch weiter hinunter. Wenn es seinem Freund ohnehin so logisch erschien, warum hatte er ihm den Namen nicht ein einziges Mal genannt?

»Sei doch froh, dass es vorbei ist, Hofnoah«, versuchte der Hamedinger Roland ihn zu trösten und klopfte ihm mit der freien Hand auf die Schulter. »Wirst sehen, jetzt kehrt in Galli Ruhe ein, und wir können uns endlich wieder der Kleinkriminalität widmen.«

Der Hofnoah musste widersprechen. »Ich kann mich beim Chef nicht mehr blicken lassen. Ich hab ihm vorhin den Exenberger Denis als Täter präsentiert. Kurz bevor die Freundin vom Hubinger Kevin niederg'legt hat.«

»Geh, der Leidinger Schorsch …« Der Hamedinger Roland machte eine wegwerfende Handbewegung. »Der muss doch selber schauen, wo er bleibt.«

»Eben«, quittierte der Hofnoah das Thema. Der Chef würde ihn mit Sicherheit opfern, wenn er dadurch seine eigene Haut retten konnte. Davon war er überzeugt.

Der Hamedinger Roland nahm einen Schluck und setzte das Glas jäh ab. »Bevor ich's vergess …« Ihm

huschte ein verschmitztes Lächeln über das Altherren-
gesicht. »Ich hab ein kleines Geschenk für dich.« Er
kramte in der ausgeleierten braunen Ledertasche, die
neben ihm lag. Dann holte er einen kleinen Karton mit
Sichtfenster hervor, in dem sich ein rotes Modellauto
befand. Bedächtig stellte er ihn auf den Tisch neben das
Kartenhaus. »Das ist ein Porsche 911 S, Baujahr 1970,
originalverpackt«, sagte er mit glänzenden Augen. »Ich
hab ihn im G'schäft liegen g'habt und sofort an dich
denken müssen. Er g'hört dir!« Er blickte den Hofnoah
aufmunternd an, doch dieser starrte nur ins Leere. Der
Hamedinger Roland glaubte, der Beschenkte verstand
das Präsent nicht. »Wo ihr doch im Dienst jetzt mit so
einem Gefährt unterwegs seids«, erklärte er aufmunternd.
Doch seine Begeisterung übertrug sich nicht auf den
Hofnoah. Er blieb stumm.

Es wäre mucksmäuschenstill im Raum gewesen, wenn
nicht eine Meldung im Radio in der Küche die Aufmerksamkeit der beiden auf sich gezogen hätte: *»Die österreichi-
sche Polizei wird den Testlauf mit dem kürzlich präsentierten
›Polizeiporsche‹ nicht fortsetzen. Das gab der Innenminister
soeben am Rande einer Pressekonferenz in Wien bekannt. Erst
vor wenigen Tagen hatten Vertreter des Autokonzerns den
Spitzen der heimischen Exekutive ein Exemplar des PS-starken
Modells ›911‹ übergeben, um es im Einsatz auf Österreichs
Straßen zu verwenden. Zum Grund für den überraschenden
Rückzieher machte der Innenminister keine näheren Angaben.
Nur so viel: Aus ›ermittlungstechnischen Gründen‹ sei man
zu dem Ergebnis gekommen, auch weiterhin gut mit dem be-
stehenden Fuhrpark arbeiten zu können. Gerüchten zufolge
wurde der 400-PS-Bolide bei einem Einsatz im oberösterreichi-
schen Mühlviertel beschädigt. Der Politiker wies diese Dar-*

stellung auf Nachfrage zwar energisch zurück. Er räumte aber ein, dass die Führung der betreffenden Dienststelle womöglich neu organisiert werde. Zudem stellte er für Oberösterreich ein Pilotprojekt in Aussicht, bei dem E-Bikes statt Autos als Einsatzfahrzeuge getestet werden sollen. Der Autohersteller gab zu den Vorkommnissen keinen Kommentar ab.«

Der Hofnoah schluckte. *Womöglich neue Dienststellenführung, E-Bikes statt Autos* – er wusste nicht, ob er herzlich lachen oder bitterlich weinen sollte.

Diese Entscheidung nahm ihm der Lehner Sepp ab. Der Wirt hatte die Radiomeldung in der Küche mit angehört und gleich danach einen seiner Steyr-Traktoren-Lachanfälle erlitten. Atemlos stürzte er in die Gaststube, rief »E-Bikes!« und ging in einen neuerlichen Lachkrampf über. Auch der Hamedinger Roland konnte nicht mehr an sich halten, und wenig später wurde der Hofnoah angesteckt.

Zwei Minuten Heiterkeit und Atemnot später fasste der Hamedinger Roland als Erster wieder einen klaren Gedanken. »Hast g'hört, Hofnoah? Die Führung der Dienststelle wird womöglich neu organisiert«, wiederholte er. »Also nicht du, sondern dein Chef muss sich Sorgen um den Job machen.«

Der Hofnoah hatte gehörige Zweifel an dieser Interpretation der Lage. Ganz so einfach würde es wohl nicht sein. Aber immerhin waren die Mordermittlungen endlich vorbei. Alles Weitere würde sich fügen. Er atmete einmal tief ein, hielt einen Moment inne und atmete wieder aus. »Sepp!«, rief er und versuchte dabei möglichst feierlich zu klingen. »Die nächste Runde geht auf mich.«

Himmlisch schräger Krimi-Spaß

Eine Leiche am Christtag, noch dazu vor der Pfarrkirche im schönen Purbach! Da kann der barmherzige Bruder Benedikt nicht an sich halten. Schließlich kennt er den Toten nur zu gut. Doch wer hat den »schönen Jean«, einst berüchtigte Rotlichtgröße im zweiten Wiener Gemeindebezirk, so unsanft aus dem Leben befördert? Mit einer ordentlichen Portion Humor schnüffelt sich Bruder Benedikt durch die Strizzi-Vergangenheit des Verstorbenen – und stößt dabei auf so manch unsittliches Geheimnis …

CHRISTOPH FRÜHWIRTH
BRUDER BENEDIKT UND DIE SCHÖNE LEICH
EIN STRIZZI-KRIMI
240 Seiten · 13,5 × 20,5 cm
Klappenbroschur
ISBN: 978-3-7104-0302-6 · € 16,00

Danke, dass du dich
für dieses Buch
entschieden hast!

Mehr Bücher findest du auf unserer Homepage:

Wir freuen
uns über
deine
Empfehlung!

Instagram / Facebook
@beneventopublishing

Sechs einzigartige
Verlage unter einem Dach.